Gewildert

Susanne Wiegleb, geboren 1966 in Paris, aufgewachsen in der Nähe von Köln und in Nordafrika. Nach dem Abitur Ausbildung zur Buchhändlerin in einer großen Kölner Buchhandlung. Lebt seit vielen Jahren mit ihrem Lebensgefährten, sechs Katzen und zwei Pferden auf einem alten Allgäuer Bauernhof und arbeitet als Buchhändlerin in Kempten. Bisher veröffentlichte sie drei Romane und ein Kinderbuch. Im Emons Verlag erschien »Tod im Alpsee«.

SUSANNE WIEGLEB

Gewildert

ALLGÄU KRIMI

emons:

Bibliografische Information der Deutschen Nationalbibliothek
Die Deutsche Nationalbibliothek verzeichnet diese Publikation in der Deutschen Nationalbibliografie; detaillierte bibliografische Daten sind im Internet über http://dnb.d-nb.de abrufbar.

MIX
Papier aus verantwortungsvollen Quellen
FSC® C083411
FSC
www.fsc.org

Umschlagmotiv: Heribert Stragholz
Umschlaggestaltung: Tobias Doetsch
Druck und Bindung: CPI – Clausen & Bosse, Leck
Printed in Germany 2012
ISBN 978-3-95451-032-0
Allgäu Krimi
Originalausgabe

»Und, wie geht's dir so?«

Mit einem Nicken zum Pförtner verließ ich die Bibliothek. Der Parkplatz lag verlassen im fahlen Dämmerlicht jenes Dezembernachmittags. Eigentlich war es den ganzen Tag über nicht hell geworden, die Sonne hatte ich schon seit Längerem nicht mehr gesehen. Rheinisches Wintergrau, und die Selbstmordrate erreichte schwindelnde Höhen. Zum ersten Mal konnte ich das sogar verstehen.

Wie zum Hohn trieb der böige Wind die Regenfahnen vor sich her. Fröstelnd zog ich die Schultern hoch, kramte ergeben nach dem kleinen Regenschirm in meiner Tasche. Doch noch ehe ich ihn zum Schutz über meinen Kopf halten konnte, riss die nächste Böe das arme Ding in die Höhe, dass die Scharniere knackten. Ich hielt ein grotesk verdrehtes Gewirr aus nassem Stoff und Metall in den Händen. Schon immer hatte ich für kaputte Schirme ein seltsames Mitgefühl empfunden. Eine Weile blieb ich regungslos im Regen stehen, schloss die Augen, atmete tief in den Bauch hinein, wie es mir meine Yoga-versierte Kollegin geraten hatte und fühlte mich irgendwie schrecklich müde.

Aber was half es? Unwillig zog ich wieder die Schultern hoch, fühlte, wie eisiger Regen mir den Nacken hinunterrann. So wurde es nicht besser. Mit einem letzten teilnahmsvollen Blick ließ ich den zerfetzten Schirm in den Mülleimer neben der Pforte fallen und stapfte durch den immer heftiger prasselnden Regen zur Straßenbahnhaltestelle.

Die Bonner Innenstadt brummte im vorweihnachtlichen Kaufrausch, daran änderte auch das ungemütliche Wetter nichts. Die Menschen hasteten mit Taschen und Tüten bepackt von einem Geschäft zum nächsten, geduckt gegen den Wind und den Regen, mit verbissenen Gesichtern.

Ich drängte mich zu den anderen Wartenden unter das schmale Vordach der Straßenbahnstation, starrte sehnsüchtig auf die elektronische Anzeigetafel mit den Ankunftszeiten, die passenderweise nichts als Verspätungen versprachen. Allein unter Menschen. Noch tiefer schob ich mich in den Kragen meiner Jacke, vergrub meine frostigen Hände in den Taschen. Trotzdem schien die Nässe und Kälte alles zu durchdringen. Die Weihnachtsbeleuchtung über den Straßen schwankte im Wind. Ein trostloser Anblick. Was fanden die Menschen nur am Winter? Langsam war ich nicht mehr nur müde, nass und halb erfroren, sondern auch äußerst übellaunig. Feierabend, aber mit Entspannung hatte das null und nichts zu tun.

Mit einer Viertelstunde Verspätung rumpelte endlich meine Straßenbahn heran. Mit der Zeit habe ich gelernt, mich mit einer gewissen Rücksichtslosigkeit in eine eigentlich schon längst überfüllte Bahn zu quetschen. Nach mir die Sintflut, an diesem Abend ein wahrer Ausspruch. Immerhin war Umfallen somit unmöglich.

Durch die beschlagenen Scheiben sah ich schemenhaft die Häuserreihen vorbeiziehen, die weibliche Computerstimme sagte in stoischer Ruhe Haltestelle um Haltestelle an. Die Bahn leerte sich. Draußen ging der Regen langsam in nassen Schnee über, der auf den Scheiben zu weißem Matsch zerplatzte.

Völlig erledigt schob ich mich mit ein paar anderen grauen Gestalten an meiner Haltestelle hinaus in die einbrechende Dunkelheit. Schneeregen wehte mir fast waagerecht ins Gesicht, während ich die zwei Straßen zu meiner Wohnung lief. Steifbeinig und völlig durchnässt mühte ich mich die Treppe hinauf, fummelte mit klammen Fingern den Schlüssel ins Schloss.

Drinnen schien es nur im ersten Moment wärmer, bis ich bemerkte, dass ich morgens die Heizung abgestellt hatte. Prüfend hauchte ich in die stille Luft des Wohnzimmers. Wenigstens dampfte mein Atem nicht. Ich drehte beide Heizkörper auf Anschlag, den in der Küche gleich auch und huschte bibbernd ins Schlafzimmer, wo ich mir hastig meinen warmen Jogginganzug und dicke Socken zusammenklaubte, um mich vor der Wohnzimmerheizung umzuziehen. Scheiß Winter.

Überhaupt, seit Wochen war irgendwie alles scheiße. Unwirsch klemmte ich meine vereisten Finger zwischen die Rippen der Heizung, die wie immer nicht so schnell warm wurde, wie ich mir das vorstellte. Der Hausmeister rannte aus diesem Grund mittlerweile davon, wenn er mich erblickte.

Entschlossen stemmte ich mich von der Heizung ab. Wenn man von außen keine Wärme bekam, dann musste man sich eben von innen wärmen. Tee mit Rum? Rum ohne Tee? Ein Glas Rotwein? Mein Blick schweifte unentschlossen durch meine Küche. Bis ich mir einen Tee gekocht hätte, wäre ich erfroren, also blieb entweder Rum oder Rotwein. Rum auf nüchternen Magen schien mir wenig klug, daher goss ich mir Rotwein aus purer Bequemlichkeit einfach in ein Wasserglas. Hunger hatte ich keinen, wie so oft seit ein paar Wochen.

Gedankenverloren ging ich mit meinem Wein ins Wohnzimmer zurück und lehnte mich wieder an die Heizung, stierte blicklos in die nasse Dunkelheit hinaus.

Irgendetwas passte nicht mehr in meinem Leben. Ich freute mich abends nicht auf meine Wohnung, nicht auf die Ruhe. Ich hatte keine Lust, mich mit Freunden zu treffen. Mir ging alles auf die Nerven, ich war antriebslos und die Wochenenden kamen mir unerträglich lang vor.

Verdammt, dachte ich und nahm einen großen Schluck des viel zu warmen Weins, das klang ernsthaft nach einer Midlife-Crisis. Für eine weitestgehend gesunde Mittdreißigerin erschien mir das entschieden zu früh. Wie sollte es erst später werden, wenn ich richtig alt wurde? Erbarmen.

Es musste am Wetter liegen, ganz bestimmt. Abrupt drehte ich mich vom Fenster weg und blickte unvermittelt in mein eigenes Gesicht im Spiegelglas der Vitrine. Halblange braune Haare, nass vom Schneeregen draußen, zerzaust. Eigentlich bildeten meine grünen Augen immer einen hübschen Kontrast dazu, aber heute wirkten sie nur müde, wie alles an mir. Es war die richtige Jahreszeit dazu. Bei so einem trostlosen Winterschmuddel musste man einfach depressiv werden.

Und völlig unvermutet überflutete mich die Erinnerung an warme Sommerabende im Allgäu und einen schrägen Typen mit Glatze. Karim.

An den hatte ich seit mehreren Wochen nicht mehr gedacht. Mir reichte es schon, dass ich, seitdem ich Karim kennengelernt hatte, zwanghaft jeden Mann mit Glatze anstarren musste. Das war peinlich.

Wir hatten nach dem unschönen Ende unseres Urlaubs ein paarmal miteinander telefoniert, Belanglosigkeiten ausgetauscht, Unverfängliches bequatscht und beiderseits stillschweigend erkannt, dass wir das auch lassen konnten. Vorbei war einfach vorbei. Mein Gewissen knabberte noch immer an dem Ergebnis unseres Detektivspieles, das zwar einen Mordfall gelöst hatte, aber der Schuldfrage nicht gerecht geworden war.

Trotzdem kuschelte ich mich in diesem Moment in die Erinnerung an Karim und den Allgäuer Sommer. Ob er Nina mittlerweile geheiratet hatte? Hmpf. Ich leerte das Glas. Falscher Gedanke.

Ich holte mir die Flasche aus der Küche und stellte sie neben mir auf die Fensterbank. So war ich nicht ganz allein. Dieser Gedanke war noch falscher. Angestrengt biss ich mir auf die Lippen, drehte hektisch das Glas in meinen Händen. Alleinsein war nie ein Problem für mich gewesen, im Gegenteil. Alleinsein war mein Lebensinhalt, ich genoss es, wurde unleidlich, wenn ich nicht genug Zeit für mich selbst hatte. Mit niemandem kam ich besser zurecht als mit mir selbst. Nur logisch, dass meine Ehe in einem Fiasko enden musste, und ausgesprochen unwahrscheinlich, dass es mit Karim anders geworden wäre. Vielleicht wäre es einen Versuch wert gewesen, wenn er sich denn von seiner Nina getrennt hätte, was er, typisch Mann, sicherlich nicht ernsthaft in Erwägung gezogen hatte.

Sinnlose Gedankenkringel. Außerdem welche, die mich von der in mir lauernden Erkenntnis ablenkten. Was war mit mir geschehen, dass ich nicht mehr allein sein mochte? Nannte man es Einsamkeit, was ich seit Neuestem an Abenden wie diesem verspürte? War es das, was alle Singles fürchteten? Diese Stille, die man mit einem Fernseher zu übertünchen versuchte. Selbstgespräche bei einsamen Mahlzeiten oder die Hoffnung, wenigstens eine Freundin am Abend telefonisch zu erreichen, um eine menschliche Stimme zu hören? Diese Rastlosigkeit, die einen von einem Zimmer zum anderen trieb, ohne Muße, sich sinnvoll zu beschäftigen. Wie hatte ich es früher geschafft, stundenlang in aller Seelenruhe nichts zu tun?

Wenn ich es ganz ehrlich betrachtete, und mit einem Glas Rotwein in der Hand fühlte ich mich stark genug dazu, dann war ich einsam und fand mein Singledasein grässlich. Und zwar genau, seitdem ich mich in einen glatzköpfigen Halbmarokkaner verguckt hatte.

Das Telefon klingelte.

Aber ich war nicht in Stimmung für ein Gespräch. Der Anrufbeantworter würde das für mich erledigen. Nach dem üblichen Fiepton war aber erst einmal Stille. Dann hörte ich ein Räuspern. »Servus, Chrissie, ich bin's, Karim.«

Ich erstarrte ungläubig.

»Schade, dass du nicht daheim bist … Na ja … Ich melde mich später noch einmal.«

Das war jetzt nicht wahr! Fahrig stellte ich das Glas auf die Fensterbank und klemmte meine Hände unter die Achseln. Nicht nur, dass er mit diesem albernen »Chrissie« wie immer ein Attentat auf meinen Namen verübte, nein, er wagte es auch noch, live in Erscheinung zu treten, während ich mit der Analyse meiner Depression beschäftigt war, an der er letztendlich die Schuld trug. Karim konnte ich jetzt nicht gebrauchen, auch wenn er sonst sehr brauchbar war.

Ein nerviger Mensch. Ich schielte zum Weinglas, doch an dem konnte ich meinen Stress nicht auslassen. Total nervig. Als Liebhaber war Karim allerdings so phantastisch, dass ich dafür erst einen Superlativ hätte erfinden müssen, und er hätte ein Freund sein können, der diesem Wort entsprach. Aber jetzt war er nervig. Jetzt wollte ich ihn nicht. Überhaupt niemals wollte ich ihn. Nie. Sollte er doch seine Nina nehmen, die wollte ihn sogar beringt.

Energisch griff ich mir die Weinflasche, leerte das Glas in einem Zug und ging zum Telefon, mit der festen Absicht, dass es an diesem Abend keinen Alkohol und keinen Karim mehr geben sollte. Doch anstatt der Löschtaste drückte mein Unterbewusstsein meinen Zeigefinger auf die Wiedergabetaste. Erneut erklang Karims leicht angespannte und sehr enttäuschte Stimme. Balsam auf meiner Seele, der nicht sein durfte. Völlig gedankenlos griff ich mir das Telefon und wählte die angezeigte Nummer.

»Hi«, hauchte ich verlegen, als Karim sich meldete, »du hast angerufen?«

Dämlichere Fragen gab es selten, aber irgendwie hatte mir wohl die Zeit gefehlt, mir einen konstruktiveren Gesprächseinstieg zu überlegen. Für Improvisationen war ich offensichtlich nicht flexibel genug.

»Ja«, ich hörte das Grinsen in seiner Stimme, »ja, vorhin. Ich habe an dich gedacht und mein Herz hat so seltsam wehgetan, ich glaube, das nennt man Sehnsucht. Also habe ich deine Telefonnummer herausgefischt und dich angerufen. Nina ist mit einer Freundin auf Urlaub in Spanien. Und wie geht's dir so?«

Ich wusste es, der Typ war auf seine Weise nicht so ganz zurechnungsfähig, fast hätte ich das in meinem Singleloch vergessen. Eigentlich hätte ich sofort auflegen sollen, aber dafür hätte ich reagieren müssen, und meine Grobmotorik war dank Rotwein und Verwirrung völlig lahmgelegt.

»Gut«, nuschelte ich und angelte mit der freien Hand nach meinem leeren Glas, um es erneut und gegen jeden guten Vorsatz zu füllen, »mir geht es gut.« Ich goss das Glas randvoll und trank. Sofort meinte ich etwas wie Erleichterung zu spüren. »Um genau zu sein«, auch meine Stimme gewann an Kraft, »mir geht's super, phantastisch. Echt, ich bin so was von gut drauf. Bin dauernd unterwegs, Party und so. Hast Glück, dass ich heute ausnahmsweise daheim bin.«

»Klar, Chrissie«, erwiderte er lässig, »du hast im Sommer schon bewiesen, dass Lügen deine schwächste Stärke ist. Außer bei der Polizei, da warst du echt pfiffig. Also hör auf mit dem Schmarrn. Was ist los?«

»Nix«, zischte ich ins Telefon. Ertappen ließ ich mich äußerst ungern, und von diesem Macho gleich gar nicht. »Alles bestens. Ich war nur so blöd, dich zurückzurufen.«

»So ähnlich formuliert Nina das auch immer, und sie liebt mich trotzdem. Aber hey, ich bin im Moment in Oberstdorf, geiler Schnee, Sonne satt. Ich hätte in meinem Bett noch eine Seite frei für dich.«

Sprachlos starrte ich das Telefon an, dann mein halb leeres Glas und überlegte, ob zwei Gläser Rotwein schon für derartige Wahrnehmungsstörungen sorgen konnten, oder ob Karim tatsächlich die Worte gesprochen hatte, die ich gehört hatte.

»Kennst du die Geschichte von Narziss?«, konterte ich bissig.

Er stöhnte ins Telefon. »Oh, Chrissie, nun sei doch nicht so eine Spaßbremse. Narziss ist bei mir in die Lehre gegangen.«

Okay, der Treffer ging an ihn. »Was willst du, Karim?«

»Ich will dich sehen.« Der ruhige Ernst, der plötzlich in seiner Stimme war, berührte mich, ich schluckte.

»Ja, und?«

»Und deshalb dachte ich mir, dass du vielleicht Lust hättest, etwas wie Urlaub in Oberstdorf zu machen.«

»Etwas wie Urlaub?«

»Nun ja«, druckste er, holte tief Luft, »ich muss hier ungefähr ein halbes Tal vermessen, und mein Student hat sich krankgemeldet. Ich bräuchte also jemanden, der mir die Peilstange hält.« Er lachte schallend über seinen Witz.

»Wenn's denn da etwas zu peilen und halten gäbe«, erwiderte ich ungnädig. Blöde Männerwitze.

»Gab's je etwas zu beanstanden, Chrissie?«

»Nein, für den Urlaub hat's gereicht. Weiter, was soll ich in Oberstdorf? Noch dazu im Winter?«

»Oberstdorf ist gerade im Winter eine Reise wert, steht hier überall in den Prospekten geschrieben. Aber im Ernst ...« Auch er schien irgendetwas zu trinken, ich hörte ein leises Rülpsen. »Sorry.«

Schweigend verdrehte ich die Augen.

»Im Ernst«, fuhr er fort, »ich brauche jemanden, der mir hilft. Alleine schaffe ich den Job nicht. Es gibt Kost und Logis frei, dazu regelmäßigen Sex mit mir, wenn du möchtest, viel frische Luft, das herrlichste Alpenpanorama, und du bekommst noch Geld dafür. Ich zahle gut.«

In meinem Kopf rumpelten die Gedankenzahnräder durcheinander, es fiel mir schwer, sie halbwegs geregelt in Gang zu setzen. »Ist ja eine nette Idee, Karim, aber ich habe keinen Urlaub, ich kann nicht so einfach weg. Außerdem will ich nicht wieder den Telefonterror von deiner Nina mit anhören.«

»Nina ruft mich nicht an, die ist in Spanien. Und Urlaub kann man einreichen. Der IC Allgäu fährt mittags um elf Uhr siebenunddreißig ab Bonn Hauptbahnhof, Gleis drei, und ist abends um kurz nach achtzehn Uhr in Oberstdorf. Du musst nur kommen, das Ticket geht auch auf meine Kosten.«

»Du bist irre, Karim. So einfach geht das nicht.«

»Und du findest es klasse, dass ich irre bin, ich weiß.« Er lachte übermütig. »Überleg es dir. Kannst mich jederzeit anrufen, Tag und Nacht. Ich freue mich auf dich.«

Er legte auf, bevor ich ihm deutlich sagen konnte, dass ich weder nach Oberstdorf reisen noch ihn jemals wieder anrufen würde. Also erzählte ich es der Weinflasche, die danach leer war.

Trotz des Rotweins konnte ich partout nicht einschlafen. In meinem Kopf kreiste alles, Alkohol, Ärger, Verwirrung und ein Hauch von nutzloser Sehnsucht. Letztere verärgerte mich noch mehr als Karims Unverfrorenheit.

Je länger die Nacht andauerte, desto größer wurde mein Zorn. Ich malte mir aus, wie ich ihn zappeln lassen würde, am langen Telefonarm verhungern.

Gegen zwei Uhr morgens gab ich es auf. In meinem Leben hatte ich schon weitaus angenehmere Gründe dafür gehabt, eine Nacht durchzumachen, aber auch mit weniger Spaß würde ich es überleben. Durch dieses letzte Tal mit Karim musste ich wohl durch. Vielleicht war ich ihn dann endlich los. Der hatte mich emotional genug verwirrt.

Mit schlurfenden Schritten holte ich mir ein Glas Wasser in der Küche. Irgendwie war ich tatsächlich urlaubsreif, und das nicht erst seit Karims Anruf. Mein letzter Urlaub war der im Allgäu gewesen. Ein alles andere als entspannender Urlaub.

Schwerfällig setzte ich mich auf die Arbeitsplatte neben der Spüle, füllte mein Glas am Wasserhahn. Urlaub. Ausruhen. Etwas anderes als die staubigen Bücherwände in der Bibliothek sehen, wo ich als Bibliothekarin tagein, tagaus die immer gleichen Bücher in die Regale sortierte. Weit, weit weg. Ich starrte versonnen auf das Muster der Fliesen. Theoretisch kein Problem. Ich hatte noch fast zwei Wochen Resturlaub, einen Haufen Überstunden, und mein Chef lag mir seit Wochen in den Ohren, dass ich die unbedingt schnellstmöglich abbauen sollte. Aber wohin sollte es gehen? Mir stand nicht der Sinn nach exotischem Sandstrand und Palmen, Städtereisen waren im Winter auch nicht der Hit, und unsere Küsten punkteten nur, wenn man auf Sturmfluten stand.

Müde drückte ich mir das kühle Glas gegen die Stirn. Wozu gab es Reisebüros? Sollten die doch für mich klären, wohin ich reisen wollte. Gleich morgen, dachte ich, morgen würde ich eine schöne Reise buchen.

Ich rutschte wenig elegant auf den Boden und latschte in mein Schlafzimmer zurück, wo ich mich im Bett zusammenrollte und tatsächlich sofort einschlief.

Allerdings schlief ich nicht lang. Mein Hirn weckte mich mit der Erkenntnis, dass ich mir das Geld für einen Urlaub sparen könnte, wenn ich Karims Angebot annähme. Ich würde sogar noch etwas verdienen und in einer der Hochburgen des deutschen Wintersportes logieren. Wie dumm musste man sein, so ein Angebot auszuschlagen? Außerdem lag es doch an mir, inwieweit ich Karim an mich heranlassen wollte. Ein bisschen Sex, ein paar schräge Komplimente und ansonsten nur Selbstpflege betreiben. Für eine gestandene Frau wie mich sollte es doch möglich sein, einem glatzköpfigen Halbmarokkaner aus Füssen zu widerstehen.

Es war vier Uhr morgens, als ich entschlossen zum Telefon sprang und Karim anrief.

Projekt »Christlessee-Resort«

Knapp dreißig Stunden später wuchtete ich meine Reisetasche in das Gepäckfach des IC 2013 Allgäu. Während ich mich seltsam unbehaglich auf meinen Fensterplatz quetschte, klappte der smart gestylte Mittdreißiger neben mir sein Notebook auf, schubste lässig sein Smartphone auf die kleine Tischablage und stülpte sich sein Headset über. Willkommen im Leben, dachte ich reichlich baff, weil er auch gleich anfing zu quasseln, während er sein E-Mail-Programm aufrief.

Angestrengt starrte ich aus dem Fenster. Der Zug rollte langsam aus dem Bonner Hauptbahnhof hinaus, Regen prasselte gegen die Scheiben, graue, regennasse Häuserfronten zogen an uns vorbei, das Zugpersonal begrüßte über die Lautsprecheranlage im leichten Plauderton die neu zugestiegenen Fahrgäste.

Genau in diesem Moment fragte ich mich, ob ich nicht mal wieder einen bösen Fehler beging.

Mein Chef hatte mich am Tag zuvor anstandslos in zwei Wochen Urlaub entlassen, verbunden mit der Option, meine Überstunden sofort im Anschluss daran abzufeiern. Auch gut. Gleich danach hatte ich mir eine Winterjacke gekauft, die diesem Wort entsprach, Handschuhe, gefütterte Stiefel und einen Satz warmer Angora-Unterwäsche. Ich hatte mir Fotos von Oberstdorf im Internet angeschaut und spontan gefroren. Karim lockte mich in die Arktis. Dem musste ich mit passendem Equipment entgegentreten, zumal ich nicht wusste, wie mein Job als Peilstangenhalterin genau aussehen würde.

Oberstdorf am Fuß des Nebelhorns. Da, wo Deutschland zu Ende ist. Dahinter kamen nur Berge, die die Grenze zwischen Deutschland und Österreich bildeten. Ein Dorf, das versuchte, Tradition und Moderne zu vereinigen, was sich in überdimensionierten Skisprungschanzen, hypermodernen Bergbahnen und Allgäuer Alpwirtschaft manifestierte. Zu Hochzeiten tummelten sich dort mehr Touristen als Einwohner. Das alles eingebettet in die unbeschreiblich schöne Kulisse der Allgäuer Alpen.

Bisher war Oberstdorf für mich ein gesichtsloser Ort gewesen, der mich an meine Kindheit erinnerte, als ich mit meinen verkaterten Eltern an Neujahr im Fernsehen Skispringen anschauen musste. Diese Erinnerungen und die Bilder aus dem Internet brachte ich nicht wirklich zusammen.

Stunde um Stunde ratterte Deutschland an mir vorbei, in Kurven ging es durchs Rheintal, durch Mannheim und Stuttgart, wo die Lok umgespannt wurde und ich plötzlich rückwärts gen Allgäu zuckeln musste. Und ab Geislingen an der Steige ging mir die Zugfahrt dann langsam, aber sicher auf die Nerven.

Neben mir wechselten die Geschäftsleute, die Notebooks und Smartphones blieben die gleichen. Zugfahren war einfach langweilig und bei schlechtem Wetter gleich doppelt. Draußen versanken die Landschaften im Regen, verhüllt von tief hängenden, dräuenden Wolken, vereinzelten Schneefeldern und kahlen Bäumen.

Ab Ulm brach die Wolkendecke dann langsam auf, blauer Himmel und Sonnenstrahlen spitzten durch die größer werdenden Löcher. Auch die Schneeflächen wurden größer, bis ab Memmingen die Welt unter einer weiß glitzernden Decke lag.

Meine Lethargie verschwand unwillkürlich, etwas wie freudige Erregung schwappte durch mich hindurch, und ich fühlte die Aufregung vor dem Wiedersehen mit Karim. Dazu phantastisches Alpenglühen, feuerroter Sonnenuntergang. Die Welt war voller blauroter Schatten, darüber das erhabene Strahlen der Berggipfel.

Selbst der Typ im Anzug neben mir wendete erstmalig seit Ulm seinen konzentrierten Blick vom Bildschirm des Notebooks ab. »Das ist ja unheimlich schön«, erklärte er, wobei ich nicht wusste, ob er mit mir sprach oder mit dem Männchen in seinem Ohr. Und Empathie war offensichtlich nicht seine Stärke. In dem Tonfall hätte er auch von einem Crash an der Börse reden können. Entsprechend beließ ich es bei einem unverbindlichen Lächeln, das er wohl kaum bemerkte.

Noch vor Kempten brach die Dämmerung vollends herein. In Immenstadt spannte man die Lok wieder auf die andere Seite, und ab da hielt der IC an so gut wie jeder Milchkanne. Dafür leerte sich der Zug zusehends.

Übrig blieben Menschen wie ich: Urlauber. Bepackt mit Sporttaschen, Snowboards, Skischuhen, schnittigen Helmen. Grelle Sportoutfits aus knisternden Hightechstoffen.

Die Durchsage, dass wir in wenigen Minuten Oberstdorf erreichen würden, trieb meinen Puls dramatisch in die Höhe. Jetzt wurde es ernst und meine Hände feucht. Ich freute mich auf Karim, auch wenn ich das nur ungern vor mir selbst zugab, aber ich fürchtete auch, was diese Gefühle mit mir machen könnten. Es lag an mir, wann und wo ich eine emotionale Grenze setzen musste. Da blieb nur die Hoffnung, dass er mir den Kopf nicht endgültig verdrehte.

Sanft ruckend kam der Zug im Bahnhof zum Stehen. Die Menschen drängten sich zu den Türen, während ich einfach sitzen blieb. Hier war Endstation, nur keine Hast. Mein Schicksal würde mich noch früh genug ereilen.

Erst als die Gänge frei wurden, schob auch ich mich Richtung Tür. Eiskalte Luft schlug mir entgegen, der Bahnsteig schneebedeckt, kaltes Neonlicht. Fröstelnd zog ich die Schultern hoch, während ich mich und meine Reisetasche die steilen Stufen hinunterhievte. Betont langsam hob ich den Kopf und ließ meinen Blick über den sich leerenden Bahnsteig schweifen. Dies waren die gefürchteten Augenblicke bei jeder Art von Fernbeziehung. Der erste Moment des Wiedersehens. Schmerz und Freude zugleich, Sorge samt wirbelnden Schmetterlingen im Bauch. Meine flatterten für meine Begriffe viel zu freudig. Das hätte lässiger ausfallen dürfen, zumal sie noch diverse Wirbel drauflegten, als Karim, eine langstielige Rose in der Hand, aus dem diffusen Licht über den Bahnsteig auf mich zukam. Bei aller Lebenserfahrung war ich für Romantik leider noch immer viel zu empfänglich. Mist.

Bevor sein Lächeln mich umhauen konnte, nahm er mich in die Arme. Dass meine Beine wackelten, schob ich auf sechs Stunden Herumhocken im IC.

»Willkommen zurück im Oberallgäu, Chrissie«, hauchte er mir ins Ohr. »Ich hätte meinen Kopf dafür verwettet, dass du nicht aus diesem Zug aussteigst.« Ein Kuss mit integriertem Stromstoß landete auf meinen Lippen. »Umso größer ist meine Freude, dass du da bist.«

Mühsam versuchte ich meinen Atem zu regulieren und machte mich etwas von ihm los. Selbst in diesem scheußlichen Licht sah der Mann erschreckend gesund aus, typische Winterbräune, rotwangig, die Glatze unter einer Wollmütze mit der Aufschrift »Allgäu« verborgen. Seine mandelförmigen dunkelbraunen Augen blitzten mich fröhlich an. Der Rest von Karim steckte in einem leuchtend orangenen Skianzug, der überall mit dem Logo einer Vermessungsfirma bestickt war. Ich schluckte. Seiner Firma. »KM Geo-Services«. Der scheute sich wirklich vor nichts.

»Warum sollte ich einen kostenlosen Urlaub sausen lassen«, konterte ich lässiger, als mir zumute war. »Kalt ist es hier. Scheißkalt.«

Sein Grinsen hing unerschütterlich an mir. »Winter im Allgäu. Andere zahlen viel Geld dafür. Wahrscheinlich ist das der feine Unterschied.« Er hob die Rose hoch. »Hier, für dich, Chrissie. Eigentlich wollte ich dir eine rote Rose kaufen, macht man ja so, wenn man jemanden lieb hat, aber das hättest du sicherlich für total unangebracht gehalten.«

Ich kaute kurz auf meinen Wangen herum, schluckte erneut. Das fing ja alles richtig super an.

»Nicht unangebracht, aber peinlich. Danke.« Ich griff nach der langstieligen Rose. Sie war zart lachsfarben geflammt. Wunderschön. »Lass uns gehen, sonst erfriert sie noch.«

Wie im Sommer fasste er vollkommen selbstverständlich meine Hand und nahm mir mit der anderen die Reisetasche ab. »Welche Rose erfriert, die lange, dünne oder die rundlichere in der dicken Daunenjacke? Mein Auto steht übrigens gleich dort drüben.«

Schweigend stapften wir durch den festgetretenen Schnee vor einem Nebeneingang hinaus auf den Bahnhofsvorplatz, der wie alle anderen in dieser Welt aussah, nur kleiner. Auch hier leuchtete überall die Weihnachtsdekoration über den Straßen, an den alten Bauernhäusern. Tannenzweige hingen an den Straßenlaternen. Mit Schnee sah das wenigstens etwas idyllisch aus.

Karim steuerte gradewegs auf ein riesengroßes schwarzes und chromglitzerndes Ungetüm zu, auf dem ebenfalls das Logo von Karims Overall prangte. So ein riesiges Auto hatte ich noch nie gesehen, außer vielleicht in einem amerikanischen Ballerfilm. Der Wagen brauchte zwei Parkplätze in der Breite und ragte auch in der Länge ein gutes Stück über die Markierung hinaus.

»Das ist nicht dein Ernst, Karim«, entfuhr es mir, als er einen Schlüssel zückte und das Monster nach einem Gongton sämtliche verfügbaren Leuchtmittel anschaltete. Um uns herum war es plötzlich taghell.

»Klar ist das mein Ernst.« Er öffnete mir die Beifahrertür und warf meine Tasche auf den Rücksitz. »Das ist mein Firmenwagen. Cool, was? Nissan Navara, Allrad, Dreilitermaschine, Sechszylinder, zweihunderteinunddreißig PS und Vollausstattung. Mit dem komme ich in jedes Gelände und auch wieder heraus. Und auf der Autobahn geht der ab wie ein Zäpfchen.«

Die faszinierenden technischen Details ignorierend, fragte ich mich in diesem Moment erst einmal, wie ich in das Ding hineinkommen sollte, denn die Tür befand sich ein gutes Stück über dem Boden. Die Reifen des Monsters reichten mir bis zur Hüfte. Davon abgesehen war ich mir nicht sicher, ob ich das überhaupt wollte.

Bei uns daheim wäre so ein Ding sogar in der Eifel richtig peinlich gewesen. Wenigstens kannte mich hier niemand. Ich fügte mich und stemmte mich auf den Beifahrersitz aus weichem Leder. Besser in einem peinlichen Auto fahren, als bei Kälte zu Fuß durch dieses Bergdorf irren. Karim klemmte sich neben mir hinters Steuer. Als hätte er meine Gedanken gelesen, erklärte er mir, dass ich mir ruhig die Sitzheizung anmachen könne. Alles klar.

Das Röhren des Motors hätte eine Lawine auslösen können, und in den engen, von Schneebergen gesäumten Straßen musste Karim dauernd den kleinen Autos ausweichen. Dieses Gefährt war definitiv nicht für den deutschen Markt konzipiert worden. Hier in den Bergen war es sogar vollkommen fehl am Platz. Ich machte mich in meinem Sitz klein. Auch wenn mich niemand kannte, wollte ich nicht gesehen werden.

Innerhalb weniger Minuten erreichten wir den Ortsrand, wo Karim das Monster geschickt über eine schmale Landstraße bergauf manövrierte. Um uns herum war es stockfinster, bis auf vereinzelte Lichter, die sich an den steilen Berghängen bewegten. Pistenraupen, wie Karim mir erklärte. Die planierten des Nachts die Skipisten, damit die Touris am nächsten Morgen wieder die Abfahrten hinabrasen konnten.

Gefühlte Ewigkeiten brummten wir auf der schmalen Straße durch die Dunkelheit, bis Karim fast überraschend auf einen nur matt beleuchteten Parkplatz neben einem typischen Allgäuer Landhaus einbog.

»Da sind wir«, erklärte er unnötigerweise, »der Gasthof ›Christlessee‹«.

Ach nee. Ich nickte und versuchte ein Lächeln. »Schaut nett aus.«

Karim zog den Schlüssel aus dem Zündschloss und musterte mich kurz. »Nina sagt immer: Nett ist die kleine Schwester von scheiße.«

Wir waren noch nicht einmal eine halbe Stunde zusammen, und schon zappelte Karims Beziehungsschatten zwischen uns. Mein Blick glitt unwillkürlich zu seiner rechten Hand auf seinem Oberschenkel. Aber da er den Autoschlüssel umklammert hielt, konnte ich nicht sehen, ob da ein goldener Ring an seinem Finger steckte. Ergeben holte ich tief Luft. Immerhin hatte ich dieses Mal gewusst, auf wen ich mich einlasse.

»Vielleicht macht es einen gravierenden Unterschied«, meine Stimme klang schnippischer, als ich wollte, »wer das Wort ›nett‹ verwendet. Ich meine es so, wie es der Duden verzeichnet.«

»Auch egal.« Karim packte meine Reisetasche auf dem Rücksitz und schwang sich aus dem Auto. »Ich mag den Gasthof. Die Mädels hier sind echt süß. Außerdem gehört er meinem Arbeitgeber, insofern wohnen wir hier umsonst.«

Das waren wirklich wichtige Aspekte bei der Wahl einer Unterkunft. Jedem seine persönlichen Prioritäten.

Ich ließ mich aus dem Auto fallen, rutschte prompt im Schnee aus und krallte mich an der aufschwingenden Beifahrertür fest. Ganz offensichtlich fand mich der Wagen auch nicht besonders sympathisch. »Blödes Monster.«

Mit einem Schwung drückte ich die schwere Autotür ins Schloss und stapfte hinter Karim her, der schon am stimmungsvoll beleuchteten Eingang des Gasthofes auf mich wartete.

Das kleine Foyer war leer. Holzdielen knarrten unter meinen Schritten, überall lagen und hingen Felle herum. Dazwischen Geweihe, ausgestopfte Tiere und mächtige Ölgemälde, die alle Klischees der Alpen bedienten. Immerhin war es wunderbar warm.

Karim zog mich zur Treppe hinter dem Eingang zum Schankraum.

»Ich hab dich schon als meine Freundin angemeldet. Falls du doch noch ein eigenes Zimmer willst, dann müssen wir das nachher klären.«

Ich grunzte unverbindlich. Dazu wollte ich mich noch nicht äußern.

Schweigend stapften wir in den zweiten Stock. Auch hier begegnete uns niemand. Ein dicker Teppich dämpfte unsere Schritte. Routiniert steckte Karim eine unpassend moderne Chipkarte in den Schlitz in der Tür, die sich daraufhin sirrend entriegelte.

»Auf eine befriedigende Wiederholung unserer Zeit in Trieblings. Willkommen, Chrissie.«

Mit einer einladenden Geste scheuchte er mich in das Zimmer und knipste gleichzeitig das Licht an. So glücklich war die Zeit in Trieblings aus meiner Sicht nicht gewesen, aber auch dazu sagte ich nichts. Er hielt mich eh schon für eine notorische Spaßbremse. Vielleicht war ich das auch. Unvermittelt fühlte ich mich schrecklich müde, erschöpft und irgendwie total fehl am Platz. Karim schloss hinter uns die Tür.

Da stand ich nun. In Karims Zimmer in einem schrägen Hotel in Oberstdorf. Ein eigenes Zimmer hätte mir diesen Augenblick sicher leichter gemacht. Welcher hirnerweichende Moment hatte mich dazu gebracht, Karims Angebot anzunehmen? Ich musste wirklich schlecht drauf gewesen sein.

Müde schielte ich zum breiten Doppelbett mit den hoch aufgetürmten Federbetten. In Karims Bett wollte ich mich alleine nicht legen. Sollte ich duschen? Kalt war mir auch. Unschlüssig schlurfte ich zum Fenster. Kein Balkon wie in Trieblings. Vor dem Fenster war nur finstere Nacht, womit sich dann auch der flüchtige Gedanke an einen abendlichen Spaziergang erledigte.

Den ganzen Tag war ich unterwegs gewesen, halb Deutschland war an meinem Zugfenster vorbeigezogen, aber angekommen war bisher nur ein Teil von mir. Der andere musste irgendwo auf der Strecke geblieben sein.

Hinter mir ließ Karim meine Reisetasche auf den Boden plumpsen. Sein Skioverall knisterte, als er ihn auszog. Auch ich zog am Reißverschluss meiner neuen Daunenjacke. Unsere Blicke trafen sich. Karim nahm mir die Jacke ab, hängte sie in eine Garderobe neben der Tür.

»Ich muss noch die Daten der heutigen Messung bearbeiten. Dauert nicht lang. Möchtest du wissen, wie die Arbeit aussieht, an der du ab morgen beteiligt bist?«

Eigentlich nicht. Im Moment interessierte mich überhaupt nichts. Aber planlos herumstehen war auch keine Alternative. Also nickte ich und trat zu ihm an den kleinen Schreibtisch neben der Tür.

»Klar, gern. Ich bin schon ganz gespannt.«

Ein halber, ansatzweise genervter Blick strich an mir vorbei. »Du lügst, Chrissie, und das wie immer sauschlecht. Aber ich erkläre es dir trotzdem. Komm her.«

Er zog mich auf seinen Schoß.

Auf dem Bildschirm des Notebooks erschien ein Bild, das mich stark an Google Earth erinnerte. Es hätte die Arktis sein können, wenn nicht der Name Oberstdorf fett über einer Ansammlung von Gebäuden eingetragen gewesen wäre. Ansonsten konnte ich nichts als Wald, verschneite Wiesen und Massen von Bergen erkennen.

Karim fuhr mit dem Mauszeiger über einen kleinen Bereich, der sich sofort vergrößerte. Jetzt waren nur noch Wald und einzelne Wiesenflächen zu sehen und etwas, was ein kleiner See oder Weiher sein konnte.

»Das ist unser kleines Hochtal«, erklärte er und grinste, »etwa eine Viertelstunde von Oberstdorf entfernt. Man nennt diesen See den ›Christlessee‹, gute neunhundert Meter über dem Meeresspiegel.«

Der Mauszeiger blinkte über der blauen Fläche.

»Im Sommer ist dieser See zu kalt zum Baden, aber im Winter friert er nicht zu. Er ist kreisrund, wird von unterirdischen Quellen gespeist. Und auf seinem Grund liegen Bäume, die nie verrotten. Seine intensive blaugrüne Färbung verdankt er wahrscheinlich einer Algenart.«

Wieder traf mich sein Grinsen.

»Du dozierst, Karim.«

»Aber gut, oder?«

Ich nickte ansatzweise belustigt. »Solange es in dem See keine Leichen gibt, stellt sich für mich nur die Frage, warum du hier oben vermessen sollst.«

»Selbstverständlich keine Leichen!« Er schüttelte sich. »Du hast nicht nur einen süßen Kopf, Chrissie, sondern auch einen klugen.« Unsere Lippen fanden sich, von meiner Seite aus überraschend, zu einem Kuss.

»Dozier weiter.« Ich löste mich von ihm. »Also, weshalb wird so ein Ort vermessen?«

»Weil jeder Ort vermessen wird, den man kartographieren will. In diesem Fall soll hier um den Gasthof und den See gebaut werden.«

Mein Blick fixierte den Bildschirm. »Hier? Mitten in den Bergen?«

»Noch Ortsrandlage«, korrigierte er lachend. »Das ist ein feiner Unterschied. Und ja, wenn es nach den Wünschen der Investoren und der Oberstdorfer Tourismusdirektorin geht, dann wird hier in den nächsten zwei Jahren ein Hotelkomplex mit Ferienblockhäusern im Walser Stil entstehen. Wellness, Schwimmbad, Golfplatz. Naturnah und urwüchsig. Ganz im Trend des sanften Tourismus.«

Verständnislos glotzte ich Karim an.

»Und wozu? Hat Oberstdorf nicht schon genug Hotels, Wellness und Edelerholung? Hier macht doch jeder irgendetwas in der Richtung. Wieso noch mehr Natur betonieren und zubauen?«

»Noch steht ja nicht fest, ob da gebaut wird. Deswegen haben mich die beiden Investoren zur Prüfung engagiert. Sicher ist, dass es keine Tiefgarage geben wird und der gesamte Bereich trockengelegt werden muss.«

»Ganz super.« Mein ökologisches Moralgefühl war nicht besonders stark ausgeprägt, aber bei so einem absurden Plan stellten sich selbst mir die Nackenhaare auf. »Echt, eine total innovative Idee. In anderen Gegenden wird viel Geld dafür lockergemacht, dass Auen und Seeufer renaturiert werden, Naturschutzgebiete werden eingerichtet, um seltene Pflanzen und Tiere zu schützen, und hier wird einfach trockengelegt, damit ein Hotel gebaut werden kann. Das nennst du sanften Tourismus?«

»Ich verdiene mein Geld damit«, knurrte Karim unüberhörbar vergrätzt. »Und ja, ich halte die Idee für richtig gut. Oberstdorf hat seit Jahren massiv rückläufige Übernachtungszahlen und ein extrem verstaubtes Image. Alle jammern, aber keiner bewegt seinen Arsch, um hier mal frischen Wind in die Alpenidylle zu bringen. Der Gemeinderat heult, dass alles so teuer ist, die Rechtler hocken mit ihren historisch verbrieften Hofrechten auf ihren Ländereien und die Vermieter bieten Hütten an, die seit den Sechzigern nicht mehr modernisiert wurden. Endlich könnte mal was passieren, und schon krakeelen Bedarfs-Naturschützer wie du herum. Übrigens ist das Gelände schon ein Naturschutzgebiet!«

»Aber nur, weil Typen wie du noch nicht genug Schickimicki im Leben haben.«

Sein Lachen platzte unkontrolliert aus ihm heraus, was mich mal wieder an seinen befremdlichen Geisteszustand erinnerte.

»Kann man davon genug haben? Ich finde, Schickimicki macht mein Dasein erst richtig anregend. Du gehörst immerhin auch zu meinem ausschweifenden Lebensstil.«

Für die Sekunden, die mein Hirn brauchte, um zu verstehen, was er da von sich gegeben hatte, spürte ich genau, wie meine Gesichtsmuskeln erstarrten, um dann mit der Erkenntnis dieser bodenlosen Unverschämtheit spontan zu erschlaffen.

»Was?!«

»Witzle gemacht! Reingefallen.« Seine Lippen landeten auf meinen. »Aber falls das Hotel gebaut wird, dann kannst du sicher sein, dass ich mit dir dort ein paar entspannte Tage verbringen möchte. Magst du die Präsentation dazu sehen?«

Die meisten meiner Bekannten bescheinigten mir einen recht kümmerlichen Humor, wobei ich mir sicher war, dass das meistenteils daran lag, dass nur noch blöde Sparwitze auf Kosten anderer zum Besten gegeben wurden. Definitiv war Humor nicht, wenn man trotzdem lacht. Egal. Mit einer Schwäche für Werbefilmchen war ich ebenfalls nicht gesegnet, aber da jede Diskussion mit Karim verpuffte Energie war, war es besser, den einfach über mich ergehen zu lassen. Also nickte ich ergeben.

»Dann zeig halt mal, du Sparwitzler.«

Eine Eigenschaft, die ich an Karim von Anfang an wirklich geschätzt hatte, war, dass er genauso gut einstecken wie austeilen konnte. Karim war nicht zimperlich.

»Lieber Sparwitzler als Sparlover.«

»Da muss ich dir ausnahmsweise recht geben. Jetzt mach hin mit der Präsentation, du hast so spitze Knie.«

Lässig klickte er ein bisschen auf seinem Notebook herum, dann öffnete sich mit einer süß klingelnden Melodie ein Panoramabild von Oberstdorf.

»Grüß Gott im ›Christlessee-Resort‹ und ein herzliches Willkommen!«, begrüßte mich eine auf altertümlich gemachte Schrift. Ich verzog das Gesicht in der Erwartung, dass ich in den nächsten Minuten mit jedem Klischee bedient werden würde, das diesseits der Alpen zu haben war.

Und ich sollte recht behalten. Es folgte ein Rundflug über das wirklich unfassbar schöne Tal und den See, dann segelten wir tiefer, um vor einem Gebäude zu landen, das mich schwer an ein Blockhaus aus der kanadischen Wildnis erinnerte. Eine tiefe männliche Stimme erzählte mir dazu, dass es sich um ein traditionelles Walserblockhaus handelte, wie sie in diesen Tälern schon vor Jahrhunderten von den wandernden Walsern in ihrer ganz besonderen Holzbautechnik gebaut worden waren.

Immerhin. In einer Computeranimation tänzelte ein blondes Mädel im knappen Dirndl aus dem Haus heraus, winkte in die imaginäre Kamera und bat uns, ihr zu folgen. Karim rückte mich auf seinem Schoß zurecht.

»Magst auch so eins haben? Du sähst darin sicher total fesch aus.«

»Nicht einmal über meine Leiche«, knurrte ich, folgte trotzdem aufmerksam der Animation über einen gekiesten Weg am See vorbei zu ein paar anderen, verstreut liegenden kleinen Blockhäusern.

Derweil erzählte die Computerheidi von den Vorzügen des urwüchsigen Lebens, der natürlichen Einfachheit des Seins, das in den Alpen, vornehmlich natürlich in Oberstdorf, noch so lebendig sei. In der Kraft der Alpen seine innere Mitte wiederfinden, sich vom reichhaltigen Wellnessangebot der Anlage verwöhnen lassen.

Das Bild schwenkte in das Innere der nächsten Hütte, was mir dann ein widerwilliges »Wow« entlockte. Schlicht und edel. Weiß getünchte Wände zu Holzdielen, elegante Designermöbel, sparsam beleuchtet, und ein Feuer im gemauerten Kamin. Und nicht ein einziges Geweih oder totes Tier an den Wänden. Das gab Pluspunkte.

Heidi plauderte derweil strahlend, wie schön es sei, im Winter in Oberstdorf nach einem Tag auf der Piste und nachfolgender Haussauna hier am wärmenden Kamin zu sitzen, bei einem Glas Biorotwein.

Das Drei-Gänge-Menü, bereitet aus heimischem Biogemüse und Fleisch oder regionalen Fischen würde den hungrigen Skisportlern selbstverständlich ins Haus geliefert, wenn man nicht das erlesene Restaurant des Hotels aufsuchen wollte. Für jeden Geschmack würde sich bestimmt etwas auf der Karte finden lassen.

Thermalschwimmbad, verschiedene Saunas und Dampfbäder. Massagen von klassisch bis Thai. Tägliche Kurse in Tai-Chi und Qigong, selbstverständlich auch Yoga.

Im Sommer den Luftkurort genießen mit geführten Wanderungen, erste Klettererfahrungen machen, mit Pferdekutschen spazieren fahren, Sonnenuntergänge am See genießen. Mit einem Seufzer und unschuldigem Augenaufschlag fragte Heidi, ob es etwas Romantischeres gäbe, als mit dem Liebsten im Ruderboot zu sitzen.

»Am Ufer Sex haben«, murmelte Karim, ohne mich dabei anzuschauen. Ich gab ihm einen Klaps gegen die Stirn. »Die sprach von romantisch!«

»Gibt's da 'nen Unterschied?« Er zwinkerte mir zu. »Aber sieht doch genial aus, oder?«

»Dir den Unterschied zu erklären, würde den Abend sprengen, Karim«, erwiderte ich lachend. »Und wer sieht genial aus, die Heidi oder das Resort?«

»Beide, jetzt meinte ich allerdings das Projekt.«

»Hm.« Mein Blick folgte unschlüssig der fröhlichen Heidi aus dem Blockhaus hinaus. Alpenpanorama, Sonnenschein, Blockhäuser, ein paar Kühe im Hintergrund am See.

»Ja, ganz hübsch«, gab ich zu. »Aber das Rad haben die mit dieser Ferienanlage nicht neu erfunden, und was daran touristisch sanft sein soll, das verstehe ich noch immer nicht. Sanfter wäre es definitiv ohne diese Blockhäuser und einen Haufen Snobs, die zwei Wochen *Alpstyle all inclusive* buchen.«

»Spaßbremse.« Karims Blick streifte mich, schwankend zwischen Ärger und Belustigung. Derweil öffnete sich neben der herumstrahlenden Heidi ein kleineres Fenster, und ein Mann Ende siebzig lächelte mich an, der, stolz in Janker, Lederhosen und Jägerhut gekleidet, neben dem bemalten Eingang eines Hauses stand, das mir grob bekannt vorkam.

»Grüß Gott mit'rnand.«

Seine Stimme war tief, aber irgendwie nicht angenehm. Etwas an seinem rosig-ledrigen Gesichtsausdruck behagte mir nicht.

»Unser Wirt«, erklärte Karim mit einem Wink zum Notebook.

»Hä?«

»Der Mann, dem dieses Zimmer samt Gasthof gehört«, erklärte er die Augen verdrehend. »Severin Huber, einer meiner Auftraggeber, ehemaliger Vorsitzender des Oberstdorfer Rechtler-Vereins. Ohne Zustimmung der Herren in diesem Verein, denen unglaublich viel Land in und um Oberstdorf gehört, baut hier niemand etwas. Huber hat großen Einfluss beim Marktgemeinderat, uralte Oberstdorfer Familie. Er führt diesen Gasthof seit dem Kriegsende. Angeblich schwerreich, ein Teil des Seegrundstücks gehört ihm. Du wirst ihn sicherlich morgen kennenlernen.«

»Okay«, dehnte ich überrascht, »so schaut der echt nicht aus.«

Unser jovial lächelnder Auftraggeber kam recht unspektakulär rüber. Aber gut, weder Geld noch Einfluss hatten eindeutige Spuren hinterlassen, und sympathischer machten sie den Mann auch nicht.

Derweil schwadronierte der Herr Huber darüber, dass nur heimische Hölzer für seinen Bau verwendet würden und hiesige Handwerker die Aufträge bekämen, sodass das »Christlessee-Resort« nicht nur Arbeitsplätze schaffen und erhalten würde, sondern auch dem traditionellen Handwerk einen passenden Rahmen gäbe. Mir lag ein Amen auf den Lippen, das ich mir aber verkniff. Vielleicht meinte der Mann ja, was er sagte, auch wenn ich das nicht ganz glauben wollte.

»Klingt doch gut, oder?«, fragte Karim prompt, als ich schweigend den kurzen Abspann der Präsentation verfolgte.

»Klingen tut vieles gut«, ich schob mich von seinem Schoß und streckte mich, »aber das heißt selten, dass es auch gut ist.«

»Gibt es eigentlich irgendetwas, was du richtig gut findest, Chrissie, so ohne Wenn und Aber, ohne jedes Genörgel?«

Erstaunt musterte ich Karim am Notebook. Er meinte es ernst, da war kein Schmunzeln in seinen Augen.

»Kann ich dir spontan nicht sagen«, antwortete ich abweisend, »Tagesform entscheidet.«

»Und dein weiblicher Hormonhaushalt, ich weiß. Bei Nina wechseln die Meinungen auch vierzehntägig. Vor und nach dem Eisprung.«

Ich überlegte kurz, ob Nina und ein derartiges Thema einen Schlagabtausch wert sein könnten und kam zu dem Schluss, dass ich eigentlich zu müde dafür war. Also holte ich tief Luft und hängte ein schiefes Grinsen in meine Mundwinkel.

»Richtig gut fände ich jetzt eine heiße Dusche.«

Nur eine Augenbraue zuckte spöttisch. »Das lässt sich einrichten, Chrissie.«

Er zeigte auf eine Tür neben der Garderobe. »Dort ist das Bad, Handtücher hängen. Soll ich mitkommen?«

Resigniert legte ich den Kopf in den Nacken und seufzte. »Nee, die Fummelei in einer engen Dusche mag ich wiederum nicht. Und ich will auch keine Leiche zum Frühstück wie damals in Trieblings.«

»Schade. Liebe ist, mit ihm die Dusche zu teilen.« Lachend klappte er das Notebook zu.

»Davon abgesehen«, sein Grinsen wurde breiter, »wenn ich mich recht erinnere, warst du doch morgens immer die einzige Leiche beim Frühstück … Wären zum Abendessen Brezen und eine Flasche Rotwein zur Erinnerung an unseren ersten Abend in Trieblings ein passabler Ersatz?«

»Perfekt. Darf ich dich an die Farbenpracht deines Gesichtes erinnern, nachdem es Kontakt mit Siggis Fäusten hatte?«

Ich drückte die Tür zum Badezimmer auf.

»Du, Chrissie!«

Ich blickte halb über die Schulter, Karim feixte.

»Ich mag übrigens keine Pfützen im Bad.«

Ganz schön vermessen

Es war noch stockfinstere Nacht, als Karims Handy wild vibrierend Van Halens »Jump« ins Zimmer schmetterte.

Der Schreck riss mich halb aus dem Bett und die Kälte im Zimmer drängte mich genauso schockartig zurück unter die warme Daunendecke.

Dann erst fiel mir ein, dass Atmen eine lebenserhaltende Maßnahme ist.

»Willst du mich umbringen, Karim?«

Völlig ungerührt stellte er den Weckalarm aus, schaltete dafür die Nachttischlampe an und drehte sich zu mir um.

»Nee, wieso, du wolltest doch ausdrücklich keine Leiche zum Frühstück.« Sein Blick ging schmunzelnd über mein Gesicht. »Wobei, wenn man dich so anschaut …«

»Was?«

Er hob abwehrend die Hände. »Nichts, nichts.«

Grummelnd zog ich mir die Decke über den Kopf. Das Licht der Nachttischlampe erschien barbarisch hell, machte den dunklen Wintermorgen noch unbarmherziger. Warum war ich nicht in den Süden geflogen? Hatte ich mir nicht im Sommer noch geschworen, niemals wieder etwas anderes als Ferienclubs samt all-inclusive zu buchen? Und niemals wieder daheim in Deutschland Urlaub zu machen?

Das hatte ich ja mal wieder super umgesetzt.

Außerdem fühlte sich mein Kopf ein wenig nach Kater an, wozu auch der pelzige Geschmack im Mund passte. Der letzte Schluck Rotwein gestern Nacht war sicher der berüchtigte zu viel gewesen.

Ich blinzelte über die Bettdecke hinweg in das kalte Zimmer. Karim verschwand im Bad. Aus dem Inneren des Hauses drangen gedämpfte Geräusche an meine Ohren, auch der Gasthof erwachte. Tag eins in der Schneehölle der Allgäuer Alpen als Karims Handlanger.

Einzig die Aussicht auf ein gutes Frühstück mit viel schwarzem

Kaffee ließ mich aus dem Bett schlüpfen. Eben trat Karim splitterfasernackt aus dem Bad.

»Und, Chrissie, versüßt dir mein Anblick den grauen Wintermorgen?«

Er knipste die Deckenlampe an, grinste breit. Niemand in dieser Welt konnte ein durchschlagenderes Selbstbewusstsein besitzen als Karim.

»Wenn du eine Tasse Kaffee in den Händen halten würdest, wäre das vielleicht so«, erwiderte ich ungerührt, »aber da auch nackte Männer inflationär von jeder Plakatwand fallen, haust du mich jetzt nicht unbedingt um.«

»Ach Chrissie, deine Humorlosigkeit ist einfach immer erfrischend. Besser als jede kalte Dusche. Schick di, in diesem Gasthof kann man nur bis neune frühstücken, und Coffee to go gibt es hier oben noch nicht.«

»Was sich wahrscheinlich bald ändern wird.« Ich verkniff mir eine morgenmuffelige Antwort auf den ersten Teil seiner Ansage und schlurfte ins Badezimmer, das natürlich mehr oder weniger unter Wasser stand. So viel zum Thema er mochte keine Pfützen im Bad. Ich auch nicht.

Draußen kämpfte sich ein rotgoldener Wintermorgen seinen Weg über die Berggipfel, als wir uns auf die geblümt gepolsterten Bänke in der Gaststube fallen ließen. Millionen Eiskristalle glitzerten und gleißten im Schnee, der wie eine fluffige Decke über den Wiesen am See lag. Dicke Schneemützen türmten sich auf den Ästen der Fichten und grotesk vom Wind geformt auf den Giebeln der kleinen Stadel. Wintermärchen. So viel Schnee hatte ich noch nie in meinem Leben gesehen. So etwas kannte ich nur von Bildern oder aus dem Fernsehen. Was gestern Abend noch wie eine grässliche Fehlentscheidung ausgesehen hatte, stellte sich in diesem Moment als einzigartige Verzückung heraus. Sprachlos starrte ich aus dem Fenster, löste mich erst, als die Bedienung uns unser Frühstück hinstellte. Ich griente die junge Frau ansatzweise debil an.

»Willkommen im Gasthof ›Christlessee‹«, trällerte sie, »ich bin die Leni. Sagen S' nur, wenn S' mi brauchen.«

»Christiane«, haspelte ich überrascht und verzog dazu artig meine Lippen, »danke.«

»Im Moment braucht sie nur Kaffee und mich«, mischte sich Karim fröhlich ein.

Leni lachte mit glockenhellem Stimmchen. Verdutzt starrte ich sie an. Ein süßes Gör im Dirndl. Kurze blonde Strubbelhaare zur klassischen Stupsnase mit Piercing und mit einer phantastischen Taille gesegnet. Jede Wespe wäre vor Neid erblasst.

»Den Kaffee kann sie haben«, erwiderte Leni keck mit einer übermütigen Drehung auf ihren Haferlschuhen. »Um den Rest wird sie sich sicher selbst kümmern, wenn du recht hast, was ich arg bezweifle.«

Und weg war sie.

»Freches Stück«, brummte Karim gutmütig, »die und ihr Temperament sind selbst mir am frühen Morgen zu viel.«

»Was ja echt etwas heißen will.«

Ich schnitt mir zufrieden eine frische Semmel auf, sie war noch warm, und strich die Butter aus dem putzigen Steinguttopf darauf. Draußen färbte sich das Rotgold zu einem strahlenden Weißblau. Die Schatten der Fichten fielen wie Scherenschnitte auf den Schnee. Der Anblick war unfassbar schön. Mit einem abwesenden Nicken quittierte ich den Kaffee, den Karim mir einschenkte.

»Da draußen darfst du dann nachher in aller Schönheit frieren.«

Karims Kommentar holte mich unschön aus meiner Betrachtung der Postkartenidylle.

»Ich friere nicht«, knurrte ich. »Neue Daunenjacke, Handschuhe und Stiefel. Ich bin winterfest.«

Er lachte mit einem verstörend hämischen Unterton. »Wetten, doch? Ich gebe dir eine halbe Stunde, und du schlotterst wie ein Zitteraal.«

»Topp. Wette gilt.« Mein Vertrauen in die modernen Textilien war unerschütterlich. »Was ist der Einsatz?«

»Ein Blutwurz aus der hauseigenen Brennerei.« Er rieb sich genüsslich die Hände. »Sehr lecker und sehr stark.«

»Blutwurz?« Ich verdrehte die Augen. »Fängt die Trinkerei schon wieder an?«

»So würde ich das nicht nennen«, Karim stellte seine leere Tasse auf den Tisch, »eher notwendige Wiederbelebung. Aber jetzt genug geschwätzt. Die Arbeit ruft.«

Notgedrungen trank auch ich meinen Kaffee aus und stand auf. »Wie kann die rufen? Ich weiß ja nicht einmal, was meine Arbeit ist.«

»Das zeige ich dir jetzt alles. Heute darfst du noch üben, ab morgen wird's ernst mit der Peilstange. Komm.«

Keine zehn Minuten später war mir klar, dass Karim die Wette gewinnen könnte. Es war so kalt, dass mir der Rotz beim Einatmen in der Nase gefror. Meine Wangen erstarrten, meine Lippen wurden abrupt rissig. Wie immer hatte ich keinen Fettstift dabei. Wozu auch, im rheinischen Winter? Karim dagegen hatte sich dick eingecremt, seine Lippen glänzten speckig und seinem orangenen Schneeanzug schien die Kälte nichts auszumachen. Meine leise Verachtung verging mir spontan.

Die glitzernde Winterwelt hinter dem doppelverglasten Fenster war in natura eine Eishölle. Wer hätte das gedacht?

»Was ist das hier?«, knurrte ich überrascht, während ich hektisch meine absterbenden Hände in ihren Fäustlingen gegeneinanderklatschte. »Arktisvorstufe? Oder haben wir heute Nacht den Übergang in die nächste Eiszeit verpennt?«

»Wie jetzt«, Karims orangene Arme umfingen mich, »die halbe Stunde ist noch nicht um, willst du jetzt schon aufgeben? Es sind doch nur minus fünfzehn Grad.«

»Quark«, mein Hirn gaukelte mir umgehend vor, dass mich die Umarmung wärmte, innen wie außen, und ich zog den letzten flüssigen Rotz in meiner Nase hoch, »ich gebe nie auf. Mir ist nicht kalt. Wo ist jetzt mein Arbeitsplatz?«

»Dieses Mal leider nicht an meiner Seite, süße Chrissie, sondern immer mindestens fünfzig Meter von mir entfernt. Kannst du das aushalten?«

»Schwätz keinen pseudoromantischen Mist, Karim«, erwiderte ich unbeeindruckt, »ich halte viel aus, sogar dich. Versuch's doch mal mit einer sachlichen Erklärung.«

»Da will man mal nett zu dir sein«, er grinste breit, »aber das prallt bei dir ja immer ab. Folge mir zum Auto, Hilfswillige.«

»Im Moment weiß ich nicht, ob ich wirklich willig bin.«

Die Kälte biss mir ins Gesicht, eine Mütze wäre eine sinnvolle Anschaffung gewesen. Aber vor Karim würde ich mir so schnell keine Blöße geben und schon gar nicht meine Wette verlieren.

Trotzdem stapfte ich reichlich angefiest hinter Karim her zu seinem Monsterauto, wo er per Knopfdruck auf die Fernbedienung die Heckklappe hochfahren ließ. Kofferraum brauchte man das nicht mehr zu nennen, eher schon Ladefläche. Vollgepackt mit Stapelkisten, Styroporkartons, Kabeln, zusammengeklappten Stativen und allerlei technischem Krimskrams, dessen Zweck sich mir auf den ersten Blick nicht erschloss. Wahrscheinlich würde es das auch nicht auf den zweiten.

Karim verschwand halb in den Untiefen der Ladefläche, ich sah nur noch seinen orangenen Hintern, was mir dann doch ein amüsiertes Schmunzeln ins Gesicht trieb. Sein Hinterviertel war wirklich sexy.

Mit einem der Stative und einem Styroporkarton schob er sich schließlich wieder in die Senkrechte.

»Die Nivellierlatte da, das ist deine.«

Er nickte anzüglich grinsend ins Auto, wo eine schmale Latte aus Metall lag.

»Spar dir einen peinlichen Männersatz, Karim.« Ich angelte die Latte aus dem Auto. Sie war überraschend schwer, über und über mit Strichen und Zahlen beschriftet. »Sexistische Sprüche am Arbeitsplatz sind nämlich total out.«

Er lachte übermütig in den stillen Morgen hinein.

»Okay, Bedienung der Peilstange, Teil eins. Du darfst mir wieder folgen, Hilfswillige.«

Auch an diesem Morgen konnte ich mich nicht entscheiden, ob ich Karim witzig oder extrem anstrengend und nervtötend fand. Sein Sex-Appeal war nicht in Worten fassbar, was vieles aufwog. Also latschte ich mit der Stange in der Hand hinter ihm her, den schmalen, vom Schnee geräumten Wanderweg am Gasthof vorbei Richtung Wald hinauf. Der Schnee knirschte idyllisch unter meinen Füßen, die Sonne gewann zunehmend an Wärme, ich vergaß, dass mir eben noch erbärmlich kalt gewesen war. Noch nie war ich Bergen so nah gewesen. Ihre schneebedeckte Erhabenheit beeindruckte mich zutiefst, aber ich fühlte mich erstaunlicherweise nicht mickrig in ihrem Schatten.

Karim schritt völlig unbeeindruckt von der betörend schönen Kulisse vor mir her, während ich mehrfach wie ein glotzendes Pferd über meine eigenen Füße stolperte. Ich kam mir vor wie der letzte oder erste Mensch in einer Landschaft, wie sie kein Computer schöner hätte konstruieren können. Allein die Klarheit der Farben überforderte meine Augen, die seit Wochen nichts anderes gesehen hatten als Nebel und graue Regenwolken.

Unweit des letzten, anscheinend leer stehenden Bauernhofes rammte Karim das Stativ in den Schnee, ich hielt schnaufend neben ihm an. Mein Atem dampfte in der Kälte, aber ich fühlte mich phantastisch.

»Was denn, schon am Ende mit dem Spaziergang?«

»Keinen Meter weiter ohne mein Auto«, konterte er trocken, »ich bin ja nicht zum Spaß hier unterwegs. Also, wie gesagt, Vermessung für Anfänger. Hör mir einfach zu, Hilfswillige, Fragen darfst du später stellen.«

»Nur noch mal zur allgemeinen Information«, ich schickte ihm ein eisiges Lächeln, »meine Hilfswilligkeit hält sich in richtig engen Grenzen, und wenn du mir weiterhin so auf die Nerven gehst, dann weiß ich, wann mich der IC Allgäu heute wieder nach Bonn zurückfährt.«

»Ach, Chrissie«, ein warmer Kuss landete auf meiner kalten Wange, »der IC Allgäu fährt täglich, und ich bin sicher, er wird es länger ohne dich tun.«

»Dann versuch's mal mit weniger Machosprüchen. Also, was soll ich tun?«

»Mir die Stange halten.« Sein behandschuhter Zeigefinger strich mir zärtlich über meine kalte Nasenspitze.

Es war hoffnungslos. Leider bemerkte er weder meine unmotivierten Gesichtszüge noch meine verdrehten Augen, denn er hob behutsam ein kantiges Teil aus seinem Styroporbett und schraubte es auf das Stativ.

»Das ist ein Tachymeter«, erklärte er, ohne mich anzuschauen, »und zwar einer der modernsten. Habe ich mir erst vor Kurzem gekauft. Der erleichtert vieles, denn er misst alles elektronisch, wenn ich will, auch über GPS, und wir brauchen abends nur die Daten in den PC einzulesen und auszuwerten. Ich muss nicht einmal mehr rechnen.«

»Super.«

Er zog eine Augenbraue hoch und sein abschätzender Blick traf mich.

»Beeindruckt, was?«

»Ja, total. Was macht man mit dem Ding?«

»Vermessen. Der misst die Höhenmeter, die Horizontlinien, indem er die Nivellierlatte anpeilt, die du auf meine Anweisungen hin platzierst. Solange noch so viel Schnee liegt, können wir nicht alles genau vermessen. Dem Huber ist jetzt erst einmal nur wichtig, zu wissen, wie groß das Grundstück ist, das er bebauen darf. Die Katasterauszüge sind alle ziemlich alt, noch aus den Kriegsjahren, und übel ungenau.«

»Der Herr Huber aus der Präsentation?«

»Genau der. Du wirst ihn vermutlich nicht mögen.«

»Vermutlich. Aber was mache ich jetzt mit dieser Nivellierlatte?«

»Erklär ich dir.« Karim drehte sich suchend einmal im Kreis herum, dann deutete er auf eine einzelne Fichte in der Wiese. »Wir machen das jetzt einfach mal. Geh mal da zu der Fichte. Es gibt ein paar Handzeichen, die du dir merken solltest.« Er winkte einmal nach rechts, dann nach links. »Klar, oder?«

Ich nickte. »Ganz klar.« Und bahnte mir einen Weg durch den knietiefen Pulverschnee zu der Fichte. Jetzt verstand ich auch, warum Karim einen Schneeanzug trug, anstatt Jeans wie ich. Aus den Augenwinkeln sah ich ein Auto vom Gasthof her auf uns zukommen, das direkt neben Karim anhielt. Auch dieses Gefährt erschien mir latent überdimensioniert für die Gegend.

Ein Mann mit Jägerhut lehnte sich aus dem Fenster, Karim winkte mich zu sich. Also pflügte ich mich erneut durch den Schnee.

»Darf ich dir unseren Auftraggeber und Wirt vorstellen, Chris?« Karim fasste mich sanft am Arm, ich nickte und lächelte den älteren Herrn artig an. »Gern.«

»Herr Severin Huber.« Karim zog mich recht besitzergreifend näher zu sich heran. »Meine Freundin Christiane, die jetzt ihren Urlaub dafür opfert, mir hier zu helfen.«

»Hoi?« Die strahlend blauen Augen des alten Mannes fixierten mich überrascht. »Das ist aber nicht die von deiner Homepage, Karim. Aber fesch, das Mädel, Respekt.«

Meine Gesichtszüge schlingerten kurz, bis ich sie wieder unter Kontrolle brachte. Da zahlte sich jahrelanges Pokerface-Training mal wieder aus. Auch Karim kaute kurz an seinen Lippen, bis er ein unverfängliches Lächeln fertigbrachte.

»Noi«, er ruckelte kurz seinen Arm um meine Schultern, »mit der auf der Homepage bin ich nur beruflich liiert.«

Flüchtig stellte sich mir die Frage, ob es sich bei der unbekannten Frau von der Homepage um die heiratswütige Nina handelte, oder ob Karim noch ein drittes Pferdchen laufen hatte. Aber eigentlich sollte mir das egal sein, schließlich war Karim für mich nur ein mehr oder weniger amüsanter Zeitvertreib. Mehr würde von meiner Seite aus uns auch nicht werden. Außerdem taute die Sonne den Schnee auf meiner Jeans zu kalten, nassen Flecken. So peinlich das auch war, aber diesen Job würde ich nur ohne Erkältung überleben, wenn ich mir noch heute eine Schneehose besorgte. Wenn möglich nicht in Orange.

»Passt scho, Karim«, das gerötete Gesicht des Mannes verzog sich zu einem Grinsen, »bist ja noch jung. Wie weit seid's ihr heute schon gekommen? Morgen wird's Schnee geben, also schick di.«

Karim bewegte ausweichend die Schultern. »Ich muss Chris heute noch ein paar Sachen erklären. Wir machen das morgen, das geht auch, wenn's schneit.«

Der Huber kratzte sich leicht missmutig unter seinem Filzhut, dann ließ er den Motor an. Der Sound war nur unwesentlich leiser als der von Karims Auto.

»Wenn's morgen schneit, dann vermesst ihr mir die Wiese droben am Wald«, seine Linke wedelte lässig aus dem Fenster heraus zum Waldrand hinter uns, »bis zum Wildzaun, wo der Hochstand ist. Ich muss unbedingt wissen, wie viel Land das ist.«

Karim runzelte verwirrt die Stirn, während er den Waldrand musterte.

»Das ist laut Katasterauszug Gemeindewald«, erwiderte er langsam, »der gehört nicht zum möglichen Bebauungsplan.«

»Noch nicht, aber wir werden das Hotelkonzept um einen idyllischen Wildpark erweitern, und dafür werde ich den Wald bekommen. Also mach deine Arbeit.«

Ein raues Lachen bollerte aus seiner Kehle heraus. Ohne auf eine Antwort zu warten, setzte er den schweren Geländewagen rückwärts in den Schnee, um zu wenden, und fuhr zum Gasthof zurück.

»Der übt sich aber mal eifrig als Großkotz.« Ich rümpfte die Nase, ein Rest Diesel hing in der winterlichen Luft.

Karim zuckte die Schultern. »Der war viele Jahre Vorsitzender der Oberstdorfer Rechtler. Der ist einer der Meinungsbildner im Ort und ziemlich wohlhabend. Mit dem sollte man es sich nicht verscherzen. Wer zahlt, schafft an. Also vermessen wir morgen die Wiese am Waldrand. Wenn der Huber die haben will, dann wird er sie vermutlich auch bekommen.«

»Das nenn ich ganz schön vermessen.«

Winterwonnig

Am Nachmittag erstand ich in Oberstdorf eine dunkelgraue Schneehose, an der als einzig peinliches Accessoire reflektierende Paspeln angenäht waren. Damit konnte ich leben und meinen Auftrag in der Eishölle überleben.

Danach bummelten wir durch die verschneiten Straßen von Oberstdorf. Ein seltsamer Ort.

Einerseits unglaublich touristisch verschandelt mit Geschäften, deren Auslagen mit jedem noch erdenklichen Kitsch vollgestopft waren. Von Glitzerkuh bis Arafat-Tuch. Andererseits hörte man die Kühe in den Ställen muhen, sah alte Blockhäuser und Misthaufen. Dazwischen teure Sportgeschäfte und verstaubte Cafés. Über allem schwebte die Nebelhornbahn.

Wir tranken einen Glühwein am Brunnen in der Oststraße. Der kleine Platz war stimmungsvoll dekoriert, die Sonne wärmte mir den Rücken und dazu dudelte leise Weihnachtsmusik aus einem Lautsprecher, der hinter Tannenzweigen versteckt war. Wenn das Wetter anhielt, würde ich auch eine neue Sonnenbrille brauchen. Karim nahm seine nur in geschlossenen Räumen von der Nase oder wie jetzt, als er einer langbeinigen Blondine im Skianzug hinterheräugte.

»Die kann so eine Stoffpelle sogar tragen.« Mein Blick schürfte an ihr vorbei. »Der Herr Huber wäre sicher entzückt, wenn die dir demnächst die Peilstange hielte.«

Die Sonnenbrille fluppte zurück auf seinen Nasenrücken, und Karim drehte lässig seine Glühweintasse in der Hand. »So eine habe ich daheim, die brauche ich hier nicht, und der Herr Huber darf sich an seiner Leni die Augen verbrennen.«

»Ahhhh«, ich lachte, »jetzt wird mir klar, warum du immer mit Sonnenbrille herumrennst.« Den ersten Teil seines Satzes strich ich ersatzlos aus meinem Gedächtnis.

Einen Moment lang musterte er mich verständnislos, dann tippte er sich an die Stirn. »Blödsinn. Aber ich achte im Gegensatz zu dir darauf, dass ich nicht schon jetzt um die Augen herum aussehe wie der Ötzi. Ist nicht so klug, die Bergsonne zu unterschätzen. Magst noch ’nen Glühwein?«

»Nein, lass uns zum Gasthof zurückfahren und vielleicht doch noch ein bisschen arbeiten, damit der Huber nicht schimpfen muss. Außerdem bekomme ich heute Abend einen Blutwurz von dir, denn ich habe heute Morgen locker eine halbe Stunde in der Affenkälte ausgehalten. Wettschulden sind Ehrenschulden.«

»Auch gut. Mir sind hier eh zu viele Menschen unterwegs. Warst wirklich tapfer heute Morgen, stimmt. Und jetzt mit der heißen Schneehose werde ich dich wahrscheinlich nicht mehr ins Zimmer bekommen.«

»Dann machen wir halt Outdoorsex.«

Ich genoss die Fahrt über den gewundenen, teils schneebedeckten Weg zum Gasthof hinauf.

Zarte, fast fedrige Wolkenschleier hingen zwischen den entferntesten Gipfeln. Ich bildete mir ein, den Schnee glitzern zu sehen. Das Panorama war atemberaubend, auch wenn ich es in einem peinlichen Auto erlebte. Karim neben mir hielt zur Abwechslung einmal den Mund.

Noch immer schweigend wuchtete Karim auf dem Parkplatz vor dem Gasthof das Stativ mit dem Tachymeter aus dem Kofferraum und drückte mir die Nivellierlatte in die Hände. Auf dem Stellplatz neben uns parkte ein völlig verrosteter roter Fiesta mit einem Hannoveraner Kennzeichen. Ein Wunder, dass dieses Gefährt es bis hierher geschafft hatte, ohne auseinanderzufallen.

»Da hockt man sich doch lieber in das peinliche Auto, was?«

Ein spöttischer Blitz aus Karims Augen streifte mich. Ich zuckte die Schultern.

»Fährt auch nur von A nach B.«

Wir schleppten die Geräte ein Stück den Weg hinauf, dann bog Karim hinter dem Gasthof in eine Fichtenschonung ab. Ich pflügte mich hinter ihm durch den Schnee, bis mich die tief hängenden Zweige der Fichten umfingen. Schnee rieselte mit leisem Sirren überall um mich herum zu Boden. Märchenwald.

Während ich die Latte möglichst senkrecht in den Schnee stieß und mir mit halbem Ohr Karims Erklärungen über Winkel, Gradzahlen, Horizontlinien und einen Haufen völlig unverständliche Fachbegriffe anhörte, wanderte mein Blick immer wieder verzückt durch die lichte Fichtenschonung. Nur wenig neben mir entdeckte ich einen Wildwechsel zwischen den Büschen. Von allen Seiten liefen Fährten darauf zu, von denen ich nicht eine einzige erkannte. Bei uns gab es nur Hasen. Ein frei lebendes Reh hatte ich seit Jahren nicht gesehen, geschweige denn einen Fuchs oder gar einen Dachs. Ich schnupperte in die klare Waldluft. Es schien wärmer geworden zu sein, oder ich hatte mich spontan akklimatisiert. Vielleicht roch es auch nach Schnee?

Richtiger Schnee. Ich strahlte unwillkürlich. Viel Schnee. Dicke Flocken, die romantisch vom Himmel trudelten. Als Kind hatte ich immer am Fenster gehockt und den Flocken zugeschaut, wenn es denn bei uns mal geschneit hatte. Aber auch das hatte ich seit Jahren nicht mehr ernsthaft wahrgenommen. Der Huber hatte gemeint, dass es am nächsten Tag schneien würde. Ein passender Einstieg in diesen schrägen Urlaub.

»Huhuuu!«

Ich fuhr erschrocken zusammen, als Karim völlig unvermittelt zwischen zwei Fichten hervorschoss. Eben hatte er noch am anderen Ende der Lichtung gestanden, wo jetzt der einsame Tachymeter der Winteridylle eine skurrile Note gab.

»Bist du irre geworden, oder was?« Keuchend holte ich Luft und wühlte die Latte, die ich vor Schreck hatte fallen lassen, aus dem Schnee. »Wenn ich einen Herzinfarkt bekomme, dann darfst du dir gleich den nächsten Hilfswilligen suchen. Also geh mal etwas vorsichtiger mit meiner Gesundheit um.«

»Mach ich doch«, erwiderte er ungerührt, »so holt man träumende Hilfswillige wieder in die Arbeitswelt zurück, bevor sie sich mit Nivellierlatten selbst erschlagen.«

»Von Totschlag will ich aus deinem Mund nichts hören, Karim«, schnauzte ich unwirsch. Da war ich seit dem Sommer sehr sensibel.

»Du hörst mir eh nicht zu.« Sein Grinsen wurde breiter. »Was hältst du von einem romantischen Spaziergang durch den verschneiten Winterwald? Mich als Prinzen an deiner Seite? Hm? Danach eine heiße Dusche, kuscheln und ein Abendessen für zwei im Gasthof. Perfekt, oder?«

»Bis auf den Prinzen. Kennst du dich hier aus? Nicht dass wir uns noch verlaufen. Es wird bald dunkel.«

»Schisser, vertrau mir einfach.«

Er legte seinen Arm um meine Schultern und zog mich an sich. Unter einer Fichte mit Schneehaube zu küssen war wirklich nett. Keiner küsste so gut wie Karim.

»Gib zu, Chrissie«, hauchte er, seine Lippen strichen zärtlich über meine, »ich geh dir tierisch auf die Nerven, aber irgendwie magst du mich trotzdem.«

»Irgendwie, ja«, murmelte ich zurück, »aber vernünftig ist das nicht.«

Eng umschlungen stapften wir am Waldrand entlang durch den tiefen Schnee. Die Sonne hing schon recht tief am westlichen Horizont und ließ die umliegenden Gipfel erglühen. Die Farben waren so intensiv, dass sie fast künstlich wirkten. Wir stiefelten durch eine kitschige Postkarte. Ein ums andere Mal blieb ich in fassungsloser Verzückung stehen, um die Natur zu bestaunen, während Karim mich in den Armen hielt. Schon im Sommer war ich von der Schönheit der Allgäuer Landschaft überwältigt gewesen, aber die Pracht dieses Winterabends toppte alles, was ich jemals zuvor erlebt hatte.

In einem großen Bogen wanderten wir über die verschneiten Wiesen am zugefrorenen See entlang zum Gasthof zurück und holten den Tachymeter aus dem Wald. Wie am Abend zuvor glitzerten Hunderte von Lichtern an den Fenstern des alten Hauses und von den Giebeln herab. Am Himmel zeigten sich die ersten Sterne, während das letzte Sonnenlicht am westlichen Horizont die Ränder der fedrigen Wolken verbrämte.

Selbst der Anbau des Gasthofes war hell erleuchtet. Auf dem Parkplatz standen wesentlich mehr Autos als untertags, und von Oberstdorf sahen wir weitere Scheinwerferlichter die Straße heraufkommen.

Verwundert schauten wir uns um.

»Sieht nach einer Party aus.« Karim wendete sich interessiert zur Tür des Gasthofes. »Erinnerst du dich noch, Chrissie, damals am Alpsee? Und am nächsten Morgen hat einer gefehlt. Dieses Mal kann wenigstens niemand ertrinken, zum Baden ist es zu kalt.«

»Ha, ha.« Diese Art von Sparwitzen hatte ich echt dick. Ich wand mich aus seiner Umarmung. »Wie schaffst du es eigentlich immer wieder, jeden deiner mühsam erarbeiteten Pluspunkte mit einem Satz bei mir zunichtezumachen? Gerade war ich ausnahmsweise so weit, dass ich dich mehr mochte, als dass du mich genervt hast.«

»Vielleicht will ich nicht, dass du mich zu sehr magst?«

Ein spöttischer Seitenblick streifte mich, der mich wider Willen zum Lachen brachte.

»Das würde unsere Beziehung außerordentlich erleichtern.«

»Welche Beziehung?«

Blödsinnigerweise brachen wir schier zusammen vor Lachen. Ich keuchte und hustete von der kalten Luft in meinen Lungen. Karim ließ sich gegen das Heck seines Monsterautos fallen, wischte sich die Lachtränen aus den Augen.

»Es riecht nach Schnee«, angestrengt holte er Luft und schnupperte in die Dunkelheit, »wie der alte Huber gesagt hat. Das gibt dann morgen gleich den richtigen Einstieg in deinen Arbeitstag als Peilstangenhalterin.«

»Ach«, ich kuschelte mich in einer für mich befremdlichen Anwandlung an ihn und seinen Schneeanzug, »das wird richtig romantisch.«

»Du hast schon seltsame Vorstellungen von Romantik. Meine wäre jetzt ein Berg Kässpatzen und ein Bier, von der herzigen Leni serviert.«

Ich stemmte mich lachend von ihm ab. »Und du nennst mich seltsam?«

Wildes Oberstdorf e. V.

Die Wärme der Gaststube legte sich wie eine Daunendecke über uns, als wir eintraten. Zu meiner Verwunderung war der Raum leer bis auf einen jungen Mann, der am anderen Ende am Fenster in der Ecke saß. Ein aufgeklapptes Notebook warf einen fahlen Schimmer auf sein Gesicht. Wir grüßten, was ein linkisches Nicken provozierte. Der Junge schien auf den ersten Blick recht schüchtern.

Unabgesprochen hockten wir uns an den Tisch, an dem wir schon gefrühstückt hatten. Ich war da ein Gewohnheitstier. Zu Karims Enttäuschung kam aber nicht Leni aus der Küche, sondern eine dralle ältere Frau, die ihr Dirndl mit einer gewissen Würde ausfüllte. Gleichzeitig hörten wir draußen im Gang die Haupttür aufgehen. Schwere Stiefel dröhnten auf den Bodendielen, polternde Männerstimmen dazu und raues Gelächter. So klang die andere Seite der ländlichen Winteridylle. Ich grinste. Karim bestellte derweil zwei Weizen und zwei Portionen Kässpatzen.

»Was für eine Veranstaltung geht da nebenan ab?«, fragte er mit einem Nicken zur gegenüberliegenden Wand, hinter der es gerade lautstark rumpelte.

Die Kellnerin versuchte sich an einem dezenten Augenverdrehen, was ihr kurzfristig das Aussehen einer gutmütigen Eule auf Drogen gab.

»Ja mei, der Sohn vom alten Pius Natterer«, ihre Augen rollten ein weiteres Mal, »der Anselm, der hat einen Verein gegründet. Nennt sich ›Wildes Oberstdorf e.V.‹. Der Anselm hat in Kanada studiert, Forstwissenschaften.« Sie spie den Begriff aus, als sei es ein übles Schimpfwort. »Aber sein Vater schafft sich allein mit dem Hof auf und hat das Salz nicht über Nacht daheim.«

Viele Informationen, aber warum deswegen nebenan der Bär tobte, wussten wir trotzdem noch nicht. Und was sollte das mit dem Salz bedeuten?

»Mei, so ist das halt mit den Jungen«, erwiderte Karim erstaunlich mitfühlend. »Was ist das denn für ein Verein?«

Die Kellnerin wedelte im Gehen zur Tür hinüber, wo ein handgeschriebenes Plakat hing. »Lest's halt selbst. So ein Schmarrn.«

»Wieso hat der alte Natterer kein Salz daheim, Karim?«, flüsterte ich über den Tisch gebeugt. »Was hat das mit dem Studium seines Sohnes zu tun?«

Ich sah es genau, Karim hätte mich nur zu gern ausgelacht, aber trotz verkrampfter Mundwinkel konnte er sich beherrschen.

»Das sagt man hier so«, erklärte er schmunzelnd, »das bedeutet, dass der Kerl so arm ist, dass er sich kein Salz leisten kann. Salz war früher sehr kostbar.«

»Klugscheißer«, erwiderte ich, darauf hätte ich selbst kommen können.

»Klugheit ist sexy.«

Draußen bollerte die nächste Gruppe durch den Flur, was vermuten ließ, dass besagter Anselm zumindest vor vollem Haus über seinen Verein berichten durfte. Allerdings schien es mir nach den Worten der Kellnerin fraglich, dass seine Zuhörer positiv auf ihn eingestimmt waren.

Karim stand tatsächlich auf, um sich das Plakat durchzulesen, während in meiner Schneehose langsam die Temperatur anstieg. Ich hätte ins Zimmer gehen und sie ausziehen sollen. Flüchtig schielte ich zu dem Typen am Notebook hinüber, überlegte, wie er wohl reagieren würde, wenn ich hier einen kurzen Strip hinlegte. Drunter trug ich noch meine Jeans. Wahrscheinlich hätte er es nicht einmal bemerkt, so konzentriert, wie er den Bildschirm fixierte. Also nestelte ich hastig den Hakenverschluss auf und schob im Sitzen die Schneehose über meinen Hintern, strampelte dezent mit den Füßen, bis das Teil unterm Tisch lag. Als Karim zurückkam, hing sie ordentlich über der Lehne des Stuhles neben mir. Ich feixte, denn Karims Gesicht glühte mit seinem Overall um die Wette.

»Muckelig warm hier drin«, erklärte ich mit unschuldigem Blick, »ich an deiner Stelle würde furchtbar schwitzen.«

»Lieber schwitzen, als den Jungen da hinten verwirren.«

»Der peilt nix. Was steht auf dem Plakat?«

Karims Blick wanderte prüfend über den Mann am hinteren Tisch, der noch immer wie erstarrt vor dem Bildschirm hockte. Selbst den Tumult aus dem Nebenraum schien er nicht zu bemerken. Karim zog langsam den Reißverschluss seines Overalls herunter und stieg aus den Hosen. Derweil trat die Bedienung mit unserem Bier und dem obligatorischen Vorspeisensalat wieder an unseren Tisch. Sie verzog keine Miene, als Karim den Schneeanzug neben sich auf den Stuhl legte und nur noch in engen Skiunterhosen am Tisch saß.

»Ganz schön warm hier«, murmelte er zum Fenster gewendet.

Nur ein undefinierbares Brummen rollte aus ihr heraus.

»Dauert heut alles a bissi«, der Salatteller landete unelegant vor mir auf dem Tisch, »die Jungs nebenan hend an Durscht. So ein Schmarrn mit dem Verein.«

Ich versuchte etwas wie ein verbindliches Lächeln auf meine Lippen zu zaubern, das aber unbemerkt an ihr abprallte. Ergeben griff ich mir meine Gabel und widmete mich dem Salat.

»Also, noch mal, was steht auf dem Plakat? Warum machen die da drüben so einen Lärm?«

Die Bedienung überließ uns mit einem abgrundtiefen Seufzer unserem Salat. Nicht einmal einen Guten wünschte sie uns noch. Ah ja.

»Der Verein scheint gerade erst gegründet worden zu sein. Vielleicht besteht er bisher auch nur aus diesem Anselm.« Karim sortierte akribisch in seinem Salat herum. Mais und Paprika landeten auf einem Häufchen am Rand des Tellers. Ungeniert schob ich meine Gabel hinein.

»Danke. Ist das also ein Mitgliederfangabend?«

»Keine Ahnung, er deklariert es als öffentliche Vorstellung eines innovativen Tourismuskonzeptes im Sinne des sanften Tourismus, einzigartig in den Alpen. Iss nur. Mir wird schlecht, wenn ich das Zeug nur sehe.«

Nebenan schob man anscheinend Tische und Bänke durch den Raum. Es dröhnte. Karim kniff genervt die Augen zusammen.

»Hoffentlich saufen die nicht die ganze Nacht.«

»Sag jetzt nichts Falsches!« Unwillkürlich erinnerte ich mich an die heiße Sommernacht, in der Karl Waibel im Großen Alpsee verschwunden war.

»Nee, nee, keine Panik, Hilfswillige. Dieser Anselm will einen Wildpark aufbauen, in dem die Tiere frei herumlaufen und wo sich die Natur von selbst regeln soll. Natürliche Auslese, frei nach Darwin. Er will dort Wölfe, Bären und Luchse ansiedeln, weil es die früher hier gab. Drum herum einen hohen Zaun ziehen und für zahlende Gäste so etwas wie Safaris veranstalten. Das will er dort oben oberhalb der Wiese einrichten, die wir morgen für den Huber vermessen sollen. Der Huber wird entzückt sein.«

»Klingt doch total cool.« Ich ließ die Gabel sinken und lauschte auf die plötzliche Stille nebenan. »Außerdem hat der Huber doch heute Morgen auch etwas von einem Wildpark erzählt, oder?«

»Wildpark und nicht Oberstdorfer Serengeti.« Auch Karim neigte lauschend den Kopf. »Aber wahrscheinlich hat er dem Anselm die Idee gleich geklaut. Das Blockhauskonzept ist auch nicht seinem Hirn entsprungen.«

Ideenklau machte mir den Huber nicht sympathischer. Aus den Augenwinkeln sah ich unsere Spätzle heranschweben, was meinen Magen sofort vehement knurren ließ. Der Glühwein am Nachmittag war nicht wirklich sättigend gewesen.

Gierig schoben wir unsere Salatteller zur Seite, um Platz für die Spätzle zu schaffen, die reichlich achtlos vor uns hingestellt wurden. Die Ärmste schien tatsächlich arg im Stress zu sein, dabei war es noch immer ungewöhnlich still in der Nebenstube. Wieder drehte die Bedienung zur Küche ab, ohne uns weiter zu beachten. Mir war's eigentlich egal. Ich hatte Hunger, und jeder hatte mal einen schlechten Tag. Die gerösteten Zwiebeln ließen mir das Wasser im Mund zusammenlaufen, und der viele Käse! Genießerisch schnüffelte ich über den Teller.

»Ich hätte den Blutwurz gleich bestellen sollen«, grummelte Karim mit der ersten Gabel Spätzle im Mund und missmutigem Blick zum Küchendurchlass, »die sehen wir sicher nicht so schnell wieder. Mist.«

»'nen Guaten«, wünschte ich. »Dann gibt's den halt morgen.«

Im selben Moment brüllten nebenan mehrere Männerstimmen wüst durcheinander. Dazwischen klang eine leisere dagegen. Unsere Köpfe ruckten synchron zur Wand, sogar der junge Mann in der Ecke riskierte einen Blick. Im diffusen Licht der Wandbeleuchtung wirkte sein Gesicht asketisch scharf geschnitten. Er war ziemlich hager, was seine Augen im Profil überdimensional groß erscheinen ließ. Und er war echt jung. Ich schätzte ihn auf die Entfernung nicht älter als Anfang zwanzig.

»Da prallen wohl ein paar Meinungen aufeinander.« Karim widmete sich wieder seinen Spätzle. »Vermutlich ist es auch eine hirnrissige Idee, so einen Wildpark aufbauen zu wollen, noch dazu in einer der touristischen Hochburgen der Region. Da haben doch alle Angst, dass mal ein Bär oder Wolf über die Fußgängerzone flaniert. Keiner von denen wird ihm Land verkaufen.«

»Aber dem Huber schon, oder wie? Mehr als einen Streichelzoo wird der wohl kaum auf die Beine bringen, und wenn das zahme Bambi aus dem Wildpark groß ist, dann landet es als Biofleisch aus eigener Jagd hier im Hotel im Kochtopf. Ganz toll.«

»So etwas nennt man Nahrungskette. Ist doch okay. Und der Huber bekommt das Land, das er will. Ganz sicher. Der hat die Rechtler als Rückendeckung.«

Mit diesen ländlichen Seilschaften hatte ich noch nie etwas anfangen können. Aber gut, das musste ich auch nicht, ich lebte in der Stadt. Mit dem Huber brauchte ich außerdem nicht großartig auf Freundschaft zu machen, sondern einfach nur meinen Job als Karims Aushilfe zu leisten. Bezahlter Urlaub.

Ich gabelte weiter auf meinem Teller herum. Die Spätzle waren köstlich. Nebenan beruhigte sich die Stimmung anscheinend wieder, und in meinem Rücken hörte ich das eifrige Klackern der Notebooktastatur.

Dieser Anselm musste ein echter Idealist sein. Idealismus wurde zwar oft bewundert, aber selten honoriert, und wenn der Mann sogar aus Oberstdorf stammte, dann konnte es gut sein, dass er sich mit seiner ohne Frage äußerst innovativen, idealistischen Idee alle Türen im Ort verrammelte. Im eigenen Lager schätzte man derlei gleich gar nicht. Das hatte die Bedienung mit wenigen Sätzen deutlich gemacht.

Die Stille nebenan nervte kurioserweise genauso wie der Lärm zuvor, man hatte das Gefühl von Ruhe vor dem Sturm.

Als die Bedienung lange nachdem wir unsere Spätzle aufgegessen hatten wieder auftauchte, bestellte Karim uns einen Blutwurz. »Aber den hochdrehenden.«

Gefühlte Stunden später erschien sie mit den Gläsern, eine tiefrote, leicht zähe Flüssigkeit darin. Gleichzeitig krachte die Tür der Gaststube auf, drei breitschultrige Kerls in langen Lederhosen und Strickwesten, die obligatorischen Leinenhemden darunter, fielen lautstark pöbelnd und sich gegenseitig anrempelnd in die Stube ein.

Die Bedienung brüllte ihnen gleich eine mir unverständliche Zurechtweisung entgegen. Die drei schluckten sie tatsächlich und stellten sich artig an die Theke. Karim grinste. »Das nenn ich Respekt vor dem Alter.«

Ich brummte nur. Die drei waren wettergegerbte Kleiderschränke aus dem Trachtenbilderbuch. Noch während ich skeptisch an meinem Glas schnupperte und mich dabei fragte, wie giftig die rote Flüssigkeit wohl sein mochte, polterten weitere Gäste der Vortragsveranstaltung herein, die Klone der ersten drei hätten sein können. Wie ein Klumpen sammelten sie sich, lautstark nach Bier verlangend, am Tresen der Theke. Fast als Letzter trat ein Mann in unserem Alter ein, der wiederum überhaupt nicht ins Bild passte. Er sah aus, als käme er direkt aus den Achtzigern. Verdutzt starrte ich ihn an. Eine Frau mittleren Alters in einem schicken Kostüm mit sehr knappem Rock und viel Absatz am Schuh folgte ihm. Sie schloss die Tür, wobei sie sogar die Klinke benutzte. Jetzt schaute auch Karim. Typisch, dachte ich mit einem Hauch von Aggression.

»Da schau her«, murmelte er überrascht, »die Frau Tourismusdirektorin gibt sich die Ehre, zum Vortragsabend des Vereines zu erscheinen. Sapperlot.«

»Wer ist die? Und wer ist die andere Gestalt?«

Ich hob prostend mein Glas in die Höhe. Karim beugte sich über den Tisch und küsste mich sanft. »Zum Wohl. Trink langsam, Chrissie, das Zeug muss man genießen.«

Argwöhnisch nahm ich einen kleinen Schluck, schmeckte erst einmal nichts außer Alkohol, dann etwas, was eine Mischung aus Kräutern und Gewürzen hätte sein können, und als ich schluckte, wurde alles angenehm weich. Lecker.

»Das ist die Tourismusdirektorin von Oberstdorf«, erklärte Karim leise, obwohl der Lärmpegel im Raum eine Höhe erreicht hatte, bei der man nicht mehr flüstern musste. »Simone Diemel. Die ist erst seit wenigen Monaten im Amt. Den Typen vorher hat der Marktrat gnadenlos geschasst. Sie soll jetzt mit dem muffigen Image des Ortes aufräumen, befürwortet auch unser Projekt. Der Typ könnte der Vereinsvorstand Anselm sein. Der sieht so nach übrig gebliebenem Öko aus.«

Treffender hätte ich es nicht beschreiben können. Tatsächlich trug der Mann einen alten Schimanski-Parka über seinem Karohemd, abgewetzte Jeans, klobige Bergschuhe dazu, und hinten an seinem Kopf mit ansonsten kurz geschorenen Haaren baumelte ein dünner Zopf. Sicher hatte der schon damals nicht zu den Poppern gehört. Irgendwie fand ich ihn auf den ersten Blick anrührend, wie er sich da ungeschickt zwischen die bulligen Jungbauern drängte, hinter denen er sich locker hätte verstecken können.

»Außerdem wirkt der Anselm nicht wie ein Gewinnertyp«, ergänzte Karim seine Einschätzung.

»Du bist heute Abend ganz schön gnadenlos«, knurrte ich, denn der Mann tat mir leid. »Wenn der wirklich der Vereinsgründer ist, dann finde ich das schon fast mutig, dass er sich hier hereinwagt.«

Kaum hatte ich es ausgesprochen, da rempelte einer der Kleiderschränke den hageren Anselm rüde zur Seite. Sein Bier schwappte ihm über den Parka. Instinktiv zog ich die Schultern hoch, zumal wie von Geisterhand geführt plötzlich der alte Huber aus der Küchentür hereinrumpelte und sich selbstbewusst zwischen den Bullen und Anselm schob.

»Kannst deine Wölfe ruhig bringen«, tönte der Huber, sich großspurig aufbauend, und der Rest der Stube verstummte. »Auch einen Bären wollte ich schon immer mal vor der Flinte haben. So ein Pelz macht sich gut vor dem Kamin. Aber du wirst ganz sicher keinen Meter Rechtlerland von uns für deine Spinnereien bekommen!«

Anselm senkte kurz den Blick, atmete tief ein. Er stand in einer Lache aus Bier.

»Weischt, Severin«, seine Stimme war verwirrend weich, sehr melodisch, hatte aber so viel Kraft, dass er nicht laut werden musste, um gehört zu werden, »wer keinen Jagdschein mehr hat, sollte solche Sprüche nicht klopfen, und du entscheidest nicht über das Land, das uns allen gehört. Auch meine Familie gehört dem alten Rechtlerbund an. Wir entscheiden alle zusammen.«

Vereinzelt hörte ich höhnisches Gelächter, aber auch zustimmendes Gemurmel. Karim und ich wechselten einen ernsten Blick.

»Gibt's jetzt Wirtshausrandale?«, flüsterte ich über den Tisch gebeugt. »Wenn ja, dann will ich vorher gehen.«

Unschlüssig zuckte Karim die Schultern. »Glaube ich nicht, aber trink sicherheitshalber mal aus.«

Wir stürzten den Rest unseres Blutwurz hinunter, ich keuchte leise. Der hatte es echt in sich. Unauffällig schoben wir unsere Stühle zurück, um jederzeit aufspringen zu können.

»Ich brauch keinen Jagdschein. Wenn deine wilden Viecher in meinem Garten herumlümmeln, dann knall ich sie einfach ab.« Severin Huber hustete halb lachend und schlug Anselm so hart vor die biernasse Brust, dass er taumelte. »Und wenn du dich hier auf deine Rechtlertradition berufst, dann schau, dass du deinen Vater unterstützt. Du bist eine Schande für die Rechtler! Euer Hof verkommt, dein Vater versäuft die letzte Kuh.«

Der alte Gastwirt überragte Anselm Natterer um gut einen Kopf, es sah aus, als würde er ihn durch seine bloße Anwesenheit erdrücken. Anselms Gesicht versteinerte mit dem Moment, in dem der alte Huber seinen Vater erwähnte. Ich sah, dass er seine Hände zu Fäusten ballte.

»Lass meinen Vater aus dem Spiel, Huber.«

Wieder schlug der Wirt dem jungen Mann vor die Brust, und dieses Mal fiel er rückwärts gegen einen der zweibeinigen Bauernschränke, der ihn sofort zum Huber zurückschubste. Karim schickte mir einen warnenden Blick, aber so blöd, dass ich mich einmischen würde, war selbst ich nicht.

»Ich spiele nicht, Anselm«, konterte der alte Huber bissig. Er packte Anselm grob am Parka. »Dein Vater hat sein letztes Hemd gegeben, damit du in Kanada studieren kannst. Wolltest ja immer etwas Besseres sein. Aber du Versager bist nichts anderes als ein arbeitsloser Forstwirt geworden, der wirre Ideen im Kopf hat. Ihr könntet fein raus sein, wenn du deinen Vater endlich dazu brächtest, seine Holzrechte am Seewald an mich zu verkaufen. Denn mein Wildpark ist eine beschlossene Sache. Das bringt uns zahlende Touristen anstatt arme Müslifresser wie dich. Arbeitsplätze in meinem Wellnesshotel. Vielleicht könnte ich dich sogar als Tellerwäscher einstellen und deinen Vater als Klowischer.«

Blitzartig krachte Anselms Rechte in Hubers Magen. Der alte

Mann knickte wie ein Strohhalm zusammen. Eine unendliche Sekunde lang war es totenstill im Raum, dann stürzten sich ein paar der anderen Männer schreiend auf Anselm, der sofort zu Boden ging. Das war für mich das Signal, die Veranstaltung zu verlassen. Auch Karim schob sich, nach meiner Hand angelnd, um den Tisch herum. In dem Tumult half jemand dem Huber wieder auf die Beine und bugsierte ihn auf einen Stuhl am Tisch des jungen Notebooktypen. Der wiederum starrte den Huber mit entsetzt aufgerissenen Augen an.

Derweil rangelten die Männer wüst brüllend am Boden herum. Anselm schien sich wacker zu schlagen. Aus den Augenwinkeln sah ich die Tourismusdirektorin vom Gang herbeistürzen. Ihr Geschrei gellte durch den Raum. Wie eine Furie warf sie sich auf die prügelnden Männer, trat, biss wild um sich, während wir anderen staunend drum herum standen und gafften. Die Frau hatte Mut.

Tatsächlich konnte sie die Männer so weit irritieren oder ablenken, dass sich das Knäuel ansatzweise auflöste. Anselm lag mit blutender Nase und aufgeplatzten Lippen am Boden, aber auch die drei anderen waren nicht ohne Blessuren davongekommen. Wenigstens zwei würden die nächste Zeit mit einem schillernden Veilchen herumrennen. Simone Diemel ging neben Anselm auf die Knie, doch der wehrte sie ab, um sich alleine auf die Beine zu rappeln. Trotzdem fasste sie nach seinem Arm, mit dem er sich seine blutende Nase abwischte und griff hinter sich nach einem Stapel frisch gebügelter Servietten vom Serviertisch, drückte sie Anselm in die Hände und der drückte sie auf sein Gesicht. Wieder tauschten Karim und ich einen überraschten Blick. Unübersehbar war zwischen den beiden etwas im Busch.

Die plötzliche Stille im Raum war grässlich unangenehm. Zögernd schoben wir uns zur Tür hinüber. Ende der Vorstellung.

»Raus!«, giftete der alte Huber von seinem Stuhl aus. »Pack di, Anselm! Brauchst dich nie wieder hier blicken zu lassen! Verschwind! Und du«, seine Augen bohrten sich in die Tourismusdirektorin, »du kannst dir schon mal einen neuen Job suchen. So eine Schlampe wie dich brauchen wir hier nicht.«

Anselm richtete sich stöhnend auf, trotzdem lag etwas wie Stolz in dem Blick, den er auf den alten Mann warf. »Den Seewald bekommst du nicht, Huber«, erwiderte er mit einem erschreckend bösen Unterton in der Stimme, »nur über meine Leiche. Und lass dich dort oben beim Wildern nicht erwischen.«

Mit der völlig erstarrten Tourismusdirektorin im Schlepptau schlurfte er an uns vorbei aus der Gaststube. Die Tür fiel krachend ins Schloss.

Erst als draußen ein Motor gestartet wurde, stahlen auch Karim und ich uns aus dem Raum.

Draußen im Foyer war es verstörend friedlich, während aus der Gaststube aufgebrachtes Stimmengewirr zu uns herausdrang. Karim machte die Eingangstür weit auf. Ein Schwall kalter Luft kam uns entgegen, im Schein der Weihnachtsbeleuchtung sah ich dicke Schneeflocken wirbeln. Ich trat neben ihn auf die Schwelle, atmete tief durch und schüttelte mich.

»Hier geht's schlimmer zu als in einer Großstadt. Die sind doch irre.«

Karim legte seinen Arm um mich, ich kuschelte mich an ihn. Er stand noch immer in Skiunterwäsche herum. Wider Willen musste ich leise lachen, Schneeflocken schmolzen mir auf den Wangen. Sie kitzelten.

»Aber die tun sich eigentlich nicht ernsthaft weh«, erwiderte er. Seine Hände streichelten mir den Rücken. »Alles mehr oder weniger peinliches Imponiergehabe. Pack schlägt sich, Pack verträgt sich. Das ist wiederum in der Stadt nicht so. Lass uns schlafen gehen.«

In stiller Eintracht drehten wir uns um. In dem Moment ging die Tür der Gaststube auf, und der Notebooktyp kam mit gesenktem Kopf, den PC an sich gedrückt, heraus. Er nickte uns nur flüchtig zu, bevor er ähnlich einem verschreckten Hund die Treppe zu den Zimmern hinaufwuselte.

»Den hat's doch gar nicht erwischt.« Karim schaute ihm verwundert nach. »Der scheint immer so klemmig zu sein.«

»Der ist nur schüchtern«, erwiderte ich ungehalten, »lass den doch. In dem Alter darf man das.«

»Ich war nicht so.«

Seufzend musterte ich seine graue Skiunterwäsche. »Das dachte ich mir.«

»Machst du das mit Absicht?«

Wieder weckte mich Karim vor dem Morgengrauen. Im ersten Moment wusste ich nicht, wo ich war und warum ich irgendwo war. Auch hatte ich den Eindruck, in der Nacht kein Auge zugemacht zu haben. Ich fühlte mich wie gerädert.

Dann erinnerte ich mich langsam an die Auseinandersetzung am Vorabend. Müde rieb ich mir die Augen, rollte mich unter der warmen Decke zusammen.

Die halbe Nacht hatten mich immer wieder laute Stimmen geweckt, dazwischen hatte ich wüst geträumt. Dann hatte draußen jemand in aller Herrgottsfrühe stundenlang einen Traktor hin und her gefahren. Das verwischte sogar die Erinnerung an den herausragenden Sex mit Karim.

»Zieh dich nachher bloß warm an, Chris«, kam es vom Fenster. Ich drehte blinzelnd meinen Kopf zu Karims Silhouette. »Draußen schneit es wie Hölle. Das wird nicht lustig oben im Wald.«

Ganz phantastisch, dachte ich missmutig, obwohl die Vorstellung von viel Schnee auch irgendwie abenteuerlich schön war. Fragte sich, welches Gefühl dauerhaft überleben würde.

»Funktioniert dein Super-Tachymeter denn überhaupt, wenn die Flöckchen tanzen?«

»Der funktioniert sogar in der Arktis, Chrissie. Schwing deinen Luxuskörper endlich aus dem Bett. Je schneller wir das hinter uns haben, desto eher darfst du dich wieder zu mir unter die Decken kuscheln. Wir machen nur die Wiese oben am Wald.«

»Ist das dieser Seewald, von dem die gestern sprachen?«

Ich stemmte mich halb aus dem Bett. Der Boden war trotz des Teppichs eiskalt. Instinktiv zog ich die Zehen ein. Hmpff.

»Ja, genau der. Falls es dich interessiert, dieser Wald gehört eigentlich der Gemeinde, aber der alte Pius Natterer, Vater von unserem Anselm, hat ein uraltes Holzrecht auf diesen Wald, auf das es der Huber schon länger abgesehen hat, damit er dann von der Gemeinde den Wald kaufen kann. Die Rechtler dürfen ihre Rechte nur untereinander verkaufen.«

Mein Hirn brauchte morgens immer eine Weile, bis es auf Touren kam, und ohne Kaffee war Denken hoffnungslos. »Hä?«

»Na ja«, Karim schlüpfte wieder in seine erotische Skiunterhose und zerrte sich das dazugehörige Langarmshirt über den Kopf, »ich habe mich schon von Anfang an gefragt, was er damit will, hab's auch nicht so ganz ernst genommen, aber er scheint den Wald tatsächlich für seinen Wildpark zu brauchen.«

»Vielleicht geht es ihm nur um das Holzrecht? Und der Wildpark ist vorgeschoben oder ein Druckmittel für den Natterer?«

Seufzend tat ich den ersten Schritt in Richtung Badezimmer, vorbei an Karims verblüfftem Gesicht.

»Das Holzrecht?«

Ich zuckte schlapp die Schultern, drehte mich an der Badezimmertür halb um.

»Er braucht doch Massen von Holz für seine putzigen, ökologisch einwandfreien Wellnessblockhäuser. Warum es von weit her holen, wenn es doch direkt vor der Haustür liegt?«

»Ich Trottel!« Er dotzte sich leicht gegen die Stirn. »Klar, du hast recht, Chrissie. Daran habe ich nicht gedacht. Und mit dem Wildpark könnte er die Natterers dazu bringen, insgesamt aufzugeben. Das nenn ich mal 'ne miese Masche.«

»Ich glaub, der Huber kann gar nicht anders.«

Ich zog die Badezimmertür hinter mir zu. Wie immer, wenn es um Geld ging, verringerten sich die Skrupel der Menschen. Und hier ging es sicherlich um viel Geld. Und in Anbetracht seines Alters hatte der Huber nicht mehr so viel Zeit, die Früchte seiner Machenschaften zu genießen, was seiner Skrupellosigkeit zusätzlich förderlich war. Aber das ging mich nichts an. Ich sollte hier nur die Peilstange halten. Der alte Huber war mir auf Anhieb unsympathisch gewesen. Meine Menschenkenntnis trog mich selten.

Als wir in die Gaststube kamen, war niemand da. Sie war auch nur notdürftig aufgeräumt und nur die hinteren Tische fürs Frühstück gedeckt. Über allem hing der Geruch von abgestandenem Bier und Schnaps. Nicht der Duft, den man am frühen Morgen gern in der Nase hatte. Sogar unsere Schneehosen hingen noch über den Lehnen der Stühle.

Draußen wurde das Grau etwas heller. Der Schnee fiel so dicht wie ein Vorhang. Fette weiße Flocken. Massen davon. Alles versank in Weiß.

Wir hockten uns an den ersten Tisch neben der Tür, und als die Stühle über die Bodendielen schrammten, tauchte Lenis gehetztes Gesicht in der Küchentür auf.

»Ah, servus, ihr seid's. Ich komm gleich.«

Fassungslos starrte ich aus dem Fenster. Tatsächlich hatte ich noch nie so viel Schnee gesehen. Das war fast bedrohlich, schrecklich schön.

»Es scheint hier ja gestern noch hoch hergegangen zu sein«, meinte Karim mit Wink auf die getrocknete Bierlache am Boden und die verrückten Tische und Stühle. Selbst die Biergläser standen ungespült auf der Theke.

Ich bewegte unbehaglich die Schultern und rümpfte die Nase. »Stimmt, aber du hast ja selig geschnarcht, als die hier unten randaliert haben.«

Er grinste. »Logisch, warum sollte ich mich von denen stören lassen?«

Stöhnend legte ich meine Hände über den Kopf. Männer. Zum Glück brachte Leni den Kaffee.

»I hab heut koi frische Semmeln it«, sie plinkerte verstört mit den Lidern, »der Chef isch no it wieder dahoim.«

Die Abwesenheit ihres Chefs schien sie so zu stressen, dass sie gnadenlos in ihren heimatlichen Dialekt verfiel. Ich schmunzelte.

»Macht nix, Leni«, beruhigte Karim gönnerhaft, »bring halt irgendein Brot. Wo ist der Huber denn? Ich müsst noch etwas mit ihm klären.«

Sie zog die Schultern hoch, starrte kurz aus dem Fenster und schniefte dann. »Der isch zum Ja…«, abrupt brach sie ab, schüttelte sich erschrocken und blinzelte wieder wie ein verstörtes Kaninchen, »… ja, äh … ja, der isch heut ganz in der Früh weg. Woiß it, wer ihm's Frühstück macht.« Sie kicherte aufgesetzt kokett und verzerrte ihre Lippen zu einem anzüglichen Lächeln.

Karims Brauen ruckten ungläubig in die Höhe.

»I bring euch frisches Brot.«

Und schwups, weg war sie. Wir starrten ihr verwirrt hinterher.

»Die hätte sich jetzt fast mit irgendetwas verplappert, oder?«

Über meine Kaffeetasse hinweg schickte ich Karim einen fragenden Blick. Er wiegte nachdenklich den Kopf.

»Vermutlich wollte sie uns erzählen, dass der Huber morgens zum Wildern gegangen ist.«

»Wildern?«

Wie krass war das denn schon wieder? So etwas kannte ich nur aus peinlichen Heimatfilmen oder als Bericht über schreckliche Tierquäler.

»Wildern nennt man das Jagen ohne Jagderlaubnis, sprich ohne Jagdschein«, belehrte mich Karim. »Das ist illegal. Und der Huber hat seinen Jagdschein vor nicht allzu langer Zeit abgeben müssen, weil er ein Pony mit einem Rehbock verwechselt hat.«

Meine Kaffeetasse stoppte abrupt zwischen mir und der Tischplatte.

»Er hat ein Pony abgeknallt?«

»Ja mei«, Karim schluckte geräuschvoll seinen Kaffee hinunter, »er sieht nicht mehr so gut. Und jetzt geht er halt wildern anstatt jagen.«

Prustend stellte ich meine Tasse ab. »Ich fass es nicht.«

Mit einer wedelnden Handbewegung brachte Karim mich zum Schweigen, denn Leni hastete wieder an unseren Tisch.

»I hab versucht, den Chef aufm Handy zu erreichen, um ihm zu sagen, dass du ihn sprechen willst, doch er hat's abgestellt.«

Sie stellte einen vollen Brotkorb auf den Tisch.

»Schon okay, Leni, danke.« Karim strahlte sie an. »Es eilt nicht. Wir bearbeiten nach dem Frühstück die Wiese am Rand vom Seewald, so, wie er es gestern angeordnet hat. Also, falls er uns sucht, dann sind wir da oben.«

Sie nickte, schon halb im Gehen. »Passt scho, Karim.«

Schweigend strich ich Butter auf mein Brot, Marmelade dazu. Ganz normal waren die hier nicht. Hinter uns fing Leni an, recht geräuschvoll die Theke aufzuräumen, aus der Küche dudelte das Morgenprogramm von Antenne Bayern. Draußen fiel der Schnee.

Kurz bevor wir fertig waren, kam der Notebooktyp von gestern in die Stube geschlichen. Seinen Computer hatte er schon wieder unter den Arm geklemmt. Er grüßte mit einem linkischen Grinsen, stockte dann aber verunsichert, als er Leni bemerkte. Ich schmunzelte amüsiert. Leni hob nur kurz den Kopf. »Frühstück kommt gleich.«

Halb erstarrt plumpste der Junge auf die Eckbank des Tisches, an dem er am Vorabend gesessen hatte. Dort standen noch die halb vollen Biergläser herum. Sein Gesicht verzog sich angewidert, aber er blieb, den Computer an sich gepresst, hocken. Sehr putzig.

Karim verdrehte die Augen. »Wenn ich mich in dem Alter so angestellt hätte, dann wäre ich jetzt noch Single. So wird das nix.«

»Es muss ja nicht jeder so rangehen wie du.«

»Ich könnte ihm Nachhilfe geben.«

Seufzend trank ich den letzten Schluck Kaffee. »Lass den Jungen in Ruhe, der ist irgendwie süß. Wann ist Arbeitsbeginn?«

»Jetzt.«

Wir griffen uns unsere Schneehosen von den Stühlen am Nachbartisch und verließen freundlich nickend die Gaststube. Draußen im Foyer zogen wir uns an.

»Was macht man bei dem Wetter eigentlich frühmorgens mit einem Traktor?«, fragte ich in Erinnerung an den Lärm.

»Schnee räumen.«

Ah ja. Eine einleuchtende Erklärung, aber für einen Flachländer wie mich recht kurios.

Draußen überfiel uns die Schneehölle. Wir stiefelten geduckt zu Karims Auto. Wie wir bei dem Wetter überhaupt zum Waldrand kommen sollten, war mir so schleierhaft wie der Schneefall. Und dann auch noch in irgendeine Richtung peilen? Ich hoffte nur, dass Karim wusste, was er da machte und wir nicht in Hunderten von Jahren als Allgäuer Eismumien ausgestellt werden würden.

Karim stopfte den Tachymeter in seinen Rucksack, drückte mir die Stange in die Hand und griff sich das Stativ.

»Auf geht's, Hilfswillige, jetzt wird es ernst. Aber das Wetter wird bald besser.«

Woran er Letzteres erkennen wollte, erschloss sich mir nicht, aber es bestand ja die Möglichkeit, dass er trotzdem recht hatte.

Die Kapuzen tief in die Stirn gezogen, bahnten wir uns geduckt einen Weg den Hang hoch durch den knietiefen Schnee. Mir wurde ziemlich schnell ziemlich warm, und meine Atmung kam meinem Herzschlag nicht wirklich hinterher. Kondition? Nein, danke. Auch verlor ich nach wenigen Schritten jegliche Orientierung. Als ich flüchtig hinter mich schaute, war der Gasthof längst im Schnee versunken, was eine kleine Panik in mir auslöste. Ich stolperte, ging in die Knie. Zum Glück blieb Karim sofort stehen, sonst wäre der womöglich auch außer Sichtweite gekommen. Mich mit Hilfe der Nivellierstange hochstemmend, kam ich wieder auf die Beine, nickte Karim beruhigend zu.

»Alles klar, geh nur weiter.«

Keuchend kamen wir nach gefühlten Stunden am Waldrand an. Schneewandern war anstrengend. Aber unter den Bäumen fühlte man sich wenigstens ansatzweise geschützt.

»Wo fangen wir an?« Suchend schaute ich umher, während Karim auf einem kleinen Gerät herumtippte. Nichts als Schnee und die Silhouetten von Bäumen.

»Der Grenzverlauf dieses Flurstückes geht von hier aus schräg in den Wald hinein.« Er wies mit der Hand hinter mir ins Nichts. »Wir vermessen also erst einmal diese Linie, bis der Schneefall nachlässt.«

»Was ist das für ein Ding?« Ich deutete auf das handyähnliche Gerät in seiner Hand.

»Ein GPS, auf dem ich die Karte dieser Gemarkung habe. Und, zu deiner Beruhigung: Damit kann man zwar nicht telefonieren, aber es zeigt uns den Weg nach Hause.«

»Das klingt gut. Was soll ich jetzt tun?«

»Geh schon mal da rüber zu dem Jägerstand. Dort ungefähr müsste ein Grenzstein unter den Schneemassen liegen.«

Wie er wollte. Ich kniff die Augen zusammen – der Hochstand war wegen des dichten Schneefalls kaum zu erkennen – und stapfte mit meiner Stange los.

Zum Glück waren die Fichten recht hoch, sodass ich mich nicht unter den verschneiten Ästen durchschlängeln musste. So würde ich Karim wohl hoffentlich auch immer sehen.

Kurz vor dem Hochstand drehte ich mich noch einmal um. Karim setzte gerade den Tachymeter auf das Stativ, und ich trat, die Stange in der Hand, langsam rückwärts. Es war nicht so kalt wie tags zuvor, doch die feuchte Schneeluft legte sich wie ein Tuch auf mein Gesicht, das vom Aufstieg erhitzt war. Mich fror, und hier unter den Bäumen fegte ein böiger Wind. Immer wieder fielen dicke Packen Schnee von den Ästen der Fichten und landeten mit einem seltsamen Puffgeräusch auf dem Boden. Ansonsten war es totenstill. Unangenehm still. Ich schüttelte mich leicht. Man kam sich vor wie der letzte Mensch auf Erden. Der wollte ich aber sicherlich niemals sein. Spontan fühlte ich mich einsam. Für meinen ersten Arbeitstag hätte das Wetter wirklich besser sein können.

Lieber hätte ich jetzt am Kachelofen in der Stube sitzen wollen, eine Tasse Kaffee dazu, und dem Schnee von innen beim Fallen zuschauen. Falsches Timing. Blöd gelaufen.

Weiter rückwärtsgehend zog ich die Stange hinter mir her. Als Karim winkte, blieb ich stehen. Neben mir ragte der Hochstand halb aus einem kahlen Gebüsch auf. Die Dinger waren meistens irgendwie getarnt, um arme Tiere, deren Wildwechsel hier im Schnee deutlich zwischen den Bäumen zu erkennen war, in den Tod zu locken. Das hatte ich schon immer unfair gefunden. Ich rammte die Stange in den Schnee und schaute mich flüchtig um. Winterwald. Ich blinzelte, hörte mit einem Mal meinen Herzschlag und schaute verwirrt zu Karim hinüber, der mir irgendein Zeichen gab. Da passte etwas nicht zusammen, was meine Augen gesehen, aber mein Hirn nicht verstanden hatte. Mechanisch schaute ich wieder unter den Hochstand. Unendliche Sekunden, flatternde Atemzüge lang betrachtete ich die zusammengesunkene Gestalt in grüner Jägerkluft, die halb vom Schnee bedeckt mit grotesk verknoteten Beinen am vorderen Pfosten des Hochstandes lehnte. Der alte Huber.

Sofort brach mir der kalte Schweiß aus. Seine von Entsetzen geweiteten Augen bohrten sich in mich, sein Mund war in einem nicht endenden Schrei erstarrt, das Gesicht grässlich verzerrt. Die Peilstange fiel neben mir in den Schnee. Meine Lider zuckten. In den faltigen Hals des alten Mannes hatte sich ein rostiger Draht gefressen. Blut war daran heruntergelaufen. All das sahen meine Augen, mein Hirn verarbeitete mit nüchterner Sachlichkeit die Bilder zu einer Schlussfolgerung, die ich nie wieder vergessen würde. Krampfhaft holte ich Luft und schrie. Das irre Geräusch meines Schreis gellte selbst mir in den Ohren. Unfähig, mich zu bewegen, stand ich da, schrie, schrie.

Karim riss mich zur Seite, seine Arme umfingen mich, aber noch immer konnte ich mich nicht bewegen.

»Um Gottes willen, Chrissie, was ist denn los?«

Ich schluckte, hustete, versuchte irgendwoher etwas Luft zu bekommen. Mühsam hob ich halb die Hand aus seiner Umklammerung.

»Der Huber«, krächzte ich, »da.«

Karim fuhr herum, sprang mit der gleichen Bewegung, mich mit sich reißend, zwei Schritte nach hinten. Wir taumelten, purzelten halb in den Schnee, was mich wenigstens wieder etwas zur Besinnung brachte.

»Der ist tot«, erklärte ich, ohne einen weiteren Blick zum Hochstand zu wagen. »Machst du das mit Absicht, Karim?«

Karim wühlte sich langsam aus dem Schnee und stand nach einem verwirrten Blick zu mir auf. Zögernd schob er sich ein paar Schritte zum Huber hinüber. Ich sah seinen Adamsapfel zucken, als er angestrengt schluckte.

»Der ist wirklich tot.«

Als hätte ihm die Erkenntnis alle Kraft genommen, ging Karim in die Knie, und ich robbte durch den Schnee zu ihm hinüber. Tief durchatmend lenkte ich meinen Blick erneut zu dem Toten am Hochstand.

Erst jetzt, als der Schock nachließ, erkannte ich, dass seine Hände hinter dem Rücken gefesselt sein mussten.

»Und wenn der Mörder noch in der Nähe ist?«

Mir dämmerte, dass wir womöglich selbst in Gefahr waren. Gänsehaut raste mir über den Körper, mir wurde eiskalt. Hastig drehte ich mich einmal im Kreis, doch niemand war zu sehen. Alles schien ruhig. Nur der Schnee fiel unablässig.

Neben mir zückte Karim sein Handy.

»Nein«, er tippte konzentriert die Nummer des Notrufes, »nein, der Huber ist bestimmt schon länger tot. Hier ist niemand mehr.«

»Sicher?«

Karim schüttelte abwehrend den Kopf, während er schockierend gelassen dem Menschen in der Notrufzentrale unsere Situation erklärte. Dazu gab er dank des GPS-Gerätes die korrekten Koordinaten an, und mir wurde langsam übel. Vor meinen Augen flimmerten schwarze Zacken. Ich zog meine Handschuhe aus, drückte meine glühenden Hände in den Schnee.

»Sie schicken einen Hubschrauber aus Kempten.« Karim legte sanft seinen Arm auf meinen Rücken. »Geht's dir nicht gut?«

Ich bewegte minimal den Kopf. »Mir ist schlecht. Ich glaub, ich muss kotzen.« Abrupt sprang ich auf, taumelte gebeugt ein paar Schritte zum nächsten Gebüsch, wo ich mich übergab.

»Du bist da aber schon etwas empfindlich«, sagte Karim hinter mir erstaunt, »in Trieblings ist dir auch dauernd wegen irgendetwas schlecht gewesen.«

Mit beiden Händen klatschte ich mir Schnee ins Gesicht, mein Kreislauf fuhr mit mir Achterbahn.

»Solange du dich nicht selbstkritisch fragst, ob dieses Unwohlsein an dir liegt, geht es ja noch«, erwiderte ich und drehte mich wieder um.

»Nee, da mache ich mir keine Sorgen.«

Wäre ja auch ein Wunder gewesen. Und Wunder waren für diesen Tag nicht geplant.

»Was jetzt?« Ich hockte mich wieder neben ihn, starrte aber an dem Hochstand vorbei.

»Wir warten am Waldrand. Vermutlich orten die uns auch über mein GPS. Komm.«

Wir verließen den Wald auf direktem Weg durchs Gebüsch und postierten uns im nachlassenden Schneegestöber auf der Wiese, nachdem Karim seinen Tachymeter im Rucksack verstaut hatte. Vermessen brauchten wir heute nicht mehr.

Mir gingen Millionen Gedanken durch den Kopf, doch nicht einen einzigen konnte ich in Worte fassen. So standen wir schweigend und langsam auskühlend im knietiefen Schnee. Der Schneefall ließ weiter nach.

Eine gute Viertelstunde später hörten wir das Brummen eines Hubschraubers, der plötzlich nur wenige Meter von uns entfernt wie ein grün-weißes Insekt vom Himmel sackte. Schneewolken hüllten uns ein, ich drückte mir beide Hände auf die Ohren, denn der Lärm der Rotoren war gigantisch.

Mehrere Gestalten sprangen aus der sich öffnenden Luke an der Seite und rannten auf uns zu. »Tatort« live und in Farbe. Und wieder hatte ich nicht um eine Statistenrolle gebettelt. Mein Herzschlag setzte zu noch höheren Touren an, als die Männer vor uns standen. Der Hubschrauber rumpelte langsam aus. Mit den hängenden Rotorblättern sah er mehr denn je nach einem monströsen Insekt aus. Ich schob mich etwas hinter Karim. Den Platz in der ersten Reihe brauchte ich nicht.

Die vier Männer musterten uns mit einem Ausdruck, der mich an eine Meute jagdfiebriger Beagles erinnerte. Zwei trugen diese weißen Overalls, die in den deutschen Krimiserien immer der Spurensicherung vorbehalten sind, und silberne Koffer in den Händen. Der Älteste und der offensichtlich Jüngste waren in Zivil.

Wie im Film hielten uns die beiden Zivilen in einer synchronen Bewegung ihre Ausweise vor die Nase. Lesen konnte man nichts. Aber es machte Eindruck.

»Ich bin Hauptkommissar Franz Schmiedeler, Kripo Kempten«, erklärte der Ältere mit einem angespannten Lächeln. »Mein Kollege Sebastian Tannheimer, die Kollegen von der KTU. Wo ist der Tote?«

Wir nickten nur blöde.

»Er liegt da hinten beim Hochstand«, erklärte Karim dann stockend und machte eine unsichere Handbewegung in den Wald, während er von einem zum anderen schaute. »Es ist Severin Huber, der Eigentümer des Gasthofes da unten am See.«

Alle Köpfe drehten sich hügelabwärts, wo man dank des nachlassenden Schneefalls zumindest wieder die Konturen des »Christlessee«-Gasthofs erkennen konnte.

»Dann wollen wir mal.« Franz Schmiedeler wies Karim an, vorauszugehen.

Ich nahm seine Hand. Zu zweit war man weniger allein. Oberstdorf hatte einen Mord und wir hingen mittendrin.

Mit den vier Polizisten im Rücken stapften wir zum Hochstand zurück. Ich hatte das blöde Gefühl, irgendwie neben mir zu laufen, mich selbst zu sehen, wie ich mit verstörtem Gesicht und vom geschmolzenen Schnee zerlaufenem Mascara durch den Wald latschte. Und dann waren da die Augen vom Huber. Wann immer ich meine nur zum Blinzeln schloss, sah ich diese unaussprechliche Panik in den toten Augen. Sein letztes Gefühl war Angst gewesen, Todesangst, die sich über den Tod hinaus in sein Gesicht gefressen hatte. Entsetzlich. Wieder wurde mir flau im Magen. Ich atmete konzentriert. Die Luft war kalt und würzig. Der Wind hatte nachgelassen, und hier unter den Bäumen schneite es nur noch in zarten Flusen.

Viel zu schnell standen wir wenige Meter vor dem Hochstand.

»Was haben Sie hier oben gemacht, Herr …?« Der Kommissar sah Karim auffordernd an. Karim erschauerte.

»Karim Miller«, stellte er sich vor. Seinen Nachnamen fand ich immer fremd, wo ihn doch jeder nur Karim nannte. »Ich bin Geologe, Vermessungsingenieur. Herr Huber hat mich beauftragt, sein Grundstück zu vermessen, da er hier am See eine Hotelanlage bauen möchte. Heute wollten meine Freundin Christiane Berg«, er drückte kurz meine Hand und ich nickte artig, »und ich die Wiese am Waldrand neu vermessen. Der Herr Huber hatte mich gestern dazu angewiesen. Christiane hat ihn am Hochstand gefunden. Meine Nivellierstange müsste auch noch dort vorne liegen.«

Der Mann nickte langsam, drehte sich zum Hochstand um, wo die Herren in Weiß schon vorsichtig durch den Schnee stapften.

»Haben Sie irgendetwas angefasst oder verändert?«

Wir schüttelten vehement die Köpfe.

»Wann genau haben Sie den Herrn Huber gefunden?«

Wir tauschten einen ratlosen Blick. Auf die Uhr hatte keiner von uns geschaut.

»Vor höchstens einer Dreiviertelstunde«, mutmaßte ich. »Wann hast du angerufen, Karim? Auf dem Handy müsste doch die Uhrzeit des Anrufes zu sehen sein.«

Karim nickte eifrig und kramte sein Handy aus der Tasche, dazu das GPS.

»Angerufen habe ich um neun Uhr dreiundvierzig, das GPS exakt sieben Minuten vorher für die Vermessung angeschaltet.«

Der junge Kollege von Herrn Schmiedeler notierte unsere Angaben auf einem kleinen Smartphone. Die Zeiten der handschriftlichen Notizen waren wohl auch bei der Kripo vorbei.

Zaudernd ging ich etwas zur Seite, sodass sich die verschneiten Äste einer Fichte zwischen mich und die Augen von Severin Huber schoben. Karim trat an meine Seite, legte seinen Arm um meine Schultern. Das war tröstlich.

»Wissen Sie, ob der Herr Huber Angehörige hat, die wir informieren müssen?« Franz Schmiedeler blickte aufmerksam um die Fichtenzweige herum. Ich zuckte die Schultern, Karim verzog ausweichend das Gesicht.

»Soweit ich weiß«, stotterte er, »hat der Huber nur einen Sohn, der in Australien oder Neuseeland lebt. Vielleicht war's auch Kanada. Keine Ahnung.«

»Aber er wohnte da unten im Gasthof?«

Auch dazu konnte ich nicht viel sagen. Die Vergangenheitsform seiner Frage klang scheußlich. Aber Karim nickte.

»Ja, er hat eine große Privatwohnung im Dachgeschoss.«

»Und wann haben Sie den Herrn Huber zum letzten Mal lebend gesehen?«

Unsere Blicke begegneten sich in unschöner Erinnerung an den vergangenen Abend. Die letzten Stunden des Herrn Huber waren aus meiner Sicht nicht wirklich gut gewesen. Tödlich dazu.

Hatte Anselm Natterer ihn wegen des Wilderns nicht sogar bedroht? Meine Hände fingen an, unkontrolliert zu zittern. Ich krampfte sie in den Jackentaschen zusammen, senkte den Kopf. Den Schnee zu meinen Füßen zierte ein skurriles Muster, das dem Profil meiner Stiefelsohlen entstammte. Tief durchatmend starrte ich auf die Linien.

»Gestern Abend in der Gaststube«, murmelte Karim, auch seine Augen wagten keinen Blickkontakt zum Kommissar. »Heute Morgen hat ihn die Leni, die das Frühstück macht, schon vermisst.«

Der Kommissar nickte und kam um die Fichtenzweige herum, während Karim sich abwendete, um unter den überhängenden Zweigen eben jener Fichte zu verschwinden. Ich sah nur noch ein Stück seiner orangenen Beine zwischen den Ästen leuchten. Nicht dass ihm jetzt auch noch schlecht wurde?

»Dann gehen wir jetzt mal zum Gasthof hinunter und reden da weiter. Ist arg kalt hier oben. Sebi!«

Der junge Smartphone-Kollege kam mit hängenden Schultern und einem ausgesprochen gelangweilten Gesichtsausdruck vom Fundort herübergeschlurft. Seine Schritte hinterließen zwei Furchen im Schnee. Mit leicht schläfrigem Blick schaute er seinen Chef an und grunzte etwas wie ein fragendes Geräusch. Der missbilligende Ausdruck in Schmiedelers Gesicht war der erste erheiternde Aspekt des Morgens, aber meine Wangenmuskeln waren mittlerweile entweder eingefroren oder hatten spontan verlernt, wie man lächelt.

»Sag den Jungs«, Schmiedeler seufzte seltsam ergeben mit einem Wink zu den Spurensicherern, »dass sie hier oben alles fertig machen sollen. Dann sollen sie den Toten mit dem Hubschrauber wegschaffen und in den Gasthof kommen, um die Privatwohnung zu untersuchen. Du gehst mit uns runter und nimmst die Aussagen zu Protokoll. Und zwar handschriftlich. Ich will keinen USB-Stick in die Hand gedrückt bekommen. Verstanden?«

»Alles klar, Herr Kommissar.« Die Augen verdrehte er wahrscheinlich erst auf dem Weg zurück zu seinen Kollegen.

»Na dann.« Schmiedeler strich mir überraschend sanft über den Rücken. »Brauchen Sie psychologische Unterstützung, Frau Berg? Ich lasse gern die Kollegen aus Kempten für Sie kommen.«

Halb erstarrt glotzte ich ihn an, bewegte intuitiv den Kopf.

»Danke …«, wieder krampften sich meine Finger zusammen, »… nein, nein. Alles okay.«

Schon beim »Tatort« fand ich dieses Angebot falsch formuliert. Peinlich. Niemand würde freiwillig zugeben, dass er mit so etwas Banalem wie einem Mord nicht klarkam. Schließlich waren wir doch alle starke Menschen und nur die Schwachen, die Loser brauchten Psychologen. Wer wollte schon zu denen gehören?

»Wie Sie wollen.« Schmiedeler schenkte mir ein wissendes Lächeln. »Sagen Sie es einfach, wenn Sie Ihre Meinung ändern.«

Unbeholfen ruderte ich mit den Ellenbogen, da meine Hände noch immer steif in den Taschen steckten, und wendete mich Karim zu, der wiederum halb unter der Fichte stand. Wie es schien, hatte er von Schmiedelers Angebot nichts mitbekommen. Das war mir grad recht.

»Dann wollen wir uns mal den Gasthof anschauen.«

Die Aufforderung ging an alle, sogar der gelangweilte Sebi setzte sich schwerfällig in Bewegung.

»Karim?«, rief ich leise, halb unter seinen Baum tretend. »Was ist?«

Er kam unter der Fichte hervor, schüttelte den Kopf. »Ach, nix.«

Ich betrachtete ihn skeptisch von der Seite, während wir hinter den Kripo-Männern her zum Waldrand liefen.

»Sicher? Der Schmiedeler hat mir eben psychologischen Beistand angeboten. Willst du den vielleicht annehmen?«

Sein Kopf ruckte überrascht zur Seite.

»Was? Nee. Sicher nicht. Übrigens«, Karim warf einen letzten Blick zurück in den Wald, »nein, ich mache das nicht mit Absicht. Ich steh auch nicht auf Mord und Leichen.«

Natürlich war der Gasthof in heller Aufruhr. Jeder hatte den Hubschrauber landen sehen, der just wieder startete, als wir beim Haus ankamen. Ein grauer Sack hing darunter. Mich grauste.

Spätestens jetzt war allen noch uninformierten Beteiligten klar, dass etwas Grässliches passiert sein musste.

Leni, der Koch und seine polnischen Küchenhilfen standen im Foyer, die Zimmermädchen scharten sich um den Treppenabsatz. Ein paar Gäste starrten uns neugierig aus der Stube entgegen. Nur der junge Mann mit seinem Notebook schien kein Interesse an Sensationen zu haben. Wie am Morgen tippte er konzentriert auf der Tastatur herum.

Im Mittelpunkt einer solchen Szene zu stehen, war überhaupt nicht mein Ding. Unauffällig drückte ich mich an den Polizisten vorbei zu den Toiletten, mit der festen Absicht, das stille Örtchen so schnell nicht wieder zu verlassen. Den ersten Entsetzenssturm wollte ich nicht miterleben.

Es war angenehm warm im Waschraum der Toilette. Stöhnend ließ ich mich an der Wand entlang zu Boden gleiten. Fußbodenheizung, ich spürte es sofort. Schon in Trieblings hatte mir die Toilette befremdlich ruhige Momente ermöglicht. Aber der tote Karl war trotz allem irgendwie anonym gewesen. Seine Leiche war uns nicht live am Seeufer präsentiert worden.

Tauender Schnee tropfte mir aus den Haaren, kalt und unangenehm, ich wischte mir über das Gesicht. Meine Hände waren krebsrot von der Kälte. Dann ging leise die Tür auf, und Karim plumpste neben mir auf den Boden. Kurz drangen die aufgebrachten Stimmen aus dem Foyer zu uns herein.

Minutenlang hockten wir schweigend auf dem warmen Boden. Ich lehnte meinen Kopf an Karims Schulter.

»Der Spruch von wegen Absicht tut mir leid«, murmelte ich in die Stille, »das war der Schock.«

»Schon okay, Chrissie.« Sein Kopf sank auf meinen herab. »Die Leni hat natürlich sofort berichtet, dass der Natterer Anselm dem

Huber gestern Abend eins auf den Wanst gehauen und ihm gedroht hat.«

Seufzend öffnete ich meine Jacke ein Stück. Langsam taute ich auf.

»Hat sie dem Oberschnüffler auch erzählt, dass der Huber angefangen hat?«

»Natürlich nicht. Und ich bin mir nicht sicher, ob es ratsam ist, dass wir das tun.«

»Hmpf.« In meinem Kopf rotierten die Gedanken. »Das bedeutet aber, dass die sich jetzt sofort auf den Natterer einschießen werden, oder?«

Karims Kopf ruckte nickend an meinem. »Wahrscheinlich. Liegt ja nahe.«

»Aber der taugt doch nicht zum Mörder. Noch dazu bei einer so grausamen Tat. Nee.«

Jetzt war es an Karim zu grunzen. »Jeder taugt zum Mörder, wenn der Grund nur krass genug ist.«

»Auch wahr.«

In diesem Moment dudelte Karims Handy die altvertraute »Titanic«-Melodie. Nina. Mechanisch rückte ich ein Stück von ihm weg, während er mir den Rücken zuwendete.

»Hi«, nuschelte Karim ins Handy, »ist grad total schlecht. Wir sitzen in einem Meeting. Ich melde mich. Ciao.«

Und weg war sie. Verblüfft schaute ich über die Schulter.

»Ich habe dich schon besser mit ihr turteln hören. Was ist los?«

»Ich will dir keinen Grund zum Morden geben.«

»Pfff.« Ich verdrehte die Augen.

»Na ja, angeblich ist Eifersucht bei Frauen als Motiv sehr beliebt.«

»Da mach dir mal keine Sorgen. Was tun wir jetzt?«

»Den Natterer retten.«

In aller Eile hatten die Leni und die mürrische Alte vom Vorabend das Büro des verstorbenen Severin Huber in das Vernehmungszimmer der Kommissare verwandelt, in dem dann auch wir unsere Aussagen zu Protokoll gaben. Handschriftlich, wohlgemerkt. Dabei war unübersehbar, dass der arme Sebi Tannheimer seine Hände mehr zum Simsen denn zum Schreiben verwendete, denn das, was er zu Papier brachte, war nur schwer zu entziffern. Wahrheitsgetreu gaben wir unsere Version des vergangenen Abends zum Besten – was dem armen Anselm Natterer aber nicht mehr wirklich etwas brachte.

Am frühen Nachmittag des gleichen Tages wurde er als Hauptverdächtiger im Mordfall Huber nach Kempten in Untersuchungshaft gebracht.

Hauptkommissar Schmiedeler und sein Assistent Tannheimer wurden zur Vernehmung des Verdächtigen von einem Streifenwagen abgeholt, und etwas wie Ruhe kehrte im Gasthof ein, zumal von den wenigen Gästen bis auf den Jungen am Notebook alle abreisten.

Karim und ich blieben ratlos zurück.

Der bisher nur stille Teilhaber des Projektes »Christlessee-Resort«, ein Architekt aus Oberstdorf namens Hermann Wahl, war derzeit nicht erreichbar in seinem Chalet irgendwo in den Schweizer Alpen. Man erwartete ihn in spätestens zwei Tagen zurück. Dann würde sich entscheiden, ob Karim den Auftrag behielt oder ob sich der Traum vom Wellnesshotel in Luft auflöste.

»Nur gut, dass ich eine Vorauszahlung bekommen und noch keine Daten abgeliefert habe«, knurrte er mit einer Tasse Glühwein in der Hand. »Dem Wahl traue ich nicht von zwölf bis Mittag, was meine Bezahlung angeht.«

»Dann machen wir jetzt wenigstens Urlaub auf Kosten des Hauses, bis der Herr aus seinem Funkloch auftaucht.«

Ich hätte den Urlaub zwar lieber an einem weniger belasteten Ort gemacht, aber in der Not tat's auch der Gasthof »Christlessee«. Ich rief nach Leni, damit sie uns noch zwei Tassen Glühwein brachte. Noch immer verfolgten mich die schreckensstarren Augen vom Huber. Ich war geneigt, sie in etwas Stärkerem als Glühwein zu ertränken, aber noch scheute ich den darauf mit Sicherheit folgenden Kater.

Leni brachte uns die Tassen. Sie war käseweiß im Gesicht, machte aber tapfer ihren Job.

»Ich hab den Sohn vom Huber in Toronto erreicht«, ihre Lider klimperten aufgebracht, »aber der hat koi Zeit it. Der kommt it.«

»Verrückt!« Karim schob noch aufgebrachter als vorhin seine Tasse über den Tisch, Glühwein schwappte über. »Die sind völlig verrückt hier. Ich muss jetzt raus. Ich brauch frische Luft.«

Sprach's und war durch die Tür, bevor ich ihm meine Begleitung anbieten konnte. Leni verstummte sofort. Immerhin etwas. Ich zuckte die Schultern.

»Jeder, wie er meint.«

Entschlossen griff ich mir die beiden Tassen und latschte zu dem Typen am Notebook hinüber. Ich wollte nicht alleine sein, aber Leni war keine Alternative, also musste er zu meiner Bespaßung herhalten.

Ich grinste ihn an. »Wenn wir hier schon gemeinsam festsitzen, dann können wir es uns auch etwas gemütlich machen, oder?«

Ohne auf seine Einladung zu warten, ließ ich mich auf den Stuhl ihm gegenüber fallen. Männer musste man in bestimmten Situationen einfach vor vollendete Tatsachen stellen oder bei Bedarf zu ihrem Glück zwingen. Ein Frettchen im Angesicht eines heranrasenden Xenonscheinwerfers hätte nicht verblüffter schauen können, als der junge Mann vor mir.

»Ich sitze nicht fest«, erwiderte er tonlos, und seine Augen wurden noch größer, als ich ihm Karims Tasse hinschob. »Ich bin freiwillig hier. Ich arbeite.«

»Dann mach mal Pause. Ich bin Christiane, Prost.«

Mit spitzen Fingern fasste er nach der Tasse, mehr als seine Lippen kam aber nicht in Kontakt mit dem Glühwein. Unsicher winkte er nach Leni, während ich ein schüchternes Lächeln erntete.

»Dürfte ich bitte noch eine Tasse Tee haben?«

Sein absolut akzentfreies Deutsch war eine Wohltat für meine geplagten Ohren.

Leni nickte, aber ihre missgünstig hochgezogenen Brauen sprachen Bände, während sie an uns vorbei in die Küche rauschte.

»Verzeihung«, er schob mir verschämt die Glühweintasse zurück, »ich trinke keinen Alkohol. Ich bin Michi ... Michi Schneider.«

Michi. Okay, dachte ich, für Spitznamen war man selten verantwortlich, höchstens dafür, dass man sie nicht verhindert hat. Aber ich hatte es ja auch nicht verhindern können. Mittlerweile nannte mich jeder in Karims Umgebung Chris oder, noch schlimmer, Chrissie. Da passte der Michi doch locker dazu.

»Kein Problem, Michi«, lässig stellte ich die Tasse neben meine, »ich nehm die gern. Heute ist alles egal. Was arbeitest du? Und woher kommst du? Deine Aussprache ist verzückend sauber.«

Er giggelte scheu. »Ich möchte hier oben in der Ruhe dieses Gasthofes meine Diplomarbeit beenden. Ich studiere Psychologie in Hannover.«

Leni knallte eine Tasse Tee zwischen uns. »Jetzat isch's mit der Ruha vorbei.«

Spritzer landeten vor mir auf der Tischplatte. Perplex schaute ich zu ihr hoch.

»Aber sonst geht es dir gut, ja?«

Sie zog arrogant ihre Schulter hoch, rauschte aber ohne Antwort in die Küche zurück.

»Die ist nicht so gut drauf heute«, murmelte Michi entschuldigend, »kann ich auch verstehen.«

»Klar«, erwiderte ich sarkastisch, »total verständlich. Sie ist ja auch diejenige, die fast auf die Leiche getreten ist.«

Verwirrt musterte er mich über seine Tasse hinweg. »Das war jetzt witzig gemeint, oder?«

Ich seufzte. In solchen Fällen war jeder Humor verschwendet.

»Irgendwie, ja. Über welches Thema geht deine Diplomarbeit?«

Seine Mundwinkel zuckten erleichtert, aber ein Lächeln traute sich nicht ganz hervor. »Oh …? Du wirst es langweilig finden.«

Männliche Koketterie fand ich süß. »Nee, bestimmt nicht. Erzähl mal.«

Er klappte zögernd sein Notebook zu. »Im Ernst?«

Ich nickte erneut. »Ja, ernsthaft.«

»Mir geht es um die Generation unserer Urgroßeltern …«, wieder klimperte er mich abwägend an, »… ehmm … und unserer Großeltern, die der Krieg um ihre Kindheit und Jugend gebracht hat.«

Wirklich putzig, dachte ich in mich hineingrinsend, der Junge war locker zehn bis fünfzehn Jahre jünger als ich und mimte doch den rücksichtsvollen Gentleman. Das gefiel mir gut.

»Und was genau untersuchst du da? Ich meine«, lässig griff ich mir Karims Tasse, »die haben es nicht leicht gehabt, aber immerhin haben sie überlebt, im Gegensatz zu Millionen anderer Menschen.«

Zum ersten Mal sah er mich direkt an, die Stirn gerunzelt und offenbar ziemlich befremdet.

»Überlebt? Ja, das haben sie schon, aber um welchen Preis? In fast jeder betroffenen Familie gibt es irgendeine Form von Suchtverhalten, Depressionen und so weiter. Sie sind um jedes frühkindliche Vertrauen gebracht worden, ohne Väter, ohne Brüder, mussten viel zu früh die Rollen von Partnern und Versorgern übernehmen und übermenschliche Verantwortung tragen.«

Überrascht starrte ich ihn an. Dass er sich so in Rage reden konnte, hätte ich ihm nicht zugetraut. Aus dem asketisch, durchgeistigt und weltfremd wirkenden Jungen wurde ein ambitionierter Redner. Seine Augen leuchteten.

»Sie durften nie Kind sein, haben keine richtige Jugend gehabt, nur das, was ihnen die Nazis als heil und wertvoll vorgaukelten. Sie waren die größten Opfer der Propaganda.«

Den letzten Satz fand ich fragwürdig, aber eine Diskussion über nationalsozialistische Propaganda wollte ich an diesem Tag sicher nicht vom Zaun brechen. Betont nachdenklich blickte ich aus dem Fenster, Zeit schinden. Draußen brach langsam ein Rest Abendsonne durch die Schneewolken, mein Blick glitt unwillkürlich den Hang hinauf zum Waldrand.

»Um deine Frage zu beantworten, Christiane«, er holte tief Luft, »meine Diplomarbeit handelt von der dadurch entstandenen Zerstörung der Familien. Das, was der Krieg ihnen nicht genommen hat, das ging durch die Folgen kaputt.«

Dazu fiel mir erst einmal nichts ein. Das fühlte sich bedrückend an und scheußlich nah, obwohl ich mir diesbezüglich noch keine Gedanken über meine Familie gemacht hatte. Seitdem ich wieder im Oberallgäu war, hatte mich außerdem niemand mehr Christiane genannt.

»Und wieso arbeitest du grad hier?« Mehr fiel mir an Fragen nicht mehr ein. Von einer Sekunde zur nächsten war schiere Erschöpfung über mich hereingebrochen. Die Hitze des Glühweins schoss mir in die Wangen.

»Weil in den Alpengebieten die Welt aus Sicht der Nazis besonders heil war. Du weißt doch«, er lächelte verschämt, »Jungs in Lederhosen, Mädels im Dirndl. Dazu blauweißer Himmel und idyllische Bergkulisse. Andererseits formierte sich hier in Oberstdorf heimlich der Heimatschutz, eine Widerstandsorganisation, während gleichzeitig die letzten Jahrgänge für die zusammenbrechenden Fronten mobilgemacht wurden. Hitler hatte einen Erlass herausgegeben, wonach kein Ort kampflos übergeben werden durfte. Es galt bis zur letzten Patrone zu kämpfen, alles andere war Hochverrat. Die Männer vom Heimatschutz riskierten ihr Leben, indem sie die kampflose Übergabe von Oberstdorf planten. Die beiden Anführer dieses Heimatschutzes waren übrigens NS-Offiziere und entstammten einer alteingesessenen Oberstdorfer Familie.«

Aus den Augenwinkeln sah ich die Tür der Gaststube aufgehen. Karim kam von seinem Spaziergang zurück.

»Das klingt echt spannend, Michi«, ich nickte dankend, »ich würde da gern noch mehr drüber wissen.«

Karim ließ sich unaufgefordert an der Stirnseite des Tisches auf den Stuhl fallen und griff nach meiner letzten halb vollen Tasse. Schweigend trank er sie leer.

»Die haben die Nivellierstange einfach oben im Wald gegen einen Baum gelehnt.« Er würdigte Michi keines Blickes. »Verrückt. Die ist teuer. Lass uns ins Dorf zum Essen fahren, Chrissie. Mir ist das hier noch zu finster.«

Meistens neigte ich nicht dazu, mich fremdzuschämen, doch Karim konnte übel peinlich sein. Meine Mundwinkel zuckten nervös.

»Ehmm, Karim«, ich trat ihm unter dem Tisch gegen das nächstbeste Bein, »das ist Michi Schneider. Er schreibt seine Diplomarbeit hier im Gasthof.«

Karim schickte ihm einen abfälligen Blick.

»Über was schreibst du?«

Michi wand sich, packte sein Notebook und die Bücher, die auf dem Tisch lagen.

»Kindheit und Jugend am Ende des Krieges.«

Karims Augen wanderten kurz über die weiß verputzte Wand.

»Am Ende welchen Krieges?«, spottete er, ohne den Jungen anzuschauen. »Ich wusste nicht, dass Krieg irgendwo auf der Welt zu Ende ist.«

»Tatsächlich ist das ein interessanter Gedankenansatz«, Michi stand hastig auf, drückte Computer und Bücher an sich, »und du hast sogar irgendwie recht. Das haben wir ja heute wieder erlebt.«

Sekunden später waren wir allein. In der Küche hörte ich den Koch rumoren. Ansonsten war es still im Haus. Unbehaglich rutschte ich auf meinem Stuhl herum. »Du kannst echt eklig sein, Karim. Was sollte das jetzt?«

»Ich steh nicht auf Kinderbetreuung und möchtegernintellektuelle Jungs, die mir mein Mädchen angraben.« Lässig griff er nach einem Bonbonpapier, das korrekt längs gefaltet neben Michis leerer Tasse lag. »Eine Diplomarbeit schreiben, aber Maoam futtern. Noch Fragen, Hilfswillige?«

»Nee, sicher nicht. Mir reicht's schon wieder.« Ich war sauer, aber auch irgendwie geschmeichelt, denn meinetwegen war schon lange niemand mehr eifersüchtig gewesen, schon gar nicht ein Typ wie Karim, der mir sämtliche Sinne verdrehte.

Auch peinliche Alibis gelten …

In der Nacht schlief ich schlecht, was ja nicht wirklich verwunderlich war. Irgendwann in den frühen Morgenstunden, als vom Parkplatz wieder der Schneepflug dröhnte, da war ich sogar an einem Punkt, wo ich ernsthaft darüber nachdachte, ob ich nicht doch noch einen verständnisvollen Seelenstreichler in Anspruch nehmen sollte. Von überall her starrten mich Herrn Hubers panische, tote Augen an.

Karim neben mir war nicht minder mies dran. Er hockte sich irgendwann an sein Notebook, wo er das Trauma des vergangenen Tages in Arbeit erstickte. Daheim hätte ich das auch getan. Aber daheim wäre mir wahrscheinlich so etwas Absurdes wie eine Leiche zu finden auch nicht passiert.

Mit vor Übermüdung brennenden Augen fixierte ich den glänzenden Fleck des Fensters, hinter dem unablässig der Schnee fiel. Wieso hatte jemand einen alten Mann wie den Severin Huber ermordet? Zufall? War er zum falschen Zeitpunkt am falschen Ort aufgetaucht? Hatte er gewildert und irgendjemandem hatte das nicht gepasst und ihn wie eines der Tiere in einer Schlinge gefangen? Langsam erstickt? Auch wenn dieser Gedanke deutlich für Anselm Natterer als Mörder sprach, konnte ich mir nicht vorstellen, dass ein solcher Idealist zu so einer Grausamkeit fähig sein könnte. Aber was wusste ich schon von den Abgründen des menschlichen Egos? Anselm Natterer verbrachte wahrscheinlich eine noch viel schlimmere Nacht als wir.

In Fernsehkrimis wurde immer die Frage nach eventuellen Feinden gestellt. Nun, obwohl ich den Herrn Huber nur flüchtig kennengelernt hatte, reichte dieser Eindruck aus, um ihm einen Haufen Feinde zuzutrauen.

Seufzend drehte ich mich vom Fenster weg. Karims Rücken, über die Tastatur gebeugt, den Kopf in seine Hände gestützt. Ein Bild ergreifender Einsamkeit.

Leise schlüpfte ich unter der Decke heraus und tappte zu Karim hinüber. Er erschrak leicht, als ich meine Arme um seine Schultern legte, seinen Kopf an mich zog. Dann seufzte er und lehnte sich an mich.

»In was sind wir da wieder hineingeraten, Chrissie?«

»Keine Ahnung.« Sanft rieb ich ihm die Schultern. »Echt nicht. Ich krieg die Augen vom Huber nicht mehr aus dem Kopf. Der ist vor Angst gestorben. Warum tut man einem Menschen so etwas an?«

Die Schultern unter meinen Händen bewegten sich müde, Karim schüttelte sich leicht.

»Weiß nicht. Der Huber hatte sicherlich nicht viele Freunde, aber umso mehr Mitmenschen, die ihm ohne Scham die Pest an den Hals gewünscht hätten. Hast ja erlebt, wie er mit dem Natterer umgegangen ist.«

»Kanntest du den Huber näher?« Tief durchatmend hockte ich mich auf seinen Schoß und kuschelte mich an ihn. Seine Nähe war seltsam tröstlich.

»Nein, aber ich habe ja Ohren und bin, wie du weißt, sehr neugierig.« Er stieß ein freudloses Glucksen aus.

»Wahrlich. Columbo hätte dich gemocht. Was weißt du?«

Er streifte mich mit einem kurzen Seitenblick.

»Du hast aber nicht vor, wieder auf eigene Faust zu schnüffeln, Chris?«

»Sicher nicht«, erwiderte ich und hätte fast zum Schwur die Hand gehoben, »niemals wieder. Aber der hat den Natterer ziemlich krass in den Senkel gestellt. Das war also keine Ausnahme?«

Er schüttelte den Kopf, langte an mir vorbei und drückte das Notebook zu. Plötzlich war das Zimmer wieder stockfinster.

»Nein, keine Ausnahme. Letztens stand ich daneben, als er einem Waldarbeiter, der auf seine Pause bestand, eine Motorsäge ins Kreuz gedeppert hat. Er hat ohne Skrupel gewildert. Die Polizei hat oben in seiner Wohnung angeblich sogar Felle von Bären und Wölfen gefunden, deren Herkunft nicht gesichert ist. Die Leni hat's mir im Vertrauen erzählt. Keiner der Jäger hier hätte ihn aber deswegen angezeigt. Der Mann war lange Jahre Vorsitzender des Rechtlervereins. Der hatte Einfluss. Dessen Meinung war halbes Gesetz. Mit dem verscherzte man es sich nicht. Der Natterer hätte ihn besser in sein Boot geholt und dieses blöde Holzrecht verkauft. Dann hätte er vielleicht eine Chance für seinen Wildpark bekommen.«

»Na ja, das spricht nicht für einen besonders umgänglichen Zeitgenossen, aber sind das Gründe für einen grausamen Mord?«

»Nein.« Karim schob mich von seinem Schoß. »Du bist ein ganz schöner Mops, Chrissie, hast du seit dem Sommer zugenommen?«

»Nur ein bisschen.«

»Wer's glaubt. Wie auch immer: Der alte Huber war menschlich manchmal ein Mega-Arsch, aber andererseits auch ein fairer Geschäftsmann und ehrlicher Chef. Lass es uns noch einmal mit schlafen versuchen. Meinst du, Sex könnte uns die nötige Entspannung bringen?«

»Einen Versuch ist es wert.«

Wir schliefen, bis mal wieder Karims Handy klingelte. Allerdings war es nicht sein Weckruf, sondern die ungeliebte »Titanic«-Melodie.

Nina. Wo die doch in Spanien ausspannen sollte. Was wollte die am frühen Morgen?

Blinzelnd spähte ich aus dem Fenster. Fahlgraues Licht und noch immer dichter Schneefall machten jede Schätzung einer Uhrzeit zur reinen Spekulation.

»Ich klinge nicht nur müde«, hörte ich Karim mürrisch sagen, »ich bin auch müde. Was willst du? Du hast Urlaub.«

Den liebevollsten Umgangston hatten die beiden schon im Sommer nicht praktiziert, aber Karim hätte wenigstens ein bisschen Freude über ihren Anruf vorheucheln können. Ich wagte einen Blick zur Seite. Er lag mit geschlossenen Augen auf dem Rücken, eine Hand in reichlich genervter Geste auf der Stirn. Aha. Aufgeregtes Geschnatter tönte aus dem Handy.

»Ja, den Huber haben wir gestern tot im Wald gefunden.« Karim streifte mich mit einem Auge und verzog das Gesicht. »Woher weißt du das schon wieder?«

Das Geschnatter wurde noch aufgeregter, Karim zog sich die Decke halb übers Gesicht, dann setzte er sich auf.

»Ich weiß noch nicht, was jetzt aus dem Auftrag wird, Mausi, der Wahl kommt morgen aus Davos oder St. Moritz zurück, dann wird sich das schon entscheiden. Nein, ich brauche dich hier nicht. Ich bin ja nicht allein.«

Mir wurde schlagartig kalt. Was schwätzte der Kerl da? Nicht allein? Mit aufgerissenen Augen glotzte ich ihn an und tippte mir wild gegen die Stirn. Verrückt, oder was? Seine Reaktion war ein befremdetes Zucken seiner Augenbrauen und Wegdrehen.

»Natürlich rufe ich dich sofort an, wenn ich weiß, was aus dem Auftrag wird. Entspann dich. Ciao.«

Er warf sein Handy auf die Bettdecke und hob fragend die Hände. »Wirst du jetzt auch anstrengend, oder was sollte das?«

Grundsätzlich war ich morgens nicht in Bestform und vor der ersten Tasse Kaffee sollte man mich tunlichst nicht auf dem falschen Fuß erwischen. Karim hatte gleich beide erwischt. Grätig zog ich die Knie an.

»Wenn hier einer anstrengend ist«, schnauzte ich, »dann sicher du! Was erzählst du deiner Frau, dass du nicht alleine im Hotel bist? Spinnst du? Meinst du, ich will das nächste Mordopfer werden?«

»Meiner Frau?« Er fuchtelte mit seinen zehn Fingern vor meinem Gesicht herum. »Such den Ring, Chrissie! Und ich bin ja auch nicht allein hier. Wenn nicht du bei mir wärst, dann mein studentischer Hilfswilliger, dem es hier aber zu kalt war. Nina weiß das.«

Einen Ring hatte ich seit meiner Ankunft vergeblich gesucht, aber was bedeutete das schon? Schließlich hatten wir uns im Sommer nur kennengelernt, weil er mit etwas Abstand über Ninas Heiratsantrag nachdenken wollte. Und wenn er noch immer mit ihr zusammen war, dann konnte das nur bedeuten, dass sie auch geheiratet hatten.

»Nein, ich sehe keinen Ring, aber sie würde dich wohl kaum so oft anrufen, wenn sie sich gegen dich entschieden hätte, oder?«

»Nina wird sich niemals gegen mich entscheiden«, er verdrehte die Augen und stand auf, »wäre ja auch echt blöd von ihr. Aber du wolltest mich ja auch nicht haben, also stell dich nicht so mädchenhaft an. Nina wird wegen mir niemanden ermorden.«

»Dein Wort in Ninas Ohr«, knurrte ich und schwang mich ebenfalls aus dem Bett. Der Sex letzte Nacht war sicherlich der letzte für uns. Immerhin war es guter Sex. »Ich stelle mich nicht mädchenhaft an«, krakeelte ich weiter, »und nein, eine Beziehung mit dir würde mich in die Klapse bringen. Außerdem stehe ich nicht auf dauerhafte Dreiergeschichten. Bisschen Sex und gut.«

»Was jammerst dann wegen Nina rum?« Er schien ehrlich verblüfft, was mir leider den Schwung vermasselte. »Ist doch perfekt so, auch wenn ich selbst nicht verstehe, dass sie sogar aus dem Urlaub anrufen muss, nur weil sie mal wieder denkt, ich hätte nicht alles im Griff. Die unterschätzt mich total. Krass.«

Ich war versucht, mir peinlich berührt den Schädel zu kratzen, doch damit hätte ich mich sofort geoutet. Nicht vor Karim. Also hielt ich meine Hände in letzter Sekunde auf und griff mir stattdessen meine Jeans.

»Du bist so oft schrecklich indiskret«, murrte ich halbherzig vor mich hin, »und Anstand ist bei dir auch nicht garantiert. Kein Wunder, dass ich«, dieses Mal verdrehte ich die Augen, »*mädchenhaft* reagiere und sie dich kontrollieren muss. Ich bin wahrscheinlich nicht dein erster Seitensprung.«

Man sah förmlich, wie ihm alles aus dem Gesicht fiel. Damit verlor selbst er jeglichen Sexappeal.

»Hä? Was denkst du von mir? Klar warst du mein erster und einziger Seitensprung und wenn du gewollt hättest, wärst du schon im Sommer kein Seitensprung geblieben. Du brauchst jetzt Kaffee, Chrissie, du bist ja total ungenießbar. Dabei habe ich mir heut früh solche Mühe gegeben, dir ein bisschen Entspannung zu verschaffen.«

Ich verstand überhaupt nichts mehr. Einer von uns beiden war nicht zurechnungsfähig. Bis vor zwei Sätzen hätte ich sogar meinen Kopf dafür verwettet, dass es Karim war, doch im Moment war ich mir nicht mehr sicher.

»Ja, viel Kaffee.«

Es schneite den ganzen Tag hindurch. Mittlerweile lag gut ein halber Meter Neuschnee und von überall dröhnte unablässig das Gebrumm der Schneepflüge. Wir gingen spazieren, schwiegen, tranken Tee und Glühwein. Ich hockte mich ein wenig zu Michi, der mir spannende Geschichten aus der Geschichte Oberstdorfs erzählte und Passagen seiner Diplomarbeit zu lesen gab. Das schmeichelte mir. Karim machte ein abweisendes Gesicht dazu. Aber wenn ich seine Nina ertragen musste, dann sollte der kleine Michi für ihn kein Problem sein.

Mittags kämpfte sich ein Polizeiwagen den Berg hinauf, dem drei Polizisten entstiegen, die trotz Lenis Protest die fragwürdigen Felle aus Severin Hubers Wohnung beschlagnahmten, dazu ganz klassisch seinen PC und die Gewehre aus dem Sicherheitsschrank. Zumindest schien der Herr Huber noch als Besitzer dieser Waffen registriert gewesen zu sein.

Sie waren kaum wieder fort, da schlitterte ein weiteres Auto auf den Parkplatz.

Es war früher Nachmittag, aber es sah aus, als würde es bald dunkel werden. Grauschwarz drückten die Wolken immer tiefer ins Tal.

Der Koch war eben wieder dabei, mit dem Schneepflug den Parkplatz und die Auffahrt zu räumen. Er schimpfte wild aus dem Traktor heraus, als das Auto ihm in den Weg fuhr. Karim und ich standen feixend am Fenster, während Michi uns völlig fassungslos betrachtete. Der Junge hatte keinerlei Humor, und schwarzen gleich gar nicht.

Er hatte mir auch im Vertrauen erzählt, dass er die Prügelei am Vorabend als grässlich vulgär und roh empfunden habe. Sein Mitgefühl gelte allen Beteiligten, denn jeder hatte ungerechtfertigt Gewalt erdulden müssen, aber auch gleichzeitig ausgeteilt. Psychologisch sehr interessant. Etwas, worüber er unbedingt nachdenken wolle. Ich fand ihn rührend.

Dem Auto entstiegen zwei vermummte Gestalten, die mir unangenehm bekannt vorkamen.

»Schau her«, Karim rieb sich verblüfft die Glatze, »der Herr Kommissar und sein Hilfswilliger. Was wollen die jetzt hier?«

Geduckt gegen den Schnee, aber mit einer eindeutigen Bewegung ihrer hochgereckten Mittelfinger zum pöbelnden Koch hinüber, stapften die beiden zum Eingang des Gasthofes. Leni, die gelangweilt bei Michi gesessen hatte, sprang gleich zur Tür, um die beiden zu begrüßen. Sie schüttelten sich den Schnee von den Jacken, produzierten Wasserpfützen zu ihren Füßen. Neugierig schauten wir ihnen entgegen.

Was führte die beiden wohl her? Der Natterer saß in Untersuchungshaft, und alle Spuren waren bestmöglich gesichert. Uns hätten sie zur Not vorladen können.

Der Schmiedeler hustete bellend, Sebi Tannheimer fiel gleich auf die erste Eckbank, die er erreichen konnte, und kramte nach einem kaum hörbaren Gruß sein Smartphone aus der Tasche seiner Daunenjacke.

»Servus.« Schmiedeler zog die Nase geräuschvoll hoch. »Fräulein Leni, wir brauchen bis auf Weiteres das Büro und zwei Einzelzimmer.«

Lenis Blick huschte überrascht zu uns hinüber, dann zuckte sie zögernd die Schultern. »Ja mei, 's goht scho, aber warum?«

Das Warum interessierte uns alle, sogar Michi schielte neugierig um sein Notebook herum.

Schmiedeler schüttelte mit schmalen Lippen seinen Kopf.

»So halt«, grummelte er, sich seine Jacke ausziehend. »Der Natterer war's nicht. Ich hätt jetzt gern ein Bier, Fräulein Leni, und eine Brotzeit.«

»Für mich auch.«

Tannheimer schaute nicht einmal von seinem Handy auf.

Leni strich sich fahrig ihre Dirndlschürze glatt, trippelte unsicher herum, was mich trotz der Nachricht irgendwie erheiterte. Sie war echt süß. So frech und so unbedarft.

»Wie jetzt?« Karim trat zu Schmiedeler an den Tisch und setzte sich, wie immer unaufgefordert. Der Kommissar stutzte kurz. »Ist Anselm Natterer wieder frei?«

»Nehmen S' ruhig Platz«, erwiderte der Kommissar schmallippig, während auch ich dezent zum Nachbartisch lauschte. »Der Herr Natterer hat ein Alibi für die Tatzeit. Er ist bereits wieder auf freiem Fuß.«

»Leni, bring mir auch ein Bier, bitte«, rief Karim zur Küche hinüber und musterte Schmiedeler interessiert. »Wie das so plötzlich? Ich dachte, die Sachlage sei eindeutig.«

»Eindeutig ist sie erst, wenn der Richter ein Urteil spricht«, wies Schmiedeler Karim zurecht, »vorher ist alles nur Verdacht und Indiz. Wie gesagt, er hat ein bezeugtes Alibi.«

Damit schien seitens des Kripomannes alles geklärt, doch Karim wäre nicht er selbst gewesen, wenn er das Gespräch so einfach im Sande hätte verlaufen lassen.

»Von wem hat er das denn bekommen?«

Schmiedeler schwieg einen Moment lang, musterte dabei nachdenklich den Rauputz an der Wand.

»Wissen S', Herr Miller«, er streifte Karim mit einem durchaus freundlichen Blick, »Ihre unverfrorene Neugier würde ich gern besitzen, die würde mir beruflich wirklich vieles erleichtern, aber Sie haben sicher Verständnis dafür, dass ich Ihnen nicht nur wegen der laufenden Ermittlungen keine Antwort geben werde, sondern auch aus Gründen der Diskretion.«

Der Mann gefiel mir. Ein klarer Satz, und Karims Selbstsicherheit schlingerte. Das hatte ich noch nicht geschafft.

»Ehmm ...«, Karim lief puterrot an, noch ein Novum, »klar ... Ich meine, war 'ne blöde Frage. Sie haben ja recht.«

»Ich wusste, dass Sie mich verstehen würden.«

Schmiedeler prostete ihm lächelnd zu, während Karim unbeholfen aufstand. Linkisch nickend eierte er zu mir zurück, sein Stuhl scharrte laut über die Bodendielen.

Nur mühsam konnte ich mir ein Grinsen verkneifen, auch wenn ich gern gewusst hätte, wer dem Anselm ein Alibi verschafft hatte. Wahrscheinlich würden wir es so oder so irgendwann erfahren.

»Wetten, Chris«, Karim beugte sich flüsternd vor, »die schicke Simone hat dem Anselm das blutige Näschen gewischt?«

»Sicherlich«, erwiderte ich betont desinteressiert und lächelte zu Leni hoch, die im Vorbeigehen Karims Bier auf den Tisch stellte, »und ganz bestimmt hat sie auch die Nachtschwester für ihn gemacht. Aber es geht uns nichts an. Je weniger ich von der Sache weiß, desto besser für mein Seelenleben.«

Karim schickte einen demonstrativen Blick zur Zimmerdecke, bevor er einen großen Schluck Bier trank. »Dein Seelenleben ist eh ziemlich schräg, außerdem dürftest du es doch sogar auf Staatskosten sanieren lassen, also lass uns ruhig ein bisschen spekulieren.«

»Karim, ich habe die Schnauze voll von Leichen. Da drüben sitzt ein echter Kommissar, der kümmert sich gern darum, der wird dafür bezahlt. Es sind deine und meine Steuergelder, die der da gerade vertrinkt.«

»Aber überleg doch mal, Chrissie, wir könnten dem Staat richtig Kosten ersparen, wenn wir helfen würden«, er beugte sich noch weiter über den Tisch, »und vielleicht hängen wir ja mittendrin in der Geschichte, weil wir Hubers Land vermessen. Vielleicht ist irgendjemandem das Projekt ein Dorn im Auge? Vielleicht sind wir auch in Gefahr.« Seine Augen bohrten sich mit erregtem Glitzern in meine, mir wurde gleichzeitig etwas klamm im Nacken.

»Was?«

Er hob mit einem aufgesetzt ergebenen Blick die Hände. »Weiß man's?«

»Du bist irre, Karim, so ein Quatsch.« Nur mit Mühe hielt ich meine aufgeregte Stimme bei einem Flüstern. »Viel eher glaube ich, dass der einem anderen Wilderer ins Gehege gekommen ist und von dem ins Jenseits befördert wurde. Oder jemand hat Hubers Grobschlächtigkeiten dick gehabt.«

Nachdenklich schürzte er die Lippen, griff sich dann sein Bierglas. »Interessanter Ansatz, Chrissie. Wir sind hier an der Grenze. Die Nusser wildern alle und alles. Vielleicht hat der Huber einem von denen einen Bock streitig gemacht. Da kennen die nix. Wir sollten das dem Superkommissar erzählen.«

»Wer bitte sind die Nusser? Und halt bloß dein Maul beim Kommissar, der braucht dich bei seiner Arbeit nicht.«

Sein Grinsen war äußerst zufrieden und breit. Hatte er mich doch wieder zum Spekulieren gebracht.

»Weischt, süße Hilfswillige, Nusser nennt man bei uns die Tiroler, weil die so viele Walnüsse haben. Tiroler Nussöl, hast du sicher schon mal gehört, oder? Tirol ist gleich auf der anderen Seite der Berge.«

Er wedelte fröhlich der Wand hinter sich zu.

Stöhnend drehte ich mich nach Leni um. Warum war hier im Süden alles so kompliziert? Da Leni allerdings gerade dem putzigen Michi schöne Augen machte, bemerkte sie mich nicht. Also musste ich mir selbst ein Glas Wasser besorgen oder verdursten. Ich entschied mich für Letzteres.

»Nein, du Klugscheißer, von den Nussern und ihrem Öl habe ich bisher noch nichts gehört, aber damit kann ich leben. Bring lieber die Leni dazu, etwas gegen meinen Durst zu tun.«

Karim schielte aufmerksam an mir vorbei zur turtelnden Kellnerin.

»Das geht ja gar nicht«, grummelte er leise. »Es reicht, dass du mit dem rumpoussierst. Leni!«

Das Mädel zuckte erschrocken zusammen. »Hä?«

»Lass den Michi in Ruhe, der ist zu jung für dich, und bring mir noch ein Bier und der Chrissie ein Wasser.«

Erschöpft legte ich meinen Kopf auf die Tischplatte. Dieser Tag war genauso miserabel wie der gestrige. Und um mich herum drehten alle durch, während da draußen irgendwo ein Mörder frei herumlief. Sofort hatte ich wieder Hubers schreckenstote Augen vor mir. Vielleicht wäre so eine Therapie auf Staatskosten auch für den Rest meines traurigen Lebens ganz sinnvoll? Darüber sollte ich nachdenken.

Eitler Fatzke

Tags drauf war das Wetter noch immer erbärmlich, aber Hermann Wahl war zurück in Oberstdorf. Sein Anruf erreichte uns gerade, als wir mit dem obligatorischen Glühwein am Marktplatz standen und uns darüber amüsierten, dass der städtische Schneeräumdienst gnadenlos Massen von Schnee vor dem Marktbrunnen ablud, während sich mehrere Touris maßlos darüber aufregten.

»Wir besprechen das«, grummelte Karim zwischen zwei Schlürfern Glühwein in sein Handy, »aber nicht jetzt. Wir haben drei Tage auf Sie gewartet, da wird die Sache wohl noch so viel Zeit haben, dass ich meine Tasse austrinke, oder?«

Dem Klang der Stimme nach, die ich hörte, weil Karim sein Telefon aufgrund der Lautstärke etwas weiter vom Ohr weghielt, war Herr Wahl über Karims Worte nicht besonders erfreut.

»Ich weiß, dass Sie zahlen«, erwiderte Karim ungerührt, »aber noch haben Sie das nicht getan, und vom seligen Herrn Huber habe ich nur einen kleinen Vorschuss gesehen. Also bleiben Sie jetzt mal bitte schön locker, Herr Wahl.«

Karims Erzählungen nach war Hermann Wahl ein Herr Ende siebzig, weswegen ich es für sehr unwahrscheinlich hielt, dass so einer locker bleiben würde. Aber gut, ein weiteres Thema, das mich nichts anging. Blinzelnd schaute ich einer Gondel der Nebelhornbahn nach, die eben im Schneevorhang verschwand. Was wollten die Leute bei dem Wetter dort oben? Der Berg hatte seinen Namen doch sicher nicht von ungefähr.

»Okay«, seufzte Karim neben mir genervt, »wir sind in einer halben Stunde bei Ihnen. Und machen Sie mir mal eine Zahlung fertig, sonst gibt es keine Daten und ich rühre keinen Finger mehr.«

Sein Handy verschwand in einer der unzähligen Taschen seiner Jacke, und etwas wie ein entschuldigender Blick streifte mich. »Kommst du mit?«

»Muss ich?«

»Friedrich der Große hat die Leibeigenschaft abgeschafft, aber für meine Mitarbeiter habe ich eine Ausnahmegenehmigung.«

»Warum fragst du dann?«

Ich griff nach seiner leeren Tasse, um sie am Stand zurückzugeben.

»Das habe ich bei einem Motivationsseminar gelernt. Angeblich finden die Mitarbeiter es toll, wenn man sie fragt, auch wenn ihre Meinung keinen Einfluss hat.«

Wider Willen musste ich lachen.

»Wo du meines Wissens nicht einmal Mitarbeiter hast.«

»Ich arbeite daran, zum Großkonzern zu werden, und übe fleißig mit meiner derzeitigen Hilfswilligen.«

»Das ist mir noch nicht aufgefallen.«

Er seufzte und rückte mir überraschend fürsorglich meinen Schal zurecht.

»Weil du es einem auch echt schwer machst. Um dich darf man sich so gar nicht kümmern. Komm, wir gehen zu Fuß zum Wahl. Ist zwar ein Stück, aber ich brauche etwas Bewegung, sonst vergesse ich nachher womöglich meine Achtung vor dem Alter. Der Wahl ist anstrengend.«

Wir spazierten quer durch Oberstdorf über die Nebelhornstraße, überquerten die Trettach und stiegen mit Blick auf die Schanzen ziemlich steil bergauf. Ich schwitzte schon nach wenigen Metern. Wenn der Herr Wahl so anstrengend war wie der Weg zu ihm, dann konnte ich Karim verstehen.

Trotzdem tat es tatsächlich gut, und mit jedem Meter, den wir höher stiegen, wurde der Ausblick trotz des Schnees immer schöner. Unter uns lag Oberstdorf, erleuchtet, glitzernd, anrührend weihnachtlich.

Am Ende der gewundenen Straße deutete Karim auf ein Haus, das eher den Namen Glaspalast verdient hätte. Außenwände schienen nicht vorhanden, nur Glas und Stahl, die das Innenleben fast schamlos preisgaben. Man musste wohl zum Exhibitionisten geboren sein, um in so einem Haus zu wohnen. Alles strahlte im Licht. Ich zog die Schultern hoch.

»Klar, ein Architektenhaus. Ich glaub, ich bin auf dem Wohnniveau eines Höhlenmenschen stehen geblieben.«

»Hmpf.« Karims Atem war vom Anstieg etwas aus dem Takt geraten. »Meins ist das auch nicht. Vermutlich gab es die Baugenehmigung nicht umsonst.«

Er drückte auf den breiten Klingelknopf aus Messing unter der Überwachungskamera. Spontan fragte ich mich, wozu der Herr Wahl die brauchte bei seinem Glaskasten. War ja eh alles zu sehen.

»Kommt rein«, ertönte eine lässig näselnde Stimme, »Treppe rauf, ich bin im Atelier.«

Und schwups ging mit einem leisen Klacken das Törchen neben der Einfahrt auf. Wir stapften durch einen riesigen Garten zur Haustür, die wie geschrubbter Stahl schimmerte. Sicherlich war es auch Stahl. Auch sie öffnete sich wie von Geisterhand, doch dann erblickte ich die kleine Frau im Dienstmädchenoutfit dahinter. Sie knickste ansatzweise. Meine Kinnlade schlingerte, während Karim ihr weltmännisch seine orangene Jacke reichte.

»Der Chef erwartet uns oben.«

Sie nickte mit unverbindlichem Lächeln und griff auch nach meiner Jacke. Ich stolperte hinter Karim her, der geradewegs auf eine offene Stahlwendeltreppe zusteuerte. In diesem Haus brauchte man nicht Verstecken zu spielen. Alles war offen. Integrierte Hochglanzküche in Weiß, dazu eine offensichtlich sündhaft teure Lederwohnlandschaft, wohl akzentuierte Beleuchtung, steril. Wenigstens die Zimmerdecke war nicht aus Glas, und der Boden, über den wir liefen, war mit weißen Fliesen belegt.

Unsere schweren Stiefel dröhnten laut auf der Stahltreppe. Wir hätten sie schwäbisch korrekt an der Tür ausziehen sollen.

Im Obergeschoss bot sich das gleich Bild, nur dass auch im Dach noch eine Glaskuppel eingebaut war. Dafür entdeckte ich eine Tür, hinter der ich ein Badezimmer vermutete.

Hermann Wahl kam uns mit ausgestreckten Händen entgegen. Mein erster Gedanke war, dass er hervorragend in dieses Haus passte. Einen Augenblick später fragte ich mich, wie aber Haus und Herr nach Oberstdorf passten. Außerdem passte bei Hermann Wahl so gar nichts zu dem, was ich mir unter diesem Menschen vorgestellt hatte. Vor mir stand ein Mann mit schneeweißen, langen Haaren, die er streng aus dem Gesicht zu einem Pferdeschwanz zusammengefasst hatte. Seine Gestalt war asketisch dünn, gekleidet in ein schwarzes Sakko und schwarze Jeans. Ein brillenloser Klon von Karl

Lagerfeld. In dem Moment, als er mir mit beiden Händen und strahlend blauen Augen im wintergebräunten Gesicht meine Rechte schüttelte, wurde mir klar, an wen er mich erinnerte. Aber Ende siebzig hätte ich dem nie gegeben. Ein unübersehbar vitaler Mensch. Und der sollte mit Severin Huber befreundet gewesen sein? Kaum vorstellbar.

»Mein Freundin Christiane Berg«, stellte mich Karim vor, ich verzog artig die Lippen, obwohl ich genau sah, dass Wahls Lider überrascht flatterten.

»Ah ja«, ein wissendes Grinsen streifte Karim und mich, »willkommen in Oberstdorf. Es tut mir außerordentlich leid, dass Sie in diese unschöne Angelegenheit hereingezogen wurden. Was darf ich Ihnen anbieten?«

Einen Mord eine unschöne Angelegenheit zu nennen, fand ich phantastisch beschönigend. Meine Wangenmuskeln erstarrten im unechten Lächeln.

»Danke, nichts«, erwiderte ich, ohne auf den ersten Teil des Satzes einzugehen.

Mit einer galanten Bewegung lotste uns Hermann Wahl zu einer kleineren Variante der ledernen Sitzgruppe von unten. Es hätte den eingestanzten Namen des Herstellers nicht gebraucht, um zu erkennen, worauf ich meine Thermohose platzierte. Karim ließ sich völlig unbeeindruckt auf den Sessel mir gegenüber plumpsen, während der Wahl sich elegant neben mir auf der Kante des Sofas niederließ.

»Ich nehme gern ein Wasser.« Karim grinste.

»Selbstverständlich, Karim.« Wahl drückte einen Knopf auf einem Gerät, das mich entfernt an eine Wechselsprechanlage erinnerte, und bestellte ein Wasser für Karim und einen Espresso für sich. Einmal mehr wunderte ich mich, dass niemand Karim bei seinem Nachnamen nannte.

Nur Augenblicke später kam die zierliche Hausangestellte mit einem Tablett, auf dem neben den Getränken auch ein Teller mit nett angerichteten Knabbereien stand, die Treppe herauf.

Während sie alles auf den Tisch stellte, sprang Wahl noch einmal auf, um von seinem riesigen Schreibtisch einen Briefumschlag zu holen, den er Karim im Vorbeigehen auf den Schoß fallen ließ.

»Der gewünschte Abschlag für Ihre bisherige Arbeit, Karim. Die Daten erwarte ich morgen, wenn ich zum Gasthof hinaufkomme.«

Karim steckte den Umschlag ungerührt ein. »Danke. Brauchen Sie eine Quittung?«

Der alte Architekt schüttelte maliziös den Kopf. »Nein, Sie etwa?«

Karim grinste nur und nahm sein Glas. »Wie geht es jetzt weiter mit dem Projekt ›Christlessee-Resort‹?«

Wahl strich sich eine nicht vorhandene Strähne aus seiner hohen Stirn, so als müsse er erst nachdenken. Er streifte mich mit einem gezierten Lächeln, dann seufzte er. Der Mann wusste sich in Szene zu setzen.

»Es wird Probleme mit Severins Sohn geben.«

Er schlug die Beine übereinander und griff nach seiner Espressotasse, um einen winzigen Schuck zu nehmen.

»Warum?« Karim ging gelassen auf Wahls Hinhaltespielchen ein.

»Nun, ganz einfach«, die Tasse landete mit einem dezenten Klirren auf ihrem Unterteil, »Severin hat seine sämtlichen Ländereien rund um den See an die Firma ›Christlessee-Resort‹ verkauft, die ihm und mir gehört. Natürlich erbt Severins Sohn seinen Firmenanteil, aber darüber wird er nicht begeistert sein, denn ohne mein Einverständnis kann er weder verkaufen noch bauen. Und sehr viel mehr als das Land hatte Severin nicht. Selbst der Gasthof gehört formal unserer Firma.«

Schau her, dachte ich, als Kommissar hätte ich jetzt direkt mal nach dem Alibi des Herrn Wahl gefragt.

»Das wird Kommissar Schmiedeler sicher interessieren«, konterte Karim prompt.

Wahl verzog das Gesicht. »Was soll denn das heißen, Karim?«, kam es amüsiert tadelnd. »Ich war in Davos auf meiner Hütte, als der arme Severin umgebracht wurde, dafür gibt es einen Haufen Zeugen.«

Karim feixte. »Das habe ich doch gar nicht gemeint, Herr Wahl. Ich sprach von der Erbschaftssache, die wird den Kommissar sicher interessieren, weil er händeringend nach Hintergründen für ein mögliches Motiv samt Täter sucht.«

Wahl schüttelte verärgert den Kopf.

»Er wird bei uns keines finden. Ich werde das ›Christlessee-Resort‹ bauen, auch ohne Severin oder seinen nichtsnutzigen Sohn. Und Sie, Karim, werden mir alles ordnungsgemäß vermessen. Weshalb wart ihr überhaupt bei der Wiese oben, wo ihr Severin gefunden habt? Die gehört nicht zum Bebauungsplan, die ist Rechtlerland.«

Karim und ich wechselten einen kurzen überraschten Blick. Wahl wusste nichts vom Wildpark? Jetzt war es an Karim, zeitschindend sein Wasserglas zu drehen, bevor er einen großen Schluck nahm. Ich sah seinen Adamsapfel hüpfen, als er den Kopf wieder senkte. Seine Glatze glänzte rot in dem warmen Zimmer. Auch meine Wangen glühten nach der Kälte draußen.

»Am Morgen vor seinem Tod hat der Huber mir den Auftrag gegeben, die Wiese zu vermessen, da er dort einen Wildpark für das Resort plante.«

Das Wasserglas knallte hart auf die schwarze Schieferplatte des Tisches. Wahl zuckte zusammen. Wieder suchte Karim meinen Blick. Ja, auch für mich war die Erinnerung noch sehr frisch und ausgesprochen belastend.

»Was für ein Wildpark?«

Wahl schien ehrlich überrascht.

»Huber plante an der oberen Wiese und einem Stück des Waldes einen Wildpark. Wie und was genau er da vorhatte, weiß ich nicht, denn am nächsten Tag war er ja bekanntlich bereits tot. Wieso wissen Sie nichts davon, Herr Wahl?«

»Das frage ich mich auch gerade«, knurrte Wahl. »Von einem Wildpark war nie die Rede, aber die Idee ist nicht schlecht. Passt ins Konzept. Wie mag er da wohl draufgekommen sein? Er war eigentlich nicht der kreative Kopf unserer Firma.«

Innerlich verdrehte ich die Augen. Keine Frage, wer es stattdessen war. Obwohl ich das Gesamtkonzept bisher nicht besonders innovativ fand. Ein Wildpark riss das nicht raus. Im Gegenteil. Viel zu oft war so ein Park keine Freude für die darin lebenden Tiere.

»Vermutlich hat er sie dem Anselm Natterer geklaut, der dort ebenfalls eine Art Serengeti plant. Dafür hat er den Verein ›Wildes Oberstdorf‹ gegründet. Das wissen Sie aber schon, oder?«

»Ich kannte das bisher nur als Gerücht.«

Hermann Wahl nuckelte nachdenklich am Rand seiner Espressotasse, bevor er sie leer trank. »Der Anselm ist ein Spinner. Der sollte lieber seinem Vater den Hof retten, anstatt einen auf modernen Grzimek zu machen.«

Den Satz hatten wir in Variationen jetzt schon mehrfach gehört. Das machte mir den Anselm irgendwie sympathisch, und die Art und Weise, wie er seinen Standpunkt vertreten hatte, hatte auf mich kein bisschen träumerisch gewirkt.

Auch Karim schien auf diese Aussage keine Antwort geben zu wollen, denn er starrte mit halb genervtem Blick auf die Glasfront des Hauses, hinter der es langsam dämmrig wurde. Ganz Oberstdorf hatte jetzt die Chance, uns beim Herumsitzen zuzuschauen.

»Nun«, Wahl schlug sich energisch auf die Schenkel und stand auf, »ich lasse mir das mal durch den Kopf gehen. Sie, Karim, werden die Wiese auf jeden Fall vermessen und mich zu einer ersten Besprechung wegen des Wildparkes zum Marktrat begleiten. Ihre hübsche Freundin darf selbstverständlich auch mitkommen, sie gehört ja zur Firma.«

Das Fragezeichen über meinem Kopf leuchtete schrillrot. Wieso gehörte ich zur Firma? Wieso zum Marktrat? Zögernd wuchteten auch Karim und ich uns vom Edelledersofa, Hermann Wahl hatte deutlich gezeigt, dass unsere Audienz dem Ende zuging.

»Was sollen wir beim Marktrat?«, fragte Karim.

»Den Wildpark aus Sicht des Vermessungsingenieurs absegnen. Sie machen sich gut, Karim, jung, dynamisch, kompetent. Und Ihre Freundin hübscht uns beide auf. Ich komme morgen Vormittag zum Gasthof, dann reden wir weiter. Gute Nacht.«

Mit einer höflichen, aber unmissverständlichen Geste deutete Wahl zur Treppe, während Karim Luft holte, um zu protestieren. Aber Hermann Wahl hatte sich schon zu seinem Schreibtisch abgewendet. Ich zog Karim zur Treppe.

»Lass einfach«, knurrte ich leise, »ist jetzt nicht der Zeitpunkt für Revolution.«

Mit einem unverbindlichen Lächeln samt Knicks entließ uns die Hausdame in den winterlichen Abend. Draußen war es empfindlich kalt nach dem wohltemperierten Glaspalast. Über uns funkelten die Sterne und die schmale Sichel des zunehmenden Mondes.

»Wenn ich alt bin, lass ich mir die Haare auch so lang wachsen«, spöttelte Karim in die Dunkelheit. »Eitler Fatzke.«

»Dann fang schon mal an, damit das eventuell noch etwas wird. Ich habe Hunger.«

»Du hast immer Hunger, Chrissie. Die Perle vom Wahl hätte dir bestimmt ein Abendessen kredenzt. Hältst du es noch bis zum Gasthof aus, oder sollen wir in Oberstdorf einkehren?«

»Kommt drauf an, wer zahlt.«

»Immer der, der fragt.« Übermütig zog Karim mich an sich, wirbelte mit mir im Kreis.

»Dann halte ich es noch bis zum Gasthof aus und bezirze den süßen Michi, dass er mir ein Abendessen spendiert.«

Karim packte mich fester. »Dann frag ihn auch gleich, ob er dir eine so heiße Nacht bereiten kann wie ich. Hör mir bloß auf mit diesem Prototyp eines Warmduschers.«

»Wer ist denn da jetzt ein eitler Fatzke, Karim?«

»Auch hier immer der, der fragt ...!«

Spekulieren hat nichts mit Spekulatius zu tun!

Wir stapften albernd den Berg hinab nach Oberstdorf zum Auto. Die Straßen waren fast menschenleer, der Mond samt Abendstern hing wie im Märchen schräg über der Stadt. Bald war Weihnachten, und in diesem Moment hätte es mich nicht gewundert, wenn über uns ein Komet hinweggezogen wäre.

Der Parkplatz des Gasthofes war nicht geräumt und lag ebenfalls verwaist, bis auf Michis Fiesta und den BMW von Kommissar Schmiedeler. Auch die Winterbeleuchtung hatte man an diesem Abend nicht angeschaltet, weswegen wir uns in relativer Dunkelheit einen Weg zum Eingang bahnten.

In der Gaststube saßen Michi und Leni mit dem Koch, der Bertl Hofbauer hieß, wie wir inzwischen erfahren hatten, an Michis Tisch und die Polizisten an dem neben der Tür. Wir grüßten in die Stille hinein, hängten unsere Jacken an die Haken.

»Wir haben Hunger«, erklärte Karim ungeniert. »Was gibt es heute Abend?«

»Ja, Kruzifix, nix«, brummte Bertl, den alle nur den Koch nannten, ohne uns eines Blickes zu würdigen. Er blies seine rot geäderten, dicken Backen auf, und die grauen Bartstoppeln sträubten sich. »Macht's euch selbst was. Für wen soll ich denn kochen?«

»Was soll das heißen? Für uns wird gekocht«, erwiderte Karim, langsam zum Koch tretend. Michi versteckte sich mal wieder hinter seinem Computer, während Leni recht aufmüpfig die Nase rümpfte.

»Das lohnt nicht.« Bertl fixierte Karim herausfordernd.

Beherrscht rutschte Karim auf den Stuhl Bertl gegenüber. »Das lohnt nicht?«, wiederholte er ernst, der Koch nickte verkniffen und Karims flache Hand krachte auf den Tisch. »Schick di! Aber zackig. Wir zahlen, also gibt es etwas zu essen. Sonst erzähle ich deinem neuen Chef, dem Hermann Wahl, dass du hier Arbeitsverweigerung betreibst.«

Der Koch wurde etwas kantig um die Nase und stand zögernd auf.

»Wieso ist der mein neuer Chef?«

»Weil der Gasthof zur Christlessee-Resort GmbH gehört, und die wiederum gehört dem Hermann Wahl.«

»Aber was ist mit dem Sohn vom seligen Herrn Huber?«, warf Leni ein. »Der ist doch der Erbe.«

»Nur der Erbe an der Hälfte der GmbH. Und jetzt ab in die Küche. In einer halben Stunde will ich etwas Vernünftiges zu Essen auf dem Tisch haben.«

Abrupt stand Karim auf, nickte noch einmal energisch mit dem Kopf zur Küche hinüber und kam zu mir an unseren Tisch.

»Ich fass es nicht!« Er schien tatsächlich verärgert, was ich bei ihm noch nie erlebt hatte. »So eine Arbeitseinstellung darf man sich auch nur als Angestellter erlauben. Leni, bring uns zwei Bier, aber flott!«

»Mir auch«, tönte es hinter uns von Schmiedeler. »Abendessen wär auch nicht schlecht.«

Karim und ich drehten uns synchron zu den Polizisten um. Schmiedeler zuckte die Schultern. »Gab ja nichts.« Schwerfällig stand er auf, um zu uns an den Tisch zu treten. »Ich habe dem Koch geglaubt, dass die Küche kalt bleiben muss.«

Mit einem erleichterten Griemeln nahm er Leni eines der Biergläser ab, die sie eben brachte. Mein scharfer Blick verhinderte gerade noch ihre zickige Bemerkung.

»Setzen S' sich doch«, lud Karim ein und schob einen der Stühle zurecht.

»Danke.« Schmiedeler sackte mit einem zufriedenen Grunzen auf die Sitzfläche. »Der Sebi ist nicht unbedingt der unterhaltsamste Kollege.«

Wie wahr, dachte ich mit einem flüchtigen Blick über die Schulter. Bisher hatte ich den Jungen noch nie ohne sein Smartphone gesehen, auf dessen Bildschirm er unentwegt herumwischte. Er hätte auch auf einem anderen Stern leben können.

»Und hier oben bleibt einem ja nicht viel an Unterhaltung«, fuhr der Kommissar fort. »Die Kälte und diese Stühle sind Gift für meine Knochen.«

Karim hielt mit einem mitfühlenden Lächeln sein Glas zum Toast hoch, wir klackten dagegen.

»Prost.«

»Wir waren vorhin bei Hermann Wahl«, begann Karim und sah mich fragend an. Ich zuckte die Schultern. Mir war egal, was er von diesem Gespräch wiedergeben wollte. »Ich wollte wissen, wie es mit meinem Auftrag für das Resort weitergeht und habe da erst erfahren, dass der Sohn vom Herrn Huber nichts als seine Anteile an einer GmbH erben wird. Insofern läuft das Projekt weiter.«

»Schau her.« Schmiedeler wischte sich seinen Bierbart ab, was ich ganz reizend fand. »Das wird dem Sohnemann vielleicht nicht so wirklich gefallen. Übrigens kommt der nicht einmal zur Beerdigung. Übermorgen wird die Leiche freigegeben.«

Ich zog nur die Augenbrauen hoch. Familie war selten einfach oder angenehm, aber zu einer Beerdigung nicht zu erscheinen, fand ich doch eine besondere Form der Anstandslosigkeit. Außer Huber senior hatte seinen Sprössling genauso behandelt wie den Rest der Welt, dann war dessen Fernbleiben vielleicht verständlich.

»Und wer kümmert sich um die Formalitäten der Bestattung?«, fragte Karim unschön überrascht. Auch mein fragender Blick ging zu Schmiedeler, der im Gegensatz zum gestrigen Abend heute um ein Vielfaches gesprächiger erschien. Vermutlich war sein Kollege nicht der anregendste Gesprächspartner. Nach einem Arbeitstag brauchte man manchmal ein paar Worte zum Ausgleich, das konnte ich gut verstehen.

Er rollte gemütlich die Schultern, lehnte sich entspannt zurück.

»Der Herr Wahl hat mich deswegen angerufen, aber solange er keine Vollmacht vom Sohn des Opfers hat, bleibt der Herr Huber im Kühlfach liegen.«

Karim rümpfte angewidert die Nase.

»Schon irgendwie ekelig. Müssen Sie auch in die Pathologie, so wie es im Krimi immer beschrieben wird? Ich könnte das nicht.«

Schmiedeler lachte herzhaft.

»Wissen S', Herr Miller, man gewöhnt sich an alles. Ich hätte keine Lust, mich mit den ganzen Daten und der Rechnerei bei der Vermessung herumzuschlagen. Rechnen kann ich nicht.«

»Ich heiße Karim«, erwiderte Karim trocken, »keiner nennt mich Herr Miller. Das klingt nicht nach mir. Und rechnen kann ich auch nicht, das macht mein Computer.«

Schmiedeler musterte ihn kurz, dann nickte er und reichte ihm die Hand über den Tisch. »I bin d'r Franz.« Karim schlug ein, dann reichte Schmiedeler auch mir seine Rechte.

»Christiane.«

»Ihr seid's kein so richtiges Paar, oder?« Er blinzelte uns verschwörerisch zu.

»Nicht so ganz«, erklärte Karim mit einem Hauch Sprödigkeit und einem überaus interessierten Blick auf die gemaserte Tischplatte, »zumindest will Chrissie mich nicht vor den Altar zerren.«

»Hoi, warum nicht?«

»Ich hab das schon hinter mir«, erwiderte ich schnell, bevor Karim uns um Kopf und Kragen redete, »und Karim will nicht. Wir kommen auch so ganz gut klar.«

»Na ja, ist ja heutzutage auch nicht mehr so wichtig«, lenkte der Kommissar ein. Wir schwiegen kurz, während uns Leni drei Wiener Schnitzel mit Pommes so auf den Tisch knallte, dass die Pommes frites vom Teller sprangen.

»Hast du dem Michi sein Schnitzel auch so hingeworfen?«, giftete Karim. »Reiß di bloß z'am.«

»Der Michi hängt uns jedenfalls nicht beim Wahl hin, so wie du. Ihr Türken seid's doch alle miteinander bei der Taliban!«

Ich sah Karim rot anlaufen und gleichzeitig erstarren. Mein erster Reflex war schallendes Gelächter, der zweite würgte den ersten allerdings komplett ab. Das war echt eine Frechheit. Beruhigend legte ich Karim die Hand auf die Schulter und schickte Leni einen Dolchblick.

»Jetzt entschuldigen wir uns sofort und ganz artig beim Herrn Miller«, säuselte ich eisig, »und falls noch so ein Spruch kommt, dann werde ich dich wirklich bei deinem neuen Chef ›hinhängen‹, und das wird deiner Anstellung hier nicht bekommen, glaub's mir.«

Leni reckte aufmüpfig den Kopf. »Ich bleib eh nicht hier. Ich geh nach München in Anstellung.«

»Jetzt!«

Wir maßen uns kurz mit Blicken, dann brach Leni ein.

»'tschuldigung«, nuschelte sie und drehte ab.

»Eigentlich sollten wir das noch einmal üben!«, rief ich ihr hinterher. Karim verdrehte die Augen.

»Ich bin Halbmarokkaner«, erklärte er schmallippig an Schmiedeler gewandt, »aber das macht ja hier keinen Unterschied. 'nen Guaten.«

»Na ja«, Schmiedeler lächelte halbherzig, »die sind alle etwas angespannt nach dem Mord. Kann man ja auch verstehen.«

Für schlechtes Benehmen hatte ich persönlich nie Verständnis, aber ich hatte jetzt auch Hunger und Leni schien mir keine weiteren Diskussionen wert.

»Übrigens wusste der Wahl nichts davon …«, Karim mampfte eine Gabel Pommes in sich hinein, »… dass der Huber an der Wiese oben, wo wir ihn gefunden haben, einen Wildpark plante und die Idee wahrscheinlich dem Natterer geklaut hat.«

»Der Natterer hat leider ein wasserdichtes Alibi für die Tatzeit. Sebi! Das Essen wird kalt, komm halt endlich!«

Sebi Tannheimer blickte völlig verwirrt von seinem Handy auf.

»Alles klar, Herr Kommissar.« Das Handy verschwand in seiner Hosentasche, und er latschte zu uns herüber, nur um beim Anblick des Schnitzels angewidert das Gesicht zu verziehen. »Ich bin Vegetarier.«

Schmiedeler hob genervt seine Hände mit dem Besteck.

»Dann iss halt die Pommes, Herrgottsakra.«

Die beiden waren schrullig, aber irgendwie auch sympathisch.

»Und ich glaube kaum, dass der Natterer den Huber so hätte erschrecken können, dass der vor Angst an Herzversagen stirbt.« Schmiedeler griff sich seelenruhig Sebis Schnitzel vom Teller.

»Also nicht erdrosselt?« Karims Gabel stoppte auf halbem Weg zum Mund.

»Nein, so ein altes Herz verträgt unter Umständen nicht mehr so richtig viel Stress. Es hat einfach aufgehört zu schlagen. Irgendwann zwischen vier und sechs Uhr morgens.«

»Und um diese Uhrzeit war die Diemel beim Natterer, stimmt's?« Karim feixte triumphierend. Das anzubringen, darauf hatte er seit gestern Abend gewartet.

Schmiedeler nickte gleichmütig.

»Komisches Pärchen die beiden, so wie ihr.«

»Chef?« Tannheimers Augen huschten bestürzt zwischen uns hin und her. Schmiedeler schaute kaum auf.

»Was?«

»Das sind diskrete Ermittlungsergebnisse.«

»In Oberstdorf ist nix diskret, Sebi, wir sind hier aufm Dorf.«

Sebi schwieg kurz, stocherte unschlüssig in seinen Pommes herum.

»Alles klar, Herr Kommissar, aber dann stöhn auch nicht herum, wenn das morgen in der ›Allgäuer Zeitung‹ steht. Der Staatsanwalt wird nicht begeistert sein.«

»Schmarrn. Wenn du weniger auf deinem Spielzeug herumwischen würdest und mehr mit mir reden, dann wäre das auch anders. Außerdem haben die beiden Erfahrung in Sachen Ermittlung, nicht wahr, Karim?«

Mir wurde spontan das Schnitzel im Mund zu Beton, gleichzeitig erstarrten meine Kaumuskeln. Auch Karims stete Selbstsicherheit bekam Risse.

»Wieso?«, stotterte er.

Schmiedeler stieß ihm jovial gegen die Schulter, Karim schwankte.

»Ja mei, ich habe selbstverständlich eure Daten gecheckt. Und da kam halt heraus, dass ihr maßgeblich an der Lösung eines Mordes in Immenstadt diesen Sommer beteiligt wart. Tut mir ja leid, dass ihr schon wieder mittendrin hängt. Aber manche Menschen ziehen das auch echt an.«

Ganz super! Ich griff nach meinem Bierglas und versuchte das Betonschnitzel in Bier aufzulösen. Wenigstens ersparte mir das eine Beteiligung am Gespräch. Wer von uns beiden zog Mordfälle an, Karim oder ich? Erbarmen.

»Vergiss das«, wiegelte Karim recht unbeholfen ab, »das war total bescheuert von uns. Ich will da auch nicht drüber reden.«

»Musst auch nicht, passt scho.« Schmiedeler musterte uns ernst. »Ich kann ja alles nachlesen.«

Ich beließ es bei einem dankbaren Blick, auch Karim schwieg, schnitt grob an seinem Schnitzel herum.

»Zurück zum Thema.« Schmiedeler hob sein Glas zum Toast. »Ich wollte euch nicht zu nahe treten. Wann kommt der Wahl morgen? Ich will wenigstens so tun, als hätte ich irgendeinen konkreten Anhaltspunkt bei meinen Ermittlungen.«

»Sie haben also keinen?«, fragte ich gegen jedes bessere Wissen und klackte mein Bierglas gegen das des Kommissars.

Schmiedeler bewegte minimal den Kopf. »Noi, nicht wirklich, auch wenn es ein paar Ansätze gibt. Wir haben eine uralte Fangschlinge und ein paar Fasern, die theoretisch von jeder Winterjacke stammen könnten, da muss man recherchieren. Mit einem Motiv tun wir uns derzeit etwas schwer.«

Der Typ war sympathisch ehrlich.

Im gleichen Moment schwebte eine Schale mit duftenden Keksen, von Lenis Hand getragen, zwischen unsere Schnitzel.

»Mit Grüßen vom Koch«, zwitscherte sie, lächelte sogar, und das auch noch recht verschämt. »Es tut ihm leid wegen vorhin. Und mir natürlich auch.«

Völlig entgeistert starrten wir zu ihr hoch. Sie zuckte unsicher mit den Schultern. »Unsere Nerven liegen halt aweng blank. Ist selbst gebackener Spekulatius. Lasst's euch schmecken.«

Karim grinste. »Danke, Leni, ist schon in Ordnung.«

Trotz ihres Essens griffen Karim und Sebi sofort zu den Keksen.

»Weischt«, erklärte Sebi mit vollen Backen an seinen Chef gewandt, »du brauchst den nicht zu probieren, der hilft dir nicht weiter, denn Spekulatius hat nichts mit Spekulieren zu tun.«

Aber die Sünde lebt

»Diese unschöne Geschichte vom Sommer wird uns zeitlebens nachhängen.« Ich zog mir missmutig die Daunendecke bis zur Nasenspitze.

Im Zimmer war es bitterkalt, denn Leni hatte auch hier ihre Arbeit nicht erledigt. Meinen Anpfiff am nächsten Morgen würde sie sich ebenfalls zeitlebens merken.

»War ja klar, dass der Schmiedeler das herausbekommt und wir jetzt seine Top-Ansprechpartner sind. Klein Sebi wird sich wundern.«

Karim musterte mich unbewegt, während er nackt, die Hände unter die Achseln geklemmt und auf Zehenspitzen trippelnd über den kalten Boden zu mir zum Bett herüberkam.

»Und? Ist das schlimm?«, fragte er und schmiegte sich an mich. Ich schob ihn weg. »Wärm dir dein eigenes Bett, du Eiszapfen.«

»So weit sind wir schon? Super.« Er klapperte demonstrativ mit den Zähnen. »Das kannst du nicht machen, Chrissie. Frauen haben doch angeblich so ein großes Herz.«

»Ich nicht. Irgendein Idiot vor dir muss da mal die Luft rausgelassen haben. Aber gut, weil du heute ansonsten ziemlich nett zu mir warst. Komm halt her.«

Grinsend rutschte er wieder auf meine Bettseite und klemmte seine eisigen Füße zwischen meine. Fast war ich versucht, meine Einladung nur auf seinen blanken Schädel zu begrenzen, aber dafür war es jetzt ohnehin zu spät. Kalte Füße waren die Vorhölle.

»Ich dachte, nur Frauen hätten kalte Füße«, schimpfte ich. »Muss bei uns denn alles anders sein? Und ja, ich hätte den Kontakt zu den Kommissaren gern vermieden.«

»*Shit happens,* Chrissie. Ich finde die beiden ganz gaudig.« Seelenruhig rubbelte er seine kalte Glatze an meinem Kinn. »Jetzt wird mir langsam warm. Die Leni kann sich morgen früh auf eine satte Abreibung gefasst machen. Bei den Außentemperaturen die Heizungen im Zimmer ausstellen, goht's no?«

»Der Leni wird das egal sein. Die bringt euch einfach Kekse, klimpert mit ihren hübschen Äugelchen, und schon darf die Bude kalt sein.«

Karim grunzte zufrieden, und auch mir wurde langsam wieder richtig warm.

»Männer dürfen das.«

Schlag neune stand Hermann Wahl im Schankraum vom Gasthof, wo er weitestgehend kommentarlos alle Angestellten bis auf Bertl und Leni in unbezahlten Urlaub schickte, was er mit den außerordentlichen Vorkommnissen begründete. Wem das nicht passe, der könne ja klagen, erklärte er kalt, und sich dann gleich eine neue Anstellung suchen. Noch heute sollten alle den Gasthof verlassen.

Karim saß derweil im Zimmer an den Vermessungsdaten. So früh hatten wir mit dem alten Herrn nicht gerechnet. Meine Hand hätte ich dafür verwettet, dass der ein Langschläfer war. Irrtum. Ich hatte jetzt die Aufgabe, den Herrn Architekten nach seinem Auftritt irgendwie hinzuhalten.

Ohne großartig nachzudenken, schob ich ihn an Michis Tisch. Michi schrieb an einer Arbeit über die Nachkriegszeit, da passte der Herr Wahl ja perfekt dazu. Michi war, wie zu erwarten, im ersten Moment über meine Aktion nicht besonders begeistert. Der Junge fremdelte wie ein Kleinkind, während Hermann Wahl ihn sekundenlang anstarrte, als hätte er den Leibhaftigen vor sich. Das hatte ich ja mal wieder super hinbekommen. In zwischenmenschlichen Angelegenheiten hatte ich schon ein besseres Händchen besessen. Das war nicht mehr zu retten.

»Ich dachte mir, dass dich Herr Wahl vielleicht interessieren wird, Michi«, säuselte ich in bester Meeting-Manier und wendete mich strahlend an den Architekten: »Herr Wahl, Sie haben doch bestimmt das Kriegsende mit all dem Wirrwarr erlebt, oder? Der Michi studiert Psychologie und schreibt seine Diplomarbeit über diese Zeit. Äußerst spannend, finde ich.«

Kategorisch drückte ich den Wahl auf einen Stuhl und brüllte nach Kaffee und Tee für Michi. Die Stille danach war peinlich. Ich räusperte mich angestrengt, während Herr Wahl den Michi noch immer anstarrte wie ein Alien, was Michi sicherlich noch peinlicher war als unser Schweigen.

»Erzähl mal, Michi«, sagte ich und versuchte, etwas Erfrischendes in meine Stimme zu zaubern. »Es ist so interessant, was du aus dieser Zeit alles über Oberstdorf weißt.«

Michis Blick traf mich überraschend offen, nicht der verhuschte Junge, den er sonst mimte.

Ich schluckte. »Nicht?«

»Doch, klar«, erbarmte er sich, »aber der Herr Wahl weiß da sicherlich wesentlich mehr. Er ist ein Zeitzeuge.« Seine Augen glitten mit seltsam unterkühltem Ausdruck zwischen uns hin und her. »Und die reden meistens nicht gern über die Dinge, die geschehen sind. Schon viele haben versucht, alles totzuschweigen, aber die Sünde lebt.«

Dieses Mal war die Stille nicht nur peinlich, sondern auch recht frostig. Wahls Gesicht wirkte kantig vor Abweisung. Er maß Michi mit forschendem Blick, schien aber aus dem Jungen nicht schlau zu werden.

»Ich habe kein Problem mit meiner Kindheit und Jugend«, bellte er dann, »auch nicht, wenn die heutige Jugend sich einbildet, über uns richten zu dürfen. Was wollen Sie wissen, junger Mann?«

»Ich weiß schon alles.« Michi lächelte. »Aber ich höre mir immer wieder gern die Wahrheit an. Erzählen Sie nur. Wie war das damals, als die letzten Jugendlichen mobilgemacht wurden, obwohl schon alles verloren war? Waren Sie damals hier in Oberstdorf? Hat man Sie eingezogen?«

Der Architekt schien verunsichert, aber auch ich war ziemlich überrascht über Michis Worte und Reaktionen. Um der zähen Unterhaltung nicht den letzten Schwung zu nehmen, beugte ich mich interessiert vor.

»Habt ihr gewusst, wie die Situation wirklich war? Oder habt ihr noch immer an den Sieg geglaubt?«

Michi grinste mit gesenktem Kopf, während Herr Wahl genervt das Gesicht verzog. Ja, ich hatte da ein paar Allgemeinplätze produziert. Hauptsache, die Luft hatte gescheppert. Ich grinste einfach zurück.

»Ich war im Frühjahr 1945 sechzehn Jahre alt, ergo geboren 1929 hier in Oberstdorf. Meine Eltern waren kurz vorher aus Berlin hierher gezogen. Mein Vater war ebenfalls Architekt.«

Mit dem liebreizendsten Lächeln der Welt tänzelte Leni herbei.

»Kaffee und Tee und selbst gebackene Weihnachtsplätzchen vom Koch«, zwitscherte sie und beugte sich tief zu ihrem neuen Chef hinunter, der aber wohl aufgrund unserer Unterhaltung keinen Blick für ihr entzückendes Dekolleté hatte.

»Sehr schön, Fräulein Leni«, Wahl schaute nicht einmal auf, »danke. Wir brauchen Sie jetzt nicht mehr.« Eine Handbewegung scheuchte sie davon.

Lenis Lächeln schlingerte, aber sie rettete es immerhin so lange, bis sie uns den Rücken zukehrte. Das sah ganz danach aus, als sei sie mit dem Wahl als neuem Chef vom Regen in die Traufe gekommen.

Langsam fing ich an zu verstehen, was der Ausdruck »Altherrencharme« wirklich bedeutete.

Mit gerümpfter Nase schnupperte Hermann Wahl an seinem Kaffee.

»Das muss anders werden«, murrte er in die Tasse, »das ist ja schlimmer als Kantine.«

Gern hätte ich für Leni und den Koch eine Kaffee-Lanze gebrochen, denn ich hatte wahrlich schon grässlichere Brühe serviert bekommen, aber vermutlich hätte Herr Wahl mich ignoriert. Also griff ich mir einen von den leckeren Florentinern, in der Hoffnung, dass Karim endlich auftauchen würde.

»Ich bin im März '45 einberufen worden«, nahm der alte Architekt das Gespräch wieder auf. »Wir waren in der Birgsau zur Grundausbildung stationiert. Wir waren wilde Jungs, die dachten, sie könnten für ihr Vaterland und den Führer den Heldentod sterben. Davon, dass der Krieg eigentlich verloren war, davon wollten wir nichts wissen, auch wenn in unserer Villa Flüchtlinge aus ganz Deutschland einquartiert waren, unser Hauspersonal vom Arbeitsdienst abberufen war oder an einer der vielen Fronten gefallen. Lebensmittel gab es nur noch auf Zuteilung, Benzin nur, weil mein Vater öffentliche Bauten entwarf. Die Zeiten waren sehr schwer.«

Das klang in der Tat dramatisch, dachte ich mit böser Ironie. Die arme Familie, nicht mehr allein in der Villa, ohne Bedienstete.

»Sie wussten aber schon, warum diese Flüchtlinge bei Ihnen untergebracht wurden, oder?« Ich gab mir Mühe, meinen Ton nicht allzu sarkastisch klingen zu lassen, doch auch so streifte mich der Architekt mit einem angefiesten Blick.

»Und Sie wissen schon, junge Frau«, erwiderte er eisig, »dass Menschen wie ich um ihre Kindheit und Jugend betrogen wurden, während ihr Wohlstandsgören meint, euch zu Richtern über uns aufspielen zu dürfen.«

»Meine Worte waren vollkommen wertfrei«, konterte ich, »eine einfache Frage, ob Sie die Hintergründe kannten, mehr nicht.«

»Aber Ihr Ton war nicht wertfrei.«

Das letzte Wort spuckte er regelrecht über den Tisch. Michi zog den Kopf ein und rückte nervös einen Stapel Bücher zurecht, den er neben seinem Notebook liegen hatte. Nach einem davon griff Hermann Wahl, schubste es zu mir herüber, dass es an meine Kaffeetasse schepperte. Zum Glück schwappte nichts über. Ich schickte Michi ein entschuldigendes Blinzeln, was er mit einem verstörten Lächeln quittierte.

»Hier können Sie wertfrei nachlesen, wie unser Leben damals aussah. Es sind auch Aussagen von mir in dem Buch. Wir hatten alles verloren, jeden Glauben, jedes Vertrauen in unseren Staat, wir hatten nichts mehr am Ende des Krieges, und doch sollten Jungen wie ich noch an der Front verheizt werden.«

Das Buch vor mir handelte von der Geschichte Oberstdorfs während des Dritten Reiches. Ich zog die Augenbrauen hoch und schob es behutsam zu Michi zurück.

»Wenn der Herr Schneider mir das Buch ausleiht, dann werde ich es mir gern anschauen. Danke für den Hinweis.«

Am liebsten hätte ich dem Alten knallhart gesagt, dass ich genug Menschen kannte, die in dieser Zeit nicht nur ihren Glauben verloren hatten, sondern jedwede Form von Existenz, Familie und Heimat, aber jeder musste wohl sein eigenes Opferleben am schlimmsten finden. Sonst war die Welt nicht mehr gerecht.

Michi zuckte die Schultern. »Wann immer du magst, Christiane.«

Endlich hörte ich hinter meinem Rücken die Tür vom Schankraum knarren, aber als ich mich umdrehte, in Erwartung, dass Karim endlich mit den Vermessungsdaten auftauchte, sah ich nur die beiden Kommissare auf unseren Tisch zukommen. Auch egal, dachte ich erleichtert, so oder so war ich den alten Architekten erst einmal los.

Sie nahmen ihn dann auch gleich mit in Hubers altes Büro. Ich grunzte zufrieden, was Michi ein überraschtes Lächeln entlockte.

»Solche Menschen strengen mich an«, erklärte ich und griff nach meiner Tasse, »bei denen habe ich immer den Eindruck, dass sie nichts verstanden haben. Darf ich?«

Auf das Buch deutend, zog ich die Füße auf den Stuhl und machte es mir bequem.

Michi schob mir das Buch wieder über den Tisch. »Klar, darfst es auch gern mit in dein Zimmer nehmen. Ja, der Wahl hat im Krieg echt gelitten, genau wie der Huber. Ein Wunder, dass die wieder auf die Beine kamen.«

Argwöhnisch schielte ich über den Rand des Buches zu Michi. Meinte der das ernst? Oder hatte ich da einen Hauch von Sarkasmus in seiner ansonsten so betont zurückhaltenden Stimme gehört?

»Hey, du kannst ja lästern, ein ganz böser Michi.«

Seine Wangen färbten sich innerhalb von wenigen Augenblicken puterrot, hastig klappte er seinen Computer auf.

»'tschuldigung«, nuschelte er, »ich weiß, das gehört sich nicht. Ist mir so rausgerutscht. Magst du etwas über Oberstdorf am Ende des Krieges wissen?«

Nach einem Blick zur Tür nickte ich. »Scheint so, als hätte ich noch ein bisschen Zeit. Schieß los.«

Ich lauschte Michis Erzählungen, bis Karim plötzlich am Tisch stand. Sein Blick sagte alles.

»Wo hast du den Wahl gelassen?«

Er wedelte ungeduldig mit einem roten Schnellhefter vor uns herum.

»Die Kommissare haben ihn mitgenommen.«

Abweisend klappte ich das Buch zu. Es war gespickt mit Michis Lesezeichen, akkurat gefalteten Papierchen von Kaubonbons. Gelb, rot, orange. Das ganze Buch roch nach pappig süßen Plombenziehern. Von diesen Bonbons hatte Michi immer welche neben seinem Notebook liegen. Auch jetzt, wohl aus Anspannung über Karims Auftauchen, fingerte er an einem der Dinger herum und steckte es sich in den Mund. Er schob auch uns ein paar von den bunten Päckchen über den Tisch. Nur um Karim zu provozieren, nahm ich mir ein schrill zitronig gelbes. Nach dem bitteren Kaffee schmeckte es wie eine ganze Chemiefabrik. Doch Karim beachtete mich nicht, sondern starrte das gelbe Papier in meinen Fingern an, nagte nachdenklich an seiner Unterlippe.

»Ist aber schon eine Weile her«, ergänzte ich, denn so ohne Resonanz machte Provozieren überhaupt keinen Spaß. Blinzelnd schaute Karim auf.

»Was?«

»Na ja, dass die Kommissare den Wahl mitgenommen haben.«

»Ach so.« Wieder glitt sein Blick zu Michi, der gerade vor lauter Verlegenheit eines der Papierchen zu einem Lesezeichen faltete. »Kleiner Tipp, Michi, so von Mann zu Mann.«

Michis Blicke flatterten unsicher an Karim vorbei.

»Lieber nicht«, nuschelte er, aber Karim beugte sich mit aufgestützten Händen zu ihm über den Tisch.

»Doch, doch … Frauen finden intelligente Männer wirklich total sexy, das siehst du ja an mir, aber«, er schnippte gegen das Bonbon, das für ihn bestimmt gewesen war, »so etwas turnt total ab.«

Schweigend verließ ich mit Karim den Schankraum. Ein Dutzend passende Bemerkungen, verbale Ohrfeigen, lagen mir auf der Zunge, um Karim deutlich zu machen, dass Frauen auch nicht auf Kerle stehen, die sich an offensichtlich Schwächeren vergreifen. Aber damit hätte ich es für Michi nur schlimmer gemacht. Also hüllte ich mich in eisiges Schweigen und versuchte mich daran zu erinnern, dass Karim auch ganz anders sein konnte.

Hermann Wahl war ebenfalls extrem schlechter Laune, als er endlich bei uns im Zimmer stand. Er fluchte über die Penetranz der Beamten, ihre Indiskretion, Unverfrorenheit, Pietätlosigkeit, blablabla. Damit nicht genug, fiel ihm in diesem Zusammenhang wieder Hubers nichtsnutziger Sohn in Kanada ein, den er auch gleich telefonisch zu erreichen versuchte. Aber Hubers Sohn war klug genug, den Anruf nicht entgegenzunehmen. Ich grinste still in mich hinein, während Hermann Wahl von Karim wissen wollte, welche Uhrzeit die denn da oben jetzt hatten.

Karim zuckte die Schultern. »Soll ich im Internet nachschauen?«

Wahl kreiste unwirsch gestikulierend im Zimmer herum.

»Unsinn. Ich krieg den Kerl schon noch. Wo sind die Daten? Und ich hoffe für Sie, Karim, dass die mir mehr Freude machen als die Kommissare.«

Ah ja. Vielleicht wäre es doch besser gewesen, wenn der Wahl seinen Frust an Hubers Sohn losgeworden wäre, anstatt uns dafür zu benutzen. Karim warf einen angestrengten Blick zur Zimmerdecke, dann deutete er säuerlich lächelnd auf einen Stuhl neben seinem kleinen Schreibtisch.

»Setzen wir uns, dann erkläre ich Ihnen, was wir bisher erreicht haben.«

Da mich die Daten weder interessierten noch meinerseits ein Bedarf an Männergezicke bestand, schlug ich wieder Michis Buch auf, um über den Heimatschutz am Kriegsende zu lesen, von dem er mir bei Karims Auftauchen erzählt hatte.

Ich bewunderte den Mut jener Männer, die im dörflichen Untergrund eine Front gegen das Naziregime aufbauten, darauf hoffend, dass die Alliierten es tatsächlich bis nach Oberstdorf schaffen würden. Sie riskierten ihr Leben, vielleicht sogar das Leben ihrer Familien, denn nach bestehendem Recht begingen sie Hochverrat an ihrem Staat. Sie wären nicht die Ersten gewesen, die aus diesem Grund standrechtlich erschossen oder gehenkt worden waren. Es gab keine Sicherheit für sie, wahrscheinlich hatten ihre Chancen auf Erfolg bei weit weniger als fifty-fifty gelegen. Und trotzdem.

Unterschwellig drang Karims beherrschte Stimme zu mir durch, unterbrochen von Wahls immer neuen bohrenden Fragen, die Karim kaum beantworten konnte, denn bei den Schneemassen gab es keine wirklich sicheren Daten. Die würde er erst liefern können, wenn der Schnee abgetaut war. Und wie zu erwarten, war Hermann Wahl damit nicht ganz zufrieden.

Zurück im Oberstdorf der letzten Kriegstage, las ich von versprengten SS-Männern, befreiten Dachauer KZ-Häftlingen, die in der Birgsau Arbeitsdienst leisten mussten. Viele der jungen Männer, die zuletzt eingezogen worden waren, wie der Herr Wahl bei uns im Zimmer, waren desertiert, was während der politisch undurchsichtigen Lage für sie fast genauso tödlich enden konnte wie ein Abtransport an eine der zusammengebrochenen Fronten. Die Franzosen rückten von Immenstadt her immer weiter vor. Bomben fielen über Sonthofen, manche auch über Oberstdorf. Abwesend starrte ich die Wand über unserem Bett an. Das alles war sehr schlimm gewesen und doch nicht annähernd das, was die Menschen in den Großstädten erlebt hatten. Tief durchatmend blätterte ich weiter, las verschiedene Absätze und Augenzeugenberichte. Alte Bilder, die trotz Krieg und Entbehrungen etwas von Heimatidylle hatten.

Gerade als es klang, als würde Karim endgültig die Geduld und seine eh schon mäßigen Umgangsformen verlieren, stieß ich auf einen Absatz über einen Mord, der just hier am Christlessee passiert war. Schwankend zwischen Schock und Faszination las ich vom früheren Wirt des Gasthofes, der in einer kalten Aprilnacht unweit des Hauses erschossen worden war. In Gedenken daran hatte man dort ein Wegkreuz errichtet.

An dem Wegkreuz war ich so gut wie jeden Tag seit meiner Ankunft vorbeigelaufen. Unwillkürlich starrten mich Hubers tote Augen an, mir wurde schlecht wie an jenem Morgen. Tief Luft holend stemmte ich mich aus dem Sessel und ging zum Fenster, das ich trotz des Protestes der Männer öffnete. Schneeflocken wirbelten herein, kalte Luft. Atmen und unter keinen Umständen die Augen schließen. Angestrengt starrte ich in den grauen Himmel, bis mir die Augen tränten. Ich blinzelte flüchtig, wischte mir die Tränen weg. Aber immer wieder schoben sich Hubers Augen zwischen mich und die Wolken. In dem Moment beschloss ich, Franz Schmiedeler um psychologische Unterstützung zu bitten. Sonst würde der Huber mich nie verlassen.

Karims Hand, die an mir vorbeireichte und das Fenster schloss, bescherte mir zwar schier einen halben Herzinfarkt vor Schreck, verscheuchte aber auch den Huber.

»Es gibt elegantere Arten, sich umzubringen, Chrissie, als hier am Fenster zu erfrieren. Was ist los?«

Flüchtig warf ich einen Blick über die Schulter. Der Wahl war weg. Ich seufzte und spürte mit einem Mal, wie kalt es im Zimmer war. Fröstelnd zog ich die Schultern hoch.

»Nix ist los«, knurrte ich und schielte seitlich zu Karim. Ob ich ihn ausnahmsweise als Trostschulter benutzen sollte? Irgendwie war mir nach männlichem Beistand. Befremdlich.

»Ich bin ja selbst schuld«, murmelte ich und lehnte mich scheu an ihn.

Wie selbstverständlich legte er seine Arme um mich. »Der Huber?«

Ich nickte. »In dem Buch habe ich gerade gelesen, dass kurz vor Kriegsende der frühere Besitzer des Gasthofes ›Christlessee‹ vorn an der Kapelle erschossen wurde. Da kam halt alles wieder hoch. Ich bekomme seine Augen nicht los. Ob ich mit dem Schmiedeler reden sollte?«

»Mit dem nicht, aber vielleicht mal mit einem Psychologen, und zwar nicht mit so einer verhuschten Variante wie dem Michi, sondern einem richtigen.« Karim lachte und wiegte mich sacht in seinen Armen. »Meine unnahbare, eisige Chrissie lässt sich von mir festhalten. Herrgottsack, es geschehen noch Zeichen und Wunder! Da bin ich dem Huber ja gleich dankbar für seinen grässlichen Abgang … Ich muss übrigens um fünfzehn Uhr mit dem Wahl beim Marktrat vorsprechen. Kommst du mit?«

Mord verjährt nicht

Kurz vor fünfzehn Uhr standen wir im kleinen Foyer des Alten Rathauses.

Ich staunte nicht schlecht, als gleich nach uns Anselm Natterer und Simone Diemel das Foyer betraten. Ich nickte grüßend.

Schmiedelers ehemaliger Hauptverdächtiger sah aus wie an jenem Abend im Gasthof: Parka, raspelkurze Haare und Zopf im Nacken, Röhrenjeans und klobige Bergstiefel. Eine optische Zeitreise in die Achtziger. Ich fragte mich, wie so einer zu einer Frau kam, die damals sicher ein echter Popper gewesen wäre. Ich brach innerlich schier zusammen, als ich mir die Diemel mit Föhnpony, Seitenscheitel und in karierten Karottenhosen vorstellte.

Auch Karim hob grüßend die Hand und trat ungeniert wie immer ein paar Schritte auf die beiden zu, was der Diemel offensichtlich nicht wirklich angenehm war. Ausweichend schaute sie im Foyer umher, aber Anselm steuerte direkt auf uns zu.

»Griaßt's euch, ihr beiden«, sein Lächeln war so echt wie selten eines, »ich wollt euch noch dafür danken, dass ihr dem Kommissar gesagt habt, was an dem Abend im Gasthof wirklich geschehen ist.«

»Gern.« Karim schüttelte ihm die Hand. »Hat aber leider nicht gereicht, um dich vor einer Nacht hinter Gittern zu bewahren.«

»Ich hab's überlebt«, er verzog den Mund, »und ich hab's mir schlimmer vorgestellt. Keine Luxusherberge, aber warm war's, und zu essen gab's auch. Trotzdem muss ich mich bis auf Weiteres jeden Tag bei der Polizei in Sonthofen melden, ganz glauben tun die mir noch nicht. Was macht ihr hier?«

Notgedrungen schloss die Tourismusdirektorin zu uns auf. Ich schenkte ihr einen freundlichen Blinzler, den sie überrascht mit einem unsicheren Lächeln erwiderte.

»Hermann Wahl und ich sind mit dem Projekt ›Christlessee-Resort‹ ein Punkt der Tagesordnung vom Marktgemeinderat.« Karim war ein schlechter Lügner, und Wahrheiten auszulassen war auch nicht seine Stärke.

Ich räusperte mich. »Also ich könnte schon eine Kur gebrauchen.« Kein positiver, aber ein halbwegs witziger Einstieg ins Gespräch. »Es geht um den Wildpark, den der Huber im Resort einrichten wollte.«

Karims Blick ging erst fassungslos zwischen mir und Anselm hin und her, dann erdolchte er mich förmlich. Hätten wir an einem Tisch gesessen, dann hätte er mich wahrscheinlich kräftig getreten. Aber so? Glück gehabt, Christiane, dachte ich und grinste frech. Dem Anselm gönnte ich, dass er mit seiner Idee Erfolg hatte, dem Wahl gönnte ich es nicht.

Ein paar Atemzüge lang war es still im Foyer, dann räusperte sich auch Anselm, während er angestrengt seine abgelatschten Bergschuhe betrachtete.

»Na ja, der selige Severin war ein Genie im Wildern, egal ob zwei- oder vierbeinig oder bei anderer Leute Ideen, und selten fanden die Gewilderten das so richtig gut.«

Ein unamüsiertes Grinsen hing in seinen Mundwinkeln, als er aufschaute. »Und der alte Wahl will meine Idee jetzt auch klauen?«

Karim wackelte unglücklich mit den Schultern, ein weiterer giftiger Blick stach auf mich ein. Egal, ich hielt ihm stand. Anselm nicht einzuweihen hätte ich extrem unfair gefunden, und da ich weder auf Karim noch auf den nervigen Wahl Rücksicht nehmen musste, hatte ich der Ehrlichkeit den Vorzug gegeben.

»Er will zumindest versuchen, die Idee in den Bebauungsplan mit einzubringen«, erwiderte Karim ausweichend. »Ob er aber wirklich einen Wildpark einrichten würde, muss man abwarten.«

Anselm nickte langsam vor sich hin.

»Okay.« Simone Diemel drängte sich entschlossen zwischen uns. »Es ist gleich dreie und die Sitzung beginnt. Wir machen das jetzt anders, Anselm.«

Drei fragende Augenpaare starrten sie an.

»Was machen wir anders?«, fragte Anselm argwöhnisch.

Simone Diemel straffte sich und zog ihr Jackett über ihren nicht vorhandenen Bauch.

»Du wartest im Café auf mich, Anselm. Wenn der Wahl mit im Sitzungssaal ist, dann gibt das Mord und Totschlag mit euch beiden. So erreichen wir nichts. Ich mach das allein.«

Ich sah genau, dass Anselm Natterer komplett anderer Meinung war, doch ein scharfer Blick der Tourismusdirektorin reichte, um ihn zum Schweigen zu bringen. Respekt. Ich hatte Karim nicht ansatzweise so gut im Griff.

»Es ist besser so«, insistierte sie, »du weißt, wie der Wahl sein kann. Wir dürfen dein Projekt nicht riskieren.«

Anselm wiegte langsam den Kopf. Im gleichen Moment stampften ein halbes Dutzend Männer ins Foyer des Alten Rathauses. Allesamt in bäuerlicher Tracht. Manche nickten Anselm grüßend zu, die meisten aber rumpelten mit ihren schweren Schuhen einfach an uns vorbei, die offene Marmortreppe hinauf, wo ich den Sitzungssaal vermutete.

»Was sind das für welche?« Mein Daumen folgte der Gruppe.

Dieses Mal schauten mich alle an. Ich zuckte die Schultern.

»Das war die Abordnung der Rechtler«, erklärte Anselm, »die sind bei der Sitzung dabei, weil es teilweise um Land des Vereins geht. Die verkaufen nur, wenn alle dafür sind. Für den Huber sah es eigentlich ganz gut aus, denn der war lange genug Vorsitzender der Rechtler. Unsere Familie dagegen hat nur Anteile am Holzrecht vom Seewald.«

Ah ja, dachte ich, klar, die Rechtler mal wieder.

»In Ordnung«, lenkte Anselm dann ein, während Karim noch immer reichlich resigniert den Männern hinterherstarrte. »Vielleicht hast du recht. Ich warte in der ›Weinklause‹ auf dich.«

Meine Chance, dachte ich, denn allein auf Karim zu warten, dazu hatte ich keine Lust, und mit in die Sitzung wollte ich auf keinen Fall.

»Darf ich mitkommen?«

Schweigend liefen Anselm Natterer und ich durch die Fußgängerzone Richtung Lorettokapellen. Fast am Ausgang des Ortes befand sich rechter Hand die »Weinklause«. Laut Karim eines der gemütlichsten Gasthäuser des Ortes, wo man tatsächlich auch mal echte Oberstdorfer antreffen konnte.

Wir hockten uns auf eine der Bänke am Fenster. Endlich spitzten immer mal wieder die Sonne und blauer Himmel durch die Schneewolken. Das Wetter sollte besser werden. Ich bestellte mir einen heißen Kakao, Anselm ein Haferl Kaffee.

»Wie geht's dir eigentlich nach dem Erlebnis mit dem Huber?«

Anselms Frage traf mich aus heiterem Himmel, noch dazu, wo ich gerade überlegte, ob meine Selbsteinladung nicht eine übereilte Entscheidung gewesen war. Zögernd löffelte ich Sahne von meinem Kakao. Ich liebte diese unsäglich fette Konditorsahne.

»Schwer zu sagen«, antwortete ich ausweichend, »noch krieg ich die Bilder nicht aus dem Kopf. Dauert wohl alles seine Zeit.«

Mitfühlend zuckte er die Schultern. »Ein totes Lebewesen ist irgendwie immer gruselig, aber Mord …?«

Ja, Mord. Ich zögerte wieder. Vielleicht würde es guttun, mit Anselm darüber zu reden, aber dafür hätte ich den Huber zu uns an den Tisch holen müssen, und das brachte ich in diesem Moment nicht fertig.

»Hast du eine Ahnung, wer so etwas getan haben könnte?«, fragte ich stattdessen.

Anselm schwieg kurz, schaute der Bedienung nach. Dann schüttelte er den Kopf.

»Nein, ich habe keine Ahnung. Ich fand schon mich als Verdächtigen unfassbar absurd. Hier aus dem Ort war das niemand, sicher nicht.«

Ich zog nur skeptisch die Augenbrauen hoch, er schmunzelte.

»Im Ernst, Chris, die sind hier zwar alle schnell dabei, wenn es um eine zünftige Rauferei geht, aber Mord? Nee, dafür hat hier niemand das Kaliber.«

Mir lag auf der Zunge, dass der Huber ja nicht am Kaliber, sondern an einer widerlichen Schlinge gestorben war, aber das wäre womöglich kein passender Einwurf gewesen.

»Angeblich sind die Mörder meistens im Umfeld des Opfers zu suchen.«

Eine weniger geistreiche Erwiderung, aber dafür dank »Tatort« halbwegs konstruktiv.

Anselm wiegte nachdenklich den Kopf.

»Mag sein. Der Huber genoss zwar hohes Ansehen im Ort, aber ich glaube, die meisten haben ihn eher gefürchtet als geachtet. Mit dem war nicht immer gut Kirschen essen. Ganz abgesehen davon hat er sich mit seiner Wilderei keine Freunde gemacht.«

Lange Augenblicke starrte er auf ein Geweih an der Wand, während er seinen Kaffee schlürfte. Irgendjemand stellte die unpassende Loungemusik im Hintergrund etwas lauter, was ich als sehr störend empfand. Auch Anselm drehte sich missmutig um.

»Das war hier früher auch anders«, grummelte er, seufzte dann. »Weischt, ich könnte mir vorstellen, dass einer dem Huber mit der Schlinge einen Denkzettel verpassen wollte.«

Ich zog die Schultern hoch. »Diese Lektion ist dann aber leider an seinem schwachen Herz gescheitert.«

So gruselig, wie das klang, Anselms Theorie hatte etwas für sich und war allemal besser als Mord. So ging das vielleicht noch als Totschlag oder fahrlässige Tötung durch. Aber einem Täter kamen wir deswegen nicht näher. Ich erschauerte und griff hastig nach meiner Tasse. Ich persönlich wollte dem Täter auch gar nicht näherkommen.

»Ja, schon verwunderlich«, Anselm schwenkte seine Tasse, »wo hier im Ort doch eigentlich jeder wusste, dass der alte Severin herzkrank war. Der hat sich oft genug theatralisch ans Herz gefasst, wenn es nicht so lief, wie er das wollte.«

Also doch Absicht? Die fette Sahne lag mir mit einem Mal wie ranziger Schmalz im Magen. Angewidert schob ich meine Tasse von mir weg. Oder war es tatsächlich niemand aus Oberstdorf gewesen? Jemand, der nichts von Hubers Herzen wusste? Aber warum sollte ein Fremder dem Huber an den Kragen wollen?

»Pfff …« Mir war danach, den Knopf meiner Jeans zu öffnen, der Kakao sprengte mir den Magen, zumal mir auch langsam unangenehm warm wurde. »Ist ja nicht der erste unaufgeklärte Mord an einem Wirt vom Gasthof ›Christlessee‹.«

Überrascht wendete Anselm sich zu mir um. Seine Tasse klirrte, als sein Ärmel sie streifte. Ich stellte fest, dass er hübsche hellbraune Augen hatte. Mit einem Mal konnte ich die Diemel verstehen.

»Woher weißt du von dem Mord damals?«

»Wenn du mit ›damals‹ den Mord vom April '45 meinst, davon habe ich in einem Buch von Michi, dem Studenten im Gasthof, gelesen. Ist da jemals ernsthaft ermittelt worden?«

»Ja«, er lachte freudlos, »und nein. Ich kenne das traurige Ende dieser Geschichte. Nein, die Ermittlungen sind damals in den Wirren der letzten Kriegstage untergegangen. Die Menschen hatten andere Probleme, als sich um einen Toten mehr zu kümmern. Es ging ums eigene Überleben.«

»Mord verjährt aber nicht«, konterte ich trocken.

Anselm zuckte die Schultern und kramte sein Handy aus der Jackentasche. Nach einem kurzen Blick darauf richtete er sich wieder auf. Seine Aufmerksamkeit lag eindeutig nicht bei unserem Gespräch, was ich durchaus verstehen konnte.

»Stimmt, Mord verjährt nicht, aber wenn niemand den Fall neu aufrollt, dann passiert auch nichts.« Seufzend atmete er aus. »Wer weiß, ob überhaupt noch jemand existiert, der daran ein Interesse hätte. Vermutlich waren es junge Deserteure, die vom Wirt beim Stehlen erwischt worden sind. Oder jeder andere, der in diesen Tagen nicht verhungern wollte. Der alte Wirt hatte in seinem Eiskeller angeblich jede Menge Lebensmittel gehortet. Jedenfalls musste die junge Witwe, hochschwanger, kurz nach dem Krieg den Gasthof verkaufen, und zwar an Severin Huber. Angeblich hat er ein Schnäppchen gemacht, während die junge Frau versuchte, sich nach Augsburg zu Verwandten durchzuschlagen. Keiner weiß, was aus ihr und ihrem Baby geworden ist.«

Wieder eine von diesen Geschichten, die man eigentlich nicht hören wollte. Mir war auch nicht ganz klar, warum mich dieser Mord so berührte. Kriegsgeschichten kannte ich wirklich genug. Diese war nicht einmal die Schlimmste.

Anselm griff wieder nach seinem Handy, grummelte irgendetwas vor sich hin.

»Wie lang dauert so eine Sitzung?«

Er tat mir ein wenig leid. Auch wenn er gut in jede Freakshow gepasst hätte, so war mir doch klar, dass dieser Verein und sein Wildpark eine echte Herzenssache für ihn waren. Ein Idealist, ein Träumer. Aber unterschätzen durfte man ihn sicher nicht.

Während wir hier saßen und über unwichtige alte Geschichten sprachen, konnte sein Lebenstraum schon geplatzt sein. Ich persönlich setzte nicht viel Hoffnung in Simone Diemel. Was hatte die schon Männern wie Hermann Wahl oder den Rechtlern entgegenzusetzen? Die gehörten sicher nicht zu der Sorte Mann, die eine Frau ernst nahmen. Ganz davon abgesehen hatte ich bisher nicht den

Eindruck gehabt, dass Anselm Natterer im Ort besonders gut gelitten war.

»So lang, wie Hermann Wahl braucht, um zu erreichen, was er will.« Anselm klang nicht sonderlich resigniert, eher nüchtern. Er trank seinen Kaffee aus. »Wir sollten aber trotzdem langsam wieder zum Kurhaus hinübergehen. Mir ist es hier zu warm.«

Prä-Schneebar-Cocktailparty

Gemächlich, aber reichlich unentspannt spazierten wir zum Alten Rathaus zurück. Nach der Hitze in der »Weinklause« biss die Kälte umso schärfer. Über uns war der Himmel endlich richtig blau, während am westlichen Horizont die Sonne mit eisigem Lilaorange untergegangen war.

Warten war nicht meine Stärke. Anselm schien vollkommen ruhig, fast stoisch, während wir uns schweigend in den unbequemen Korbstühlen im Foyer des Alten Rathauses lümmelten. Um diese Uhrzeit waren kaum noch Menschen unterwegs, die Lichter innen angenehm gedimmt. Draußen glitzerte bereits die Weihnachtsbeleuchtung im Winterabend. Seufzend schielte ich zu der großen Wanduhr hinüber. Nach siebzehn Uhr.

Selbst wenn ich irgendwie an Karims Autoschlüssel gekommen wäre, hätte ich das schwarze Chrommonster wahrscheinlich nicht einmal vom Parkplatz gebracht. Im Sommer wäre ich zu Fuß zurück zum Gasthof gewandert, aber bei den Temperaturen wäre eine abendliche Wanderung halber Selbstmord gewesen. Also musste ich notgedrungen warten.

Eine weitere Stunde später, ich war nahe daran, im Sessel einzuschlafen, klatschte sich Anselm entschlossen auf die Knie und stemmte sich überraschend steifbeinig aus dem Korbsessel hoch.

»Ich bring dich zum Gasthof rauf, Chris, wenn du möchtest. Es macht keinen Sinn, hier länger herumzusitzen.«

Verblüfft starrte ich ihn an. »Danke, Anselm. Das spart mir ein Taxi.«

Keine Viertelstunde später wuchtete ich mich aus Anselms uraltem Golf Country. Cooles Auto. Aber im Gegensatz zu Karims Edel-Offroader sehr nah am Boden. Ich winkte und sah ihm nach, bis die roten Lichter hinter dem Wegkreuz verschwanden.

Unter Hermann Wahls Kommando prangte der Gasthof wieder in festlichem Licht. Neben dem Eingang hatte irgendjemand etwas aus Schneequadern aufgebaut, was an eine Theke erinnerte oder ein halb fertiges Iglu. Verwundert ging ich daran vorbei und betrat durch den Flur den Schankraum. Ich hatte Hunger, den der Koch heute hoffentlich ohne Diskussionen bekämpfen würde.

Die Wärme überfiel mich wie jedes Mal. Eigentlich mochte ich keine überheizten Räume, doch hier im Allgäu lernte ich sogar das zu schätzen. Eine verrückte Gegend.

Franz Schmiedeler saß mit seinem surfenden Kollegen und einem Weizen an seinem neuen Stammplatz neben der Tür, Michis Lieblingsplatz dagegen war verwaist.

»Ja, servus, Chrissie«, rief Schmiedeler und packte mich gleich am Arm, »hock di. Ganz ungewohnt, dich ohne Karim zu sehen.«

Er zog mich neben sich auf die Eckbank. Super, dachte ich, ganz toll, noch nicht einmal im Zimmer und schon vereinnahmt. Wieso passierte das eigentlich immer mir, die ich doch ein Einzelgänger aus Passion war? Ergeben fummelte ich am Reißverschluss meiner Daunenjacke herum. Bisher hatten sich die Menschen in meiner Umgebung immer nur gewundert, wenn ich ausnahmsweise einmal nicht allein auftauchte.

»Karim ist noch mit Hermann Wahl bei der Sitzung vom Marktrat«, nuschelte ich in den Kragen meiner Jacke, »der Natterer hat mich netterweise hochgefahren. Habt ihr auch schon wieder Feierabend?«

Endlich hakte sich der Reißverschluss auf. Tief Luft holend richtete ich mich auf und zerrte mir die Jacke über die Schultern.

»Wir waren den ganzen Tag in Kempten.« Schmiedeler, ganz Gentleman, nahm mir die Jacke ab und stopfte sie neben sich auf die Eckbank. »Wir sind noch mal alle Spuren durchgegangen, auch die Protokolle von den Befragungen der Jäger aus den umliegenden Jagden. Die wollten sich allerdings nicht zu der Wilderei äußern, Nestbeschmutzung wird nicht gern gesehen. Mit dem Sohn vom Huber konnten wir nur telefonieren, der ist ausgesprochen wenig kooperativ. Im Dorf das Gleiche. Die Herren vom Verein der Rechtler gaben sich völlig ratlos, überall war der Huber ein geachteter, sehr gern gesehener Nachbar. Keine ungewöhnlichen Kontobewegungen oder Telefonate, keine verdächtigen Reisen, nichts. Ein Saubermann sogar beim Finanzamt. Dann haben wir intensiv nach der Quelle für die Fasern gesucht, die wir an der Leiche gefunden haben. Selbst die beschlagnahmten Felle aus Hubers Wohnung haben wir nochmals genauestens unter die Lupe genommen. Leider ergebnislos. Dafür sind unsere Kollegen vom Zoll jetzt glücklich. Die Felle stammen nämlich tatsächlich alle von gewilderten Tieren.«

Ich nickte ohne wirkliches Interesse. Arme Viecher.

»Wann gebt ihr die Ermittlungen auf?«

Wahrscheinlich war das eine taktlose Frage. Schmiedeler verzog das Gesicht.

»Sorry«, ich zwang meine Lippen zu einem versöhnlichen Grinsen, »ich habe grässlichen Hunger.«

»Viel gibt's nicht, nur Kürbiscremesuppe«, erwiderte der Kommissar. »Der Koch hat den ganzen Nachmittag an seiner Schneebar gebaut.«

Vielleicht war das für ihn eine einleuchtende Erklärung, aber ich verstand den Zusammenhang trotzdem nicht.

»Das Gebilde da draußen ist eine Schneebar?«

Ich deutete mit dem Daumen hinter mich, wo ich den Eingang des Gasthofes vermutete. Schmiedeler nickte schmunzelnd.

»Morgen gibt's dort Cocktails.«

»Cocktails? Trotz des Mordes?«

Schulterzuckend griff er nach seinem Bierglas. »Wenn ich die kleine Leni richtig verstanden habe, dann will Hermann Wahl, dass alle Veranstaltungen so ausgeführt werden, wie sie geplant waren. Und dazu gehört wohl dieser Schneebar-Event. Ich weiß zwar nicht, wie er das ohne Personal machen will, aber mei, ist ja nicht mein Gasthof.«

Aus den Augenwinkeln sah ich besagte Leni an unseren Tisch treten.

»Servus, Chrissie«, flötete sie, »wo hast du denn Karim gelassen?«

Nach dieser erneuten Frage wurde mir einmal mehr klar, dass es so aussah, als ob Karim und ich eine feste Beziehung hätten. Okay, dachte ich genervt, wusste ja keiner hier, dass dem nicht wirklich so war.

»Karim ist noch beim Marktrat«, erklärte ich möglichst unschroff, »und ich habe Hunger. Was gibt's denn heute?«

»Kürbiscremesuppe«, bestätigte Leni zu meinem Leidwesen. Mir war nach einem fetten Nudelauflauf oder einem ordinären Jägerschnitzel mit Pommes. »Der Bertl musste noch die Schneebar aufbauen und hatte nicht so viel Zeit zum Kochen, wir machen jetzt ja alles allein hier. Soll ich dir einen Teller bringen? Viel ist aber nicht mehr da, denn Michi und Karim müssen ja auch noch etwas bekommen.«

Mein Kinn fiel unschön herab. Leider sah ich meistens etwas doof aus, wenn man mich so überraschte. »Okay …«, dehnte ich mangels Schlagfertigkeit, »ein Teller wird schon reichen. Wo ist Michi denn?«

Leni verzog das Gesicht, womit sie mich unvermittelt an eine beleidigte Ziege erinnerte. »Der muss arbeiten und braucht seine Ruhe.«

Nur zu gern hätte ich meinen latenten Hang zur Boshaftigkeit ausgelebt und sie gefragt, vor wem er Ruhe brauchte, doch damit hätte ich mich wahrscheinlich um mein Abendessen gebracht. Das war mir in diesem Fall aber wichtiger.

»Na ja, der Hunger und die Sehnsucht nach dir werden ihn schon irgendwann hierhertreiben. Bring mir mal meine Suppe und ein Glas Weißwein.«

Sie schob nur ihr Kinn über die Schulter und rauschte in die Küche. Die Zwischentöne in meinen Worten hatte sie sehr wohl gehört.

Trotzdem kam sie wenige Minuten später mit einer großen Schale dampfender Suppe samt geröstetem Brot und Weißwein zu uns an den Tisch zurück. Ich staunte und schnupperte in die Schale hinein. Es roch köstlich. Mein Magen knurrte vernehmlich, was Leni zum Lachen brachte. Nachtragend war das Mädel nicht, damit verschaffte sie sich Respekt bei mir.

»Riecht ja phänomenal«, erklärte ich ehrlich verblüfft, »danke, Leni. Aber wer soll denn morgen eigentlich an der Schneebar stehen, wenn keine Gäste im Haus sind?«

Genussvoll schob ich den ersten Löffel in mich hinein.

»Ja, ihr seid's doch da!« Sie lachte herzlich. Ein verwirrendes Mädel. »Der Koch mixt super. Das dürft ihr euch alle nicht entgehen lassen. 'nen Guaten, Chrissie.«

Ratlos bewegte ich die Schultern. Immerhin. Wenn dem Herrn Wahl das reichte … Mir sollte es recht sein, Cocktails mochte ich gern.

Hermann Wahl brachte Karim gegen zwanzig Uhr in den Gasthof zurück. Bis dahin erzählte mir Franz Schmiedeler über sein Leben als Kommissar in Kempten. Es war so normal wie meines in Bonn, nur dass er mit seiner Frau in einem, wie er stolz erwähnte, abgezahlten Reihenhaus lebte und in seiner freien Zeit einen handtuchgroßen Garten pflegte. Dort entspannte er von seinem Job. Viel passierte in Kempten nicht, insofern gab es nicht viel zu entspannen. Dieser Mord war der erste im fast abgelaufenen Jahr.

»Ist schon eine Abwechslung«, er wiegte den Kopf und schlürfte den Rest Bier aus seinem Glas, »aber ich wäre so kurz vor Weihnachten trotzdem lieber daheim. Ist einfach gemütlicher.«

Mit Karim und Hermann Wahl kam ein Schwall eisiger Luft in die Gaststube. Ich zog die Schultern hoch. Hermann Wahl brüllte gleich nach dem Koch, mit dem er unbedingt noch die Cocktails für die Schneebar besprechen musste. Karim sah müde aus, fiel neben mir auf die Eckbank.

»Der ist so was von anstrengend«, murmelte er und gab mir einen Kuss, »ich schmeiß den Job, egal, was Nina dazu sagt. Ich kann's nicht.«

Nina war nicht unbedingt das Stichwort, das ich hören wollte. Aber ich machte gute Miene zum blöden Spiel. Sie war schließlich die Nummer eins, nicht ich.

»Der ist bestimmt gleich weg«, flüsterte ich zurück, während ich ihm mein Bierglas hinschob. »Es gibt schweineleckere Kürbiscremesuppe. Und morgen gibt es Cocktails.«

Karim blies die Wangen auf, sein Blick war mehr als skeptisch.

»Kürbiscremesuppe? Muss das sein? Und wieso gibt es morgen Cocktails?«

»Weil Hermann Wahl den Veranstaltungsplan vom Huber durchziehen möchte, und auf dem steht, dass es morgen eine Schneebar mit Cocktails gibt. Freu dich drauf! Wir sind wahrscheinlich die einzigen Gäste.«

»Macht das Sinn?«

Karim schaute von mir zu Schmiedeler. Wir zuckten die Schultern.

»Was macht schon wirklich Sinn?«, erwiderte der Kommissar mit einer Spur Fatalismus. »Hauptsache, wir haben etwas davon.«

Im gleichen Moment hörten wir den alten Wahl in der Küche herumbrüllen, ohne zu verstehen, um was es ging. Leni huschte hinter der Theke hervor und flitzte geduckt an uns vorbei aus dem Schankraum. Irgendetwas schepperte in der Küche, Glas splitterte, dann stampfte Hermann Wahl durch den Gastraum. Sein Gesicht war vor Wut verzerrt. Grußlos polterte er ebenfalls an uns vorbei. Die Tür krachte ins Schloss. Kurz darauf röhrte draußen sein Geländewagen davon.

Ich holte vorsichtig Luft. Karim und Schmiedeler richteten sich auf. Nur Sebi hockte völlig ungerührt mit seinem Smartphone in der Ecke.

»Mannomann«, murrte Karim, »diesen Choleriker habe ich für heute echt dick. Der stresst nur herum. Nix passt ihm, alles ist falsch, und nur er hat die Weisheit gefressen. Mich kotzt das an. Der hat sich heute beim Marktrat so aufgeführt, dass es fast eine Prügelei gegeben hätte. Die Diemel konnte die Situation grad noch retten. Und jetzt macht der hier weiter. Der Job ist mir wirklich zu nervig.«

»Bei uns war der auch nicht wirklich kooperativ«, stimmte uns Schmiedeler zu, »ein echter Großkotz. Aber die braucht's, damit wir anderen uns umso besser verstehen.«

Neben uns öffnete sich die Tür einen Spaltbreit, Leni spinkste in die Gaststube.

»Isser weg?«

»Ja, kannst wieder hereinkommen«, Karim lächelte böse, »der Sklaventreiber ist nicht mehr da. Was war denn los?«

Leni trat argwöhnisch ins Zimmer, linste zur Küche hinüber, in der es noch immer befremdlich still war.

»Keine Ahnung. Ich will's auch gar nicht wissen. Lebt der Koch noch?«

Gute Frage, aber eine, die ich nicht beantworten wollte. Karim erbarmte sich und stand auf, um mit Leni und dem Kommissar im Schlepptau zur Küche zu schleichen.

Im gleichen Moment kam der Koch zur Tür heraus, bepackt mit einem großen Tablett voller Flaschen, einen Korb unter dem Arm, und grinste breit.

»Der alte Tyrann will, dass ich mich auf morgen vorbereite, egal, wie viele Gäste zur Veranstaltung kommen.« Sein Grinsen wurde noch breiter. »Also mache ich das. Kommt«, er nickte fröhlich zum Ausgang, »wir machen jetzt eine Prä-Schneebar-Cocktailparty. Und alles auf Kosten des Hauses. Der Alte wird schön dumm schauen.«

Zögernd sah ich zu Karim. Draußen hatte es deftige Minusgrade, es war dunkel, und außer Kakao und Kürbiscremesuppe hatte ich nichts gegessen. Das war keine gute Basis für hochprozentige Cocktails, und auf Katerstimmung hatte ich bei all dem Stress gleich gar keine Lust. Außerdem erinnerte mich das unschön an den Sommer.

Doch Karim strahlte, als hätte er eine Einladung zu einer Schlemmerreise in die Toskana gewonnen. Auch der Kommissar sprang sofort dem Koch hinterher.

»Sebi!«, brüllte er. »Spezialeinsatz!«

Alles klar, Herr Kommissar, dachte ich und erhob mich ergeben von meiner Bank. Ade, wonnigwarme Gaststube, ade, warmes Bett. Auf in die arktische Nacht, um dem Herrn Wahl ein Schnippchen zu schlagen.

Während Bertl sich seine Bar einrichtete und Leni die Außenbeleuchtung auf volle Kraft stellte, tauchte auch Michi mit verwirrtem Blick im Treppenhaus des Gasthofes auf.

»Was wird das?«, fragte er mich leise, als ich an ihm vorbei die Treppe hinunterlief. »Gibt's was zu feiern?«

»Nicht wirklich.« Ich lächelte tapfer. »Aber du kennst doch sicher den Spruch mit ›feiern‹ und ›fallen‹, oder? Komm, das wird lustig.«

Er schüttelte langsam den Kopf. »Nee, Christiane, lass mal. Ich steh nicht so auf Alkohol. Ich bin müde.«

Doch noch ehe er sich umdrehen konnte, rauschte Leni vorbei und riss ihn hinter sich her zum Haupteingang hinaus. So viel zum selbstbestimmten Leben.

Als ich zu den anderen an die Schneebar trat, war die Party schon fast in vollem Gang. Ich fror bereits jetzt, während der Koch sich shakend in Pose warf und Leni eine Kompaktanlage ins Fenster stellte, aus der gleich als Erstes »Cowboy und Indianer« schepperte. Na prächtig. Da wurde ja der Cocktail schal.

Aber Karim und Schmiedeler hakten sich sofort ein, packten den armen Michi und Sebi, der gerade noch sein Handy wegstecken konnte, und tanzten ab. Wider Willen musste ich lachen.

»Habt ihr Heizstrahler, Leni?«, brüllte Karim während des Herumhopsens. »Ich möchte nicht, dass meiner süßen Hilfswilligen Chrissie kalt wird.«

Leni nickte und drehte kurz die Musik leiser.

»Die stehen aber im alten Eiskeller hinten … Da ist's nicht geheuer.«

»Ja, und?« Karim löste sich aus der Gruppe. »Hol einfach einen.«

Wie immer ganz der taktvolle Gentleman, dachte ich resigniert. Eben noch einen guten Ansatz gezeigt, jetzt leider wieder völlig danebengegriffen.

»Lass nur«, winkte ich ab, »ist schon in Ordnung. Ich wollte eh nicht so lang bleiben.«

»Papperlapapp«, Karim wischte mit beiden Händen durch die Luft, »ab und den Heizstrahler holen. Oder soll ich gehen?«

Aus den Augenwinkeln bemerkte ich Michi, der mit ausgestreckten Armen auf Leni zusteuerte.

»Bleib da, Leni«, rief er. »Ich mache das, ich weiß, wo die Dinger stehen.«

Michi verschwand hinterm Haus im Dunkeln. Ich an Lenis Stelle wäre auch nicht dorthin gegangen, auch wenn ich nicht an Spuk glaubte. Dort hinten war es trotz des Schnees richtig finster.

»Möchtegernkavalier«, pöbelte Karim neben mir, »Wichtigtuer, pseudointellektueller.«

»Übst du dich seit Neuestem in Selbstreflexion, Karim?«

»Nein«, knurrte er, »sonst würde ich das ›Möchtegern‹ und ›pseudo‹ weglassen. Wo bleibt der Psycho mit den Bonbonpapieren? Leni, schmeiß die Mucke wieder an!«

Wir waren schon beim zweiten Cocktail, als Michi endlich einen großen Strahler samt Gasflasche anschleppte, den Karim fachmännisch entzündete.

»Hast du den Heizstrahler erst auf seinen psychologischen Hintergrund überprüfen müssen?«, stänkerte Karim erneut, während Michi blass ein Cocktailglas in den Händen drehte. »Chrissie ist halb erfroren wegen dir.«

Michi blinzelte schuldbewusst, was mir echt das Herz rührte.

»Stimmt nicht, Michi«, beruhigte ich ihn, »Karim übertreibt maßlos. Danke, dass du das Ding geholt hast.«

Er nickte nur und presste seine Lippen notgedrungen, weil Leni ihm zuprostete, an das Glas. Aber ich sah genau, dass er nicht trank.

Der Junge war hier vollkommen fehl am Platz.

Beim dritten Cocktail mussten wir uns alle bereits etwas an der Schneebar festhalten, da war nix mehr mit Tanzen. Der Koch mixte satte Mischungen, und die gleich im Akkord.

»Vielleicht war es ja der Sohn vom Huber«, hörte ich Karim durch den Cocktailnebel zu Schmiedeler sagen. »Hey, wir machen ein Quiz!«

Aufmerksam schaute ich zu den beiden hinüber. Michi stand neben Schmiedeler und hielt sich noch immer an seinem ersten Cocktail fest, sosehr ihn Leni auch ermunterte. Wahrscheinlich wartete er nur auf den Moment, in dem er das Zeug unbemerkt in den Schnee kippen konnte. Aber Leni ließ kein Auge von ihm.

»Was für ein Quiz, Karim?«, jauchzte sie prompt. Ich schüttelte den Kopf, was einen leichten Schwindel mit sich brachte. Versuchte Leni sich da gerade zwei männliche Eisen im Feuer zu halten? Wenn's nix mit Michi wurde, dann war ja Karim noch da. Etwas wie Eifersucht grummelte in mir. An so junge Biester gab ich nur ungern einen Kerl ab.

»Heiteres Mordmotive-Raten mit Karim Miller!« Karim hob theatralisch die Hände. »Wer hat Severin Huber umgebracht, dem wir diese wunderbare Schneebar hier zu verdanken haben?«

Eigentlich wäre das der Moment gewesen, in dem ich schnellstmöglich unser Zimmer hätte aufsuchen sollen, doch noch bevor ich den Gedanken zu Ende denken konnte, hielt ich ein viertes Glas in der Hand, dessen Inhalt überaus lecker nach Maracuja roch und betörend orange schimmerte. Karim zeigte auf mich.

»Unsere Chrissie, genannt das hilfswillige Superhirn, darf als Erste. Sag mal, Chrissie, was denkst du, wer hat den Huber so erschreckt, dass er hopsgegangen ist?«

Alle johlten los, sogar Michi lächelte etwas gequält. Insgesamt fand ich Karim in seiner Ausdrucksweise an diesem Abend sehr grenzwertig, mit zunehmendem Cocktailkonsum sogar extrem geschmacklos. Aber Mister Showmaster war nicht zu bremsen. Ich seufzte und trank, um Zeit zu gewinnen, von meinem Cocktail. Ein heimtückisches Teil. Roch zuckersüß und war voller Wodka.

»Komm, Chrissie«, drängte auch Schmiedeler, »du warst als Erste da. Wer war's?«

Danke für die Erinnerung an einen der scheußlichsten Morgen meines Lebens.

»Der Mörder war's.« Ich grinste frech.

Alle klatschten wild, grölten.

»Und warum hat der Mörder das getan?« Leni schaute mich gespannt an.

»Weil er den Huber umbringen wollte.«

»Eben nicht!«, triumphierte Karim. »Jede Wette, dass der Mörder gar nicht zum Mörder werden wollte! Der wollte dem Huber nur einen Denkzettel verpassen. Für was auch immer.«

Sie diskutierten wild durcheinander. Totschlag, Mord im Affekt, fahrlässige Tötung, Wilderei, eine dörfliche Variante von Betriebsspionage. Je schriller die Farben der Cocktails schillerten, so schien es mir, desto abgefahrener wurden auch die möglichen Motive.

»Okay, okay.« Schmiedeler hob die Hände, es wurde etwas stiller und alle schauten ihn erwartungsvoll an. »Mag ja alles sein, aber noch immer wissen wir nicht, warum dem Huber ein ...«, er rollte die Augen, »... Denkzettel verpasst werden sollte.«

»Vielleicht war es ja wirklich sein Sohn, und der ist gar nicht in Kanada«, warf Sebi ein.

Leni wackelte entrüstet mit dem Kopf. »Dem Huber sein Sohn ist ein ganz Lieber. Der kann keiner Fliege was zuleide tun. Nie. Und warum sollte der seinen Vater so schrecken?«

»Ja, warum, ich bitte um Vorschläge.« Karim schaute lauernd in die Runde.

»Michi, sag du doch mal was dazu. Du studierst Psychologie, kennst also die menschlichen Abgründe. Warum tötet man?«

Vermutlich wäre es ein Akt der Zivilcourage gewesen, wenn ich Karim endlich Einhalt geboten hätte. Er schikanierte den Jungen, wann immer er die Möglichkeit dazu hatte, und ich schaute tatenlos zu. War Karim eifersüchtig? Glaubte er etwa, dass der Junge eine Konkurrenz für ihn sein könnte? So selbstsüchtig konnte aber nicht einmal Karim sein, oder doch?

Michi stellte abrupt sein Glas auf die Schneetheke und schaute

Karim mit aller ihm zur Verfügung stehenden Standhaftigkeit an. Viel war es trotzdem nicht. Karim grinste.

»Vergeltung.« Michi hob seine Schultern. »Gerechtigkeit. Beides starke Motive.«

»Ver… was?« Leni schaute verwirrt in die Runde. Auch ich wunderte mich über den Begriff. Der wäre mir bei Mord nicht eingefallen. Vergeltung. Hmpf.

»Vergeltung?«, echote auch Karim. »Erklär mal. Klingt wie Blutrache für Arme.«

Mich fröstelte nicht nur wegen der winterlichen Temperaturen, auch das Thema war wenig herzerwärmend. Ich wagte nicht, in die Dunkelheit zu schauen, die die Schneebar umgab, denn überall lauerten Hubers tote Augen. Wobei mir einfiel, dass ich ja mit dem Schmiedeler wegen eines Psychologen reden wollte.

»Dann nenn es Rache«, erwiderte Michi, »meinetwegen mit ›Blut‹ davor. Vergeltung, Gerechtigkeit für begangenes Unrecht. Wer weiß, welchen Dreck der alte Mann im Laufe seines Lebens an seinen Stecken geklebt hat. Ich muss jetzt ins Bett, gute Nacht und danke für den Cocktail.«

Sprach's und ging ohne ein weiteres Wort einfach ins Haus. Respekt, dachte ich, denn Karim hatte, spontan seines Prügelknaben beraubt, jeden Schwung verloren.

Auch Schmiedeler und Sebi schauten dem Studenten noch nach, obwohl er schon längst durch die erleuchtete Tür verschwunden war.

»An dem Huber war bisher nichts zu finden«, fluchte Schmiedeler in sein neues Glas, »alles sauber. Keine Liebschaften, keine Steuern hinterzogen, kein Schwarzgeld, keine Schwarzarbeit«, er grinste den Koch an, »keine Streits, oder wenigstens keine wirklich schlimmen. Wieso muss den jemand derartig abmurksen?«

Abwägend musterte er einen Augenblick lang die Dunkelheit außerhalb der Schneebar.

»Vielleicht sollten wir weiter zurückgehen. Sebi, bring mir morgen alles, was du über die letzten siebzig Jahre dieses Mannes finden kannst. Meinetwegen darfst du auch mit deinem Spielzeug recherchieren.«

»Chef, der hat gewildert«, widersprach Sebi genervt. »Und die alten Akten sind immer so miefig. Das ist nicht gesund. Da sind Pilzsporen und Schimmel und so Zeugs drin.«

»Um das zu verkraften, lebst du ja ansonsten gesund«, konterte Schmiedeler unerbittlich. »Mach keinen Aufstand, Sebi.«

»Alles klar, Herr Kommissar.«

Karim gab dem Koch ein Zeichen, uns noch einen weiteren Cocktail zu mixen. Ich stöhnte innerlich und schob mich etwas aus dem Hitzeschild des Strahlers heraus. Ich glühte vom Alk und hätte es gern wie Michi gemacht. Lang hielt ich das nicht mehr aus.

»Ich hätte den schon x-mal umbringen können«, erwiderte Bertl völlig ungerührt, »der war ein richtiges Arschloch als Chef. Aber ich war's nicht. Ich habe sogar ein Alibi.« Er schmunzelte und kippte selig irgendeine giftig grüne Flüssigkeit in ein Glas, das er mir dann reichte. »Extra für die Dame des Herrn Geologen. Proscht.«

Wenn jeder eklige Chef ein potenzielles Mordopfer wäre, dachte ich so bei mir, dann läge die Weltwirtschaft noch ganz anders danieder, noch dazu führungslos. Ich schlürfte an meinem Giftcocktail. Angeblich mordeten Frauen gern mit Gift. Also musste sich ein Mann am Huber vergriffen haben. Wobei ich mir nicht vorstellen konnte, dass überhaupt ein Mensch dazu fähig sein konnte, jemanden mit einer Schlinge zu erwürgen. Oder zu Tode zu erschrecken.

Der Cocktail brach mir endgültig das Genick. Was auch immer der Bertl da hineingepanscht hatte, es war hochprozentig und tarnte sich mit grünem Waldmeister. Die Schneebar schwankte, als ich das Glas darauf abzustellen versuchte. Es plumpste einfach auf der anderen Seite hinunter. Betroffen schaute ich zum Koch hoch und zuckte die Schultern.

»Sorry, aber ich kann nicht mehr. Ich muss jetzt ins Bett.«

Bertl lachte, der Rest der Meute fiel grölend ein.

»Deswegen brauchst du das Zeug aber nicht wegzukippen, Chrissie«, erklärte Karim, »ich bring dich ins Zimmer. Schaffst du es noch die Treppe hoch, oder soll ich dich tragen?«

Mord an einem Mörder?

Ich fiel wie ein nasser Sack ins Bett. Die Situation erinnerte mich böse an den Abend mit der alten Magda, die uns in Trieblings mit Williams Christ abgefüllt hatte. Seitdem hatte ich den nicht mehr angerührt. So wie es sich in diesem Moment anfühlte, würde das auch mein letzter Cocktail mit Waldmeister gewesen sein.

»Früher hätten wir jetzt noch hemmungslosen Sex gehabt, Chrissie«, schimpfte Karim halb lachend vom Fußende des Bettes aus, »jetzt sollte man meinen, dass wir eine Beziehung führen. So hat das mit Nina auch geendet. Sie ist ins Bett und ich konnte sehen, wo ich bleibe.«

»Wir haben keine Beziehung«, knurrte ich träge zurück, »aber ich habe einen Rausch. Und wenn das bei Nina schon genauso ist, dann würde ich mal überlegen, an wem das liegt. Gute Nacht.«

»An mir liegt das sicher nicht«, erwiderte Karim und kuschelte sich neben mich, »ich kann richtig schmusig sein. Wetten?«

Der Schuss riss mich aus dem Schlaf und vor Schreck halb aus dem Bett. Karim neben mir ging ebenfalls hoch. Dann war es wieder still. Verstörend still. Ich griff nach meinem Handy, um nach der Uhrzeit zu schauen. 23 Uhr 50.

»Was war das, Karim?«

Eine inhaltlich unnötige Frage, aber gut gegen Schreck. Karim zog sich die Bettdecke über die Schultern und robbte etwas näher zu mir heran.

»Ein Schuss, und so wie es klang, recht nah am Haus.«

Wir schielten beide zum Fenster, hinter dem es erwartungsgemäß rabenfinster war.

»Soll ich mal nachschauen?«

Karim schüttelte den Kopf. »Lass nur. Wahrscheinlich ein Jäger oder Wilderer, oder irgendein Schwachkopf, der für Silvester übt. Schlafen wir weiter. Wir sind ja nicht im Krieg.«

Na ja, vielleicht war das ein Argument. Zögernd kuschelte ich mich an ihn. Tatsächlich lebten wir nicht in Zeiten, in denen bei einem Schuss grundsätzlich Gefahr im Verzug war, aber normal fand ich es trotzdem nicht, und eigentlich sagte mir mein Gefühl, dass es nichts Gutes bedeuten konnte, wenn nachts einer in der Gegend herumballerte.

Ratlos starrte ich in die Dunkelheit. Alles war ruhig. Kein Lärm von draußen kündigte eine weitere Katastrophe an. Ich rutschte noch näher an Karim heran, der schon wieder fast eingeschlafen war. Eigentlich war es mir zu still. Stille konnte so laut sein, so ängstigend. Selbst im Haus rumorte nichts, dabei war es doch noch recht früh in der Nacht. Unsicher linste ich erst zum Fenster, dann zu unserer Zimmertür, die hoffentlich sicher abgeschlossen war.

Sollte ich einen Blick wagen? Das Fenster ging auf den Parkplatz, die Straße war nicht einzusehen. Aber der Parkplatz war nachts unbeleuchtet. Da unten hätte ein Dinosaurier wüten können, und ich hätte es bei der Dunkelheit nicht gesehen. Also konnte ich das auch bleiben lassen. Entschlossen warf ich mich auf die Seite. Wenn das hier angeblich das Wildererparadies war, dann hatte dieser Schuss schlimmstenfalls ein Reh das Leben gekostet. Kein Grund, auf Schlaf zu verzichten, schon gar nicht, wenn man einen Cocktail zu viel im Kopf hatte. Ich schloss die Augen.

Morgens um sieben war die Welt schon lange nicht mehr in Ordnung.

Ein Martinshorn riss mich das zweite Mal in dieser Nacht aus dem Schlaf und geradewegs in ein schreckliches Déjà-vu. Blaulicht flackerte in hektischen Runden durch unser Zimmer, das Martinshorn erstarb in einem gequälten Jaulen.

Karim stand schon nackt am Fenster und schaute hinunter auf den Parkplatz. Es war wie damals im Sommer, nur dass ich seitdem nicht mehr so unbedarft durch die Welt lief. Warum mussten sich die Dinge so unschön wiederholen? Welche Endlosschleife ließ mich immer wieder das Gleiche erleben? Und ewig grüßt das Murmeltier. Der Horror.

Wie ferngesteuert wühlte ich mich aus dem Bett und trat mit einem bangen Gefühl zu Karim. Vier oder fünf Polizeiautos parkten kreuz und quer unter unserem Fenster, Blaulichter rotierten, dazwischen ein Krankenwagen, Notarzt. Überdimensionale Schatten wuselten zwischen den Autos hin und her und verschwanden zur Ausfahrt hin aus unserem Blickfeld. Wegen eines gewilderten Rehs machten die wahrscheinlich keinen solchen Aufstand.

»Nicht schon wieder«, röchelte ich in die Stille. »Bitte, Karim, sag, dass das nicht wahr ist!«

»Ich sag gar nix«, erwiderte er, ohne die Augen von der Szenerie unter uns zu lassen. Er hatte ja schon damals in Trieblings völlig schamlos zugegeben, dass er bei Unfällen jeglicher Art zwanghaft zuschauen musste. Auch das eine unnötige Wiederholung.

»Aber wenn ich etwas sagen würde«, sein verstörter Blick streifte mich, »dann wäre es ungefähr etwas wie: Scheiße! Wir hätten den Schuss nicht ignorieren dürfen.«

Nein, das hätten wir nicht. Hatten wir aber. Klassisch versagt. Fragte sich nur noch, welche Folgen dieser eine Schuss tatsächlich hatte.

»Lass uns hinuntergehen, Chrissie, wir sollten sofort sagen, was wir gehört haben und wann das war.«

Widerstrebend hob ich die Hände. »Nicht schon wieder, Karim. Nein, ohne mich.«

Im gleichen Moment rollte langsam ein schwarzer Kombi mit silbernen Kreuzen auf den Türen und eingeschalteter Warnblinkanlage auf den Parkplatz. Gleichzeitig warf einer der Sanitäter die Heckklappen des Krankenwagens zu und fuhr los. Die wurden offensichtlich nicht mehr gebraucht.

Mir wurde flau. Ich stolperte zum Bett, wo ich haltlos auf die Matratze plumpste. Alles kam in mir hoch, alles. Die Blaulichter damals in jener Sommernacht am See, die erstarrten Augen vom Huber im Wald, die mich mehrfach am Tag heimsuchten. Jetzt passierte das alles schon wieder.

Um mich herum lockte die Oberallgäuer Landschaft mit heimeliger Idylle, Winterwunderwelt, bimmelnden Pferdeschlitten und Weihnachtskitsch zu immergrünen Fichtenwäldern, bodenständigen Menschen. Ein Stück heile Welt. Alles Lug und Trug. Unwillkürlich schlitterten auch die alten Schwarz-Weiß-Fotos aus Michis Buch durch mein Hirn. Schon damals hatten die Menschen geglaubt, dass sie hier Frieden finden würden. Ganz falsch.

Aber ich hatte immerhin die Chance, in wenigen Stunden einen schnellen Zug zu besteigen und am Abend im tatsächlich friedlichen Bonn meine Beine auf meinem Sofa auszustrecken. Mit geschlossenen Augen atmete ich tief durch. Das war definitiv der letzte Morgen meines Lebens, den ich im Oberallgäu verbringen würde. Nie wieder!

Erst verzögert realisierte ich, dass Karim splitterfasernackt vor mir hockte und meine Hände hielt. Seine Augen waren voller Mitgefühl und Fürsorge.

»Ich pack das nicht«, hauchte ich erschöpft, »dauernd gibt es hier Mord und Totschlag. Wieso, Karim? Ich will nach Hause.«

Ohne Frage, ich klang wie ein quengeliges Kleinkind, aber mir war einfach danach, mich ganz tief im Selbstmitleid zu suhlen.

»Du weißt ja, wann der Zug heute abfährt«, antwortete Karim, »aber eine Aussage müssen wir machen, egal, was da unten passiert ist. Und das sollten wir jetzt erledigen. Du schaffst das, Chrissie, bestimmt. Mir macht das auch keine Freude, ehrlich, ich versteh das alles auch nicht. Aber es ist nun einmal, wie es ist.«

Seltsamerweise pikte etwas in meinem Herzen herum, als er so locker von meiner Abreise sprach. Da war die Aussicht darauf gleich gar nicht mehr so sehr verlockend. Ich zog eine Schnute.

»Okay, dann gehen wir jetzt hinunter in die Vorhölle, und ich nehme den Zug um kurz vor zehn. Mir reicht das hier.«

Wahrscheinlich hoffte irgendetwas in mir darauf, dass Karim auf Knien rutschend darum betteln würde, dass ich bei ihm blieb, aber dieses Etwas wurde bitter enttäuscht, denn Karim stand nur auf, um sich frische Klamotten aus dem Schrank zu holen. Schweigend schlurfte ich an ihm vorbei ins Bad.

Im Spiegel starrte mich ein blasses, böse verkatertes Frauengesicht an, das außerdem auch nicht mehr das jüngste war. Dunkel kam es mir schon länger so vor, als alterte man spontan. Ewig veränderte sich nicht das kleinste Mimikfältchen, und von einem Morgen zum anderen tummelten sich plötzlich Dutzende neue Krähenfüße in den müder werdenden Augenwinkeln. Vorbei die jugendliche Frische. Dies war so ein Morgen. Freudlos, kalt, ohne Perspektive. Willkommen im Leben.

Ich fror, als ich meine Thermohose von der Stuhllehne griff, mich anzog, Rollkragenpullover, darunter langärmeliges Shirt. Wärmer wurde mir dadurch nicht. Karim wartete schon an der Tür auf mich.

»Pack mer's.«

Mit zögerlichen Schritten tappten wir durch den langen Flur die Treppe hinunter. Alles war hell erleuchtet, und die Eingangstür stand trotz der zapfigen Temperaturen weit offen. Horden von Polizisten hasteten rein und raus, verschwanden wahrscheinlich hinten im Büro des seligen Herrn Huber, wo sich jetzt die Herren Kommissare eingerichtet hatten.

Am Fuß der Treppe lungerten Leni und Michi herum, beide blass und übermüdet und Leni außerdem reichlich verkatert. Sie blickten uns nur flüchtig an, senkten dann sofort wieder ihre Köpfe.

»Was ist passiert?«

Karims Stimme klang unnatürlich laut im Gang, trotz der vielen Menschen. Ich zog die Schultern hoch, eigentlich wollte ich das überhaupt nicht wissen.

Leni schluckte schwer, ihre Augen waren rot verheult, Michi schaute weg.

»Es ist so schrecklich«, schluchzte Leni, und Tränen überfluteten ihr Gesicht. Ich strich ihr über den Arm. So hatte ich lang niemanden weinen sehen.

»Der Architekt«, Michi linste scheu zu Leni, ihre Tränen waren ihm offensichtlich suspekt, »also, der Hermann Wahl …«

»Was ist mit Hermann Wahl?«

Für Lenis Gestotter hätte Karim sicherlich Verständnis aufgebracht, für Michis selbstverständlich nicht. Michi atmete tief durch und richtete sich auf. Er versuchte sich an einem selbstbewussten Blick, dem aber auf halbem Weg zu Karim schon die Luft ausging. Wahrscheinlich hatte Karim ihn nicht einmal bemerkt.

»Wird das heut noch was, Bubi?«

Eine Hand auf Lenis Schulter, streckte ich meine andere nach Karim aus, um ihn zu bremsen, während er gleichzeitig von einem dahereilenden Polizisten angerempelt wurde. Dieser Ort war nicht günstig für ein schwieriges Gespräch.

»Hermann Wahl liegt erschossen vor dem Wegkreuz«, erklärte Michi überraschend flüssig. »Der Koch hat ihn heute Morgen gefunden, als er nach Kempten zum Großmarkt fahren wollte.«

Die Stille, die dieser Nachricht folgte, setzte sich wie ein Pfropf auf meine Ohren. Die hatten die Worte wohl gehört, auch brav alles zur Schaltzentrale weitergeleitet, aber mein Hirn weigerte sich, die Laute zu verstehen. Auch Karim stand äußerlich völlig ungerührt, seinen Ellenbogen auf dem Treppengeländer abgestützt, blicklos die Wand anstarrend.

»Noch mal«, sagte er dann beklemmend ruhig, »wo ist Hermann Wahl?«

»Sie haben ihn grad abgeholt«, erklärte Leni und klimperte verstört mit den Lidern, »der Bertl hat ihn vorhin gefunden. Jemand hat ihn erschossen, hier bei uns vor dem Haus.«

Und den Schuss hatten wir sogar gehört. Langsam dämmerte mir, was Menschen wohl fühlten, wenn ihnen so eine Nachricht überbracht wurde. Sie klang absurd, völlig unmöglich. Aber den Schuss hatten wir gehört. An ein totes Reh gedacht. Schrill. Nein, mit einem Reh hatte Hermann Wahl nichts gemein. Mein Hirn drehte hohl, mir war sogar danach, hysterisch zu kichern wegen meiner irren Gedankenkringel. Mein Hirn durfte auf Staatskosten zum Psychologen gehen. Das sollte es ernsthaft tun, dachte ich, mein Hirn war irre. Aber es war auch sehr klug, wie ich seltsam nüchtern feststellte, denn es fütterte mich häppchenweise mit Informationen, die ich als Gesamtpaket nicht verkraftet hätte. Hermann Wahl war nicht nur tot, nein, jemand hatte ihn erschossen. Mord.

Abrupt ließ ich meine Hand von Lenis Schulter gleiten und sank meinen nachgebenden Knien folgend auf die untersten Stufen. Wie immer in bösen Stresssituationen wurde mir schlecht, aber ich konnte hier kaum auf das gewienerte Parkett spucken. Wahrscheinlich war in meinem Magen nach dieser Nacht auch nichts Spuckbares mehr drin. Atmen, bittere Magensäure kratzte an meiner Kehle. Neben mir ließ sich Karim auf die Treppe fallen, ergriff meine Hand, aber, wie ich überrascht feststellte, nicht um mich zu trösten, sondern weil er selbst Halt brauchte. Ich drückte sie fest.

»Jetzt bekomme ich wenigstens keinen Stress mit Nina, weil ich den Auftrag abgebe.« Seine Augen wanderten geistesabwesend über die getäfelten und weiß verputzten Wände. Auch sein Hirn war komisch drauf. »Es gibt keinen Auftraggeber mehr und somit keinen Auftrag. Die sind jetzt beide tot.«

Was sollte ich dazu sagen? Macht ja nix? Oder: neuer Auftrag, neues Geld? Nein, ich drückte nur wieder seine Hand. Wir waren an diesem Morgen nicht allein.

»Lass uns zum Schmiedeler gehen«, erklärte ich und zog Karim an der Hand hoch. Vielleicht half Sachlichkeit in so einer Situation. »Auch wenn wir nicht viel zu der Sache beitragen können.«

Doch Hauptkommissar Franz Schmiedeler kam just in diesem Moment mit Sebi aus seinem Büro am Ende des Ganges. Er stutzte kurz, als er uns an der Treppe stehen sah, dann schritt er auf uns zu.

»Ihr wisst's schon Bescheid?«

Wir nickten unsicher.

»Und?«

Karim bewegte ausweichend die Schultern und vermied den direkten Blickkontakt. »Wir haben um zehn vor zwölf den Schuss gehört, aber uns nichts weiter dabei gedacht.«

»Aufschreiben, Sebi«, kommandierte er. »Sieht man von eurem Zimmer aus das Wegkreuz?«

Dieses Mal schüttelten wir einträchtig die Köpfe.

»Nein.« Ich schämte mich jetzt erst richtig dafür, dass wir dem Schuss so wenig Aufmerksamkeit beigemessen hatten. »Nein, nur die hintere Ecke vom Parkplatz.«

»Ich hab geschlafen«, knurrte Schmiedeler und schlug mit der Faust gegen das Treppengeländer, »bei uns hinten hört man nichts. Erst als der Koch und Leni in der Tür standen, bin ich wach geworden. Seid's ihr sicher mit der Uhrzeit?«

»Ja, Chrissie hat auf die Uhr geschaut.«

»Herrgottsakra!«, fluchte Schmiedeler. »Zwei Tote und im Moment nicht eine verwertbare Spur. Der Staatsanwalt wird toben. Und der Bürgermeister macht mir eh schon Druck, denn so kurz vor Weihnachten kommen solche Schlagzeilen bei den Touris nicht gut.« Noch einmal hämmerte er gegen das Geländer, dass es dröhnte. »Der Wahl hatte ein Schild um den Hals mit der Aufschrift ›Mörder‹. Wahrscheinlich ist er aus nächster Nähe frontal erschossen worden. Er war an den Händen gefesselt.«

Mörder? Ich kniepte mit den Augen. Es war noch früh am Morgen und ohne Kaffee fiel mir das Denken schwer, aber irgendetwas sagte mir das.

»Leni, bitte, ich brauche viel schwarzen Kaffee. Machst du uns welchen?«

Sie hüpfte sofort los. Ohne Frage war sie froh, endlich etwas tun zu dürfen.

»Bring ihn in mein Büro, Leni!« Schmiedeler deutete nach hinten. »Lasst uns drinnen weiterreden. Bis der Pathologe seinen Bericht fertig hat, können wir eh nichts tun, als rätseln und uns die Presse und den Staatsanwalt vom Leib halten.«

Bei dem Wort Pathologe wurde mir gleich wieder flau.

Wie die Lemminge dackelten wir hinter Schmiedeler her in Severin Hubers altes Büro. Das war ansatzweise makaber, jetzt erst recht.

Die Polizisten verabschiedeten sich derweil, ließen nur eine Streife zur Sicherung des Tatortes zurück. Auch das Wort Tatort war irgendwie ungut belegt.

Dann war es plötzlich verstörend ruhig im Haus. Es hätte ein ganz normaler Morgen sein können, an dem Karims Handy mich mit »Jump« aus dem Bett katapultierte und wir gemütlich mit den Vermessungsgeräten durch den Schnee pflügten. Aber das war endgültig vorbei.

Schweigend tranken wir den Kaffee, den Leni brachte und der wirklich sehr stark war, wobei mir der Spruch von wegen Tote aufwecken einfiel. Wir hätten jetzt fast die einmalige Chance gehabt, das auszuprobieren. Aber Hermann Wahl war schon auf dem Weg nach Kempten in sein Kühlfach, wo auch Severin Huber noch auf die Ankunft seines Sohnes wartete.

Meine Gedanken rannten im Kreis, und ich pustete Ringe in meinen heißen Kaffee. Müßig.

Auf dem Schreibtisch lag ein Pappschild in einer verschlossenen, durchsichtigen Plastiktüte, das Karim bestürzt betrachtete. Ich schob mich zu ihm hinüber.

»Mörder«, las ich durch das schillernde Plastik. Die Buchstaben waren ganz klassisch aus einer Zeitung herausgeschnitten. Fragend schaute ich zu Schmiedeler, der sich eben eine der belegten Semmeln vom Tablett fingerte, die Leni für uns geschmiert hatte. Ich fragte mich ernsthaft, wie der nach so einem Erlebnis essen konnte?

»Aus einer Tageszeitung vermutlich«, nuschelte er mit vollem

Mund, »wir werten das noch aus. Wieso nennt der Mörder sein Opfer einen Mörder?«

Auch Karims Augen glitten hungrig über das Tablett. Ich musste wegschauen, sonst hätte ich den Kaffee wieder von mir gegeben und womöglich wichtige Akten auf dem Schreibtisch vernichtet. Er griff sich eine Käsesemmel, immerhin. Ich atmete tief durch.

»Weil er gemordet hat?«, mutmaßte Karim mit ebenso vollem Mund.

Schmiedeler schüttelte nachdenklich den Kopf und grunzte, bevor er schluckte.

»Nein …« Er linste nach einer weiteren Semmel. Kein Wunder, dass der gute Mann recht beleibt war. »Nein, irgendwie passt das nicht. Die Akte von Wahl ist sauber. Abgesehen davon, dass der als letzter Jahrgang noch zur SS eingezogen wurde, gibt es da nichts. Nicht einmal eine Geschwindigkeitsüberschreitung oder Stress mit dem Finanzamt. Wie beim Huber. Der war auch so ein Saubermann.«

»Keiner ist ein Saubermann.«

Das war Michi, den wir ganz übersehen hatten. Überrascht drehten wir drei uns um. Er stand wie bestellt und nicht abgeholt neben der Tür.

»In Akten steht nur das, was irgendjemand hineinschreibt. Tut das niemand, ist die Akte leer. Ganz einfach.«

»Wohl wahr«, stimmte der Kommissar zu. »Was würde denn in Ihrer über heute Nacht stehen, Herr Schneider?«

Michis Augen verengten sich kurz, dann verzog er den Mund.

»Ich habe geschlafen.«

Im gleichen Moment trat Leni mit einer zweiten Kanne Kaffee ins Büro. Sie stutzte, dann lächelte sie kokett und drückte Michi zu unserer grenzenlosen Überraschung einen Kuss auf die Wange.

»Ja, hat er, und zwar bei mir. Die ganze Nacht.«

Karims Gesicht wurde lang. Nicht, dass wir es nicht geahnt hätten, aber das so locker flockig erzählt zu bekommen war doch eine andere Nummer.

»Versteht er das Gleiche unter ›schlafen‹ wie du, Leni?«, stichelte Karim. »Scheint mir kaum vorstellbar. Oder hat er Sex unter psychologischen Gesichtspunkten betrieben?«

Ich fand das den völlig falschen Zeitpunkt, um sich über Michi lustig zu machen. Michi war echt putzig.

Leni streckte Karim die Zunge heraus, während Michis Augen wieder für einen winzigen Augenblick schmal wurden.

»Der Michi war bei mir«, wiederholte Leni eisern. »Um genau zu sein, war ich bei ihm im Zimmer. Meins ist so klein. Um sechs bin ich dann aufgestanden, um fürs Frühstück zu decken. Da war der Herr Wahl aber schon tot.«

Womit beide ein Alibi hatten. Ich lächelte freudlos.

»Bei uns ist es das Gleiche«, sagte ich, und Karim nickte zu meinen Worten, »uns hat der Schuss kurz vor zwölf geweckt, dann erst wieder das Martinshorn des Krankenwagens.«

Karim ließ sich von Leni seine Tasse wieder vollschenken, ich hielt meine auch gleich hin.

»Der Wahl hat doch nach dem Streit mit dem Koch den Gasthof sofort verlassen, oder?« Karim schaute fragend in die Runde.

Der Koch hatte ganz sicher kein Alibi, aber der hockte derzeit, wie Schmiedeler kurz erwähnt hatte, wegen des Schocks beim Psychologen. Das hätte ich auch tun sollen.

»Vermutlich«, stimmte Schmiedeler recht einsilbig zu. »Aber genau wissen wir es noch nicht. Ich warte auf die Haushälterin vom Wahl, um sie über den gestrigen Abend zu befragen. Ihr unterschreibt mir nachher alle eure Aussagen, die Sebi jetzt kurz tippt. Und keiner verlässt den Gasthof, bis ich es erlaube.«

Mir fiel mal wieder alles aus dem Gesicht. Mein Zug fuhr in längstens zwei Stunden. Ich wollte nach Hause.

»Warum?« Ich war fassungslos.

Schmiedeler schob geschäftsmäßig einen Stapel Akten zusammen, bevor er mir einen Blick gönnte. »Weil ich mir bei keinem hier sicher bin. Es sind zwei Morde passiert, Frau Berg. Keiner verlässt den Gasthof, basta.«

Okay, das war der Kommissar und nicht der nette Kerl, der gestern Abend mit mir Cocktails getrunken hatte. Ich schnaufte ergeben. Der IC Allgäu fuhr jeden Tag ins Rheinland. Karim grinste.

»Ich lasse euch nachher rufen.«

Mit einem Wink waren wir entlassen und schoben uns stumm zur Tür hinaus.

Es passt nix an dem Fall!

»Der Franz war jetzt irgendwie komisch.« Karim schloss hinter uns die Zimmertür, während ich schon die Heizung aufdrehte und mich dagegenlehnte, in der Hoffnung, dass sie sofort heiß sein würde. »Warum sollten wir so plötzlich gehen?«

»Weil das kein geschicktes Gespräch für ihn war«, konterte ich müde. »Selbst wenn wir uns gegenseitig ein Alibi geben, hey, wir können dem viel erzählen.«

Karim blies die Wangen auf. »Und warum sollte ich den Wahl erschießen? Noch dazu so dämlich vor der Haustür?«

»Keine Ahnung, ist ja auch Quatsch, denn du warst tatsächlich die ganze Nacht hier, aber wie Schmiedeler sagte, es geht um zweifachen Mord. Da darf nix Persönliches dazwischenstehen.«

»Egal, wie auch immer, Chrissie. Du hättest es in deinem Cocktailrausch nicht einmal bemerkt, wenn ich eben schnell rausgesprungen wäre, um den Wahl zu killen. Du hast geschlafen wie ein Murmeltier. Und die Leni war noch besoffener als du.«

Verstört starrte ich ihn an. An Murmeltiere hatte ich in der Nacht auch gedacht, seltsam. »Echt?«

Er nickte. »Aber kannst du dir Michi und Leni vorstellen? Die wird doch nicht so auf Notstand sein, dass die sich an dem vergreift? Da hätte sie es doch eher bei mir versuchen sollen.«

Ich zuckte die Schultern. »Vielleicht bist du ihr zu alt, oder Nina hat zu oft angerufen. Nicht jede muss dich zwanghaft im Bett haben, Karim.«

»Aber du schon, oder?« Er nahm mich sanft in die Arme. »Ich find's schön, dass du heute nicht abreisen kannst.«

»Ich nicht.«

»Schade, ich wäre gern mal mit dir einer Meinung gewesen.«

Der Vormittag zog sich wie Kaugummi. Draußen schien endlich mal richtig die Sonne vom Himmel. Der Schnee glitzerte, und wir hockten im Zimmer. Wahrscheinlich hätte der Kommissar nichts dagegen gehabt, wenn wir einen Spaziergang unternommen hätten, doch wären wir dann unweigerlich am Tatort oder in dessen direkter Nähe vorbeigekommen. Das war mir zu viel. Auf Polizeiflatterband und schwarze Konturen hatte ich nicht die geringste Lust. Womöglich waren sogar noch Blutflecken im Schnee.

Kurz vor Mittag klopfte es an unserer Tür. Karim öffnete. Draußen stand Sebi, mit dem ewig gelangweilten Blick und seinem Handy in der Hand.

»Der Franz will euch sprechen, habt's ihr Zeit?«

Wir wechselten einen kurzen Blick. Nette Ansage für eine Vernehmung samt Protokoll. Da konnte man schlecht Nein sagen. An Zeit mangelte es auch nicht. Wehmütig schaute ich aus dem Fenster, bevor ich aufstand. Der IC war sicherlich schon in schneefreien Gebieten.

»Wir kommen sofort.«

Karim schenkte Sebi ein aufgesetztes Lächeln. Ich versuchte es gar nicht erst. Mir war nicht nach Lachen zumute. Gemeinsam mit dem jungen Kommissar stiegen wir die knarrende Treppe hinunter, wo Schmiedeler schon auf uns wartete.

»Gehen wir«, knurrte er und zog den Reißverschluss seiner Jacke zu. »Ich würde mich gerne mit euch unterhalten. Wollt ihr ohne Jacken los?«

Selbstverständlich nicht, aber es konnte ja keiner ahnen, dass er mit uns an die frische Luft wollte. Seufzend nahm ich von Karim die Schlüsselkarte entgegen und stiefelte zurück ins Zimmer, wo ich unsere Daunenjacken vom Haken nahm.

Die Männer warteten an der Eingangstür auf mich. Schweigend zogen wir uns an, dann lotste Schmiedeler uns zum Wegkreuz hinüber. Das hatte ich befürchtet. Jetzt kam ich doch noch in den zweifelhaften Genuss einer Tatortbesichtigung. Ganz toll.

Wie zu erwarten, war der Bereich um das Wegkreuz weiträumig mit Signalband abgesperrt, womit dann auch die Straße zum Gasthof gesperrt war. Ich fragte mich, ob Karim eine Sondergenehmigung zur Durchfahrt bekommen würde, wenn er mich zum Bahnhof brachte, oder ob sein Geländemonster auch über den breiten Wanderweg ins Tal rollen konnte. Zum Bahnhof musste ich, egal wie. Und je eher, desto besser.

Der Schnee war platt getreten, teilweise abgetragen, und die Stelle, wo Hermann Wahl gelegen haben musste, war bis auf den Asphalt frei. Kein Blut, keine abgeklebte Kontur der Leiche. Immerhin. Ich atmete tief ein, bemerkte zum ersten Mal, seit wir das Haus verlassen hatten, die frische Winterluft und den wunderschönen Sonnenschein. Um uns herum glitzerte alles, der See schimmerte goldgrün, türkis. Man sah die Baumstämme am Seegrund liegen, die nie verrotteten. Auch so ein Mysterium. Bisher hatte ich noch von keinem See im Allgäu gehört, der irgendwie normal war. Alle hatten sie ihre Geheimnisse, waren von gruseliger Schönheit.

»Es passt nix bei dem Fall.« Schmiedelers Blick schweifte über die abgesperrte Fläche. »Wir haben zwei Leichen. Beides Männer im fortgeschrittenen Alter, bekannte Persönlichkeiten, wohlhabend, nicht unbedingt beliebt im Ort. Angeblich waren die beiden miteinander befreundet, sicher aber Geschäftspartner. Und das ist die einzige sinnvolle Verbindung, aus der wir ein Tatmotiv basteln könnten. Irgendjemandem muss das Projekt ›Christlessee-Resort‹ so verhasst gewesen sein, dass er dafür eiskalt mordet.«

Verwirrt lutschte ich an meinen Lippen, während Karim, die Hände tief in seinen Jackentaschen vergraben, neben den Kommissar trat.

»Also gehst du davon aus, dass sie von ein und derselben Person umgebracht worden sind?«

Schmiedeler hob ausweichend die Schultern.

»Vielleicht. Jeder der beiden Männer hatte mehr Stresshormone im Blut als eine Kuh im Angesicht des Bolzenschussgerätes. Der Mörder hat sie bewusst in Todesangst versetzt. Nennt aber gleichzeitig den Wahl einen Mörder. Warum?«

Mir lief es eiskalt über den Rücken. Für manche Berufe hätte ich wahrscheinlich nie genug Pelz gehabt. Ohne die Gefühle der Kuh in Abrede stellen zu wollen, fand ich Schmiedelers Vergleich reichlich unangebracht.

»Wir haben DNA an dem Pappschild gefunden, die wir aber noch nicht zuordnen können«, fuhr Schmiedeler fort. »Die Kleidung vom Huber wird jetzt noch einmal gründlich daraufhin untersucht. Und die Haushälterin vom Wahl hat ausgesagt, dass ihr Chef in der Nacht nicht mehr nach Hause gekommen ist. Du aber, Karim«, er schaute scharf zur Seite, wo Karim verunsichert einen

Schritt zurücktrat, »hast angeblich noch heftigst mit ihm gestritten, richtig?«

Sebi schob sich näher an uns heran. Von einem Streit hatte ich nichts gewusst, aber das klang in diesem Zusammenhang jetzt nicht so gut.

»Ja, habe ich«, gab Karim zu und sah dabei den Kommissar so offen wie möglich an. »Er wollte die Diemel bestechen, damit sie im Marktrat gegen den Natterer stimmt, und ich sollte das einfädeln. Ich habe mich geweigert. Daraufhin hat er einen auf Sklaventreiber gemacht und mir gedroht, den Vertrag fristlos zu kündigen. Ich habe dem zugestimmt, denn mir hat die ganze Sache eh tierisch gestunken.« Karim verzog das Gesicht. »Heute Nacht um zehn vor zwölf war ich nachweislich bei Christiane und nicht hier unten.«

»Glaub ich dir sogar«, Schmiedeler grinste. »So, so, die Diemel schmieren. Ob das funktioniert hätte?«

Wir schüttelten die Köpfe.

»Sicher nicht«, meldete ich mich zu Wort, »die steht auf den Anselm. Als der Schuss fiel, war Karim wirklich bei mir im Zimmer, das kann ich bezeugen, auch unter Eid. Aber wenn der Herr Wahl vor seinem Tod nicht mehr zu Hause gewesen ist, wo war er dann? Hier irgendwo? Hat man sein Auto gefunden?«

Sebi deutete mit dem Zeigefinger auf mich.

»Gute Frage. Ich glaube ja, dass er den ›Christlessee‹ nicht verlassen hat. Sein Auto muss hier irgendwo sein, wir haben es bereits zur Fahndung ausgeschrieben. Und da er auch keine Jacke anhatte, würde ich fast sicher sagen, dass er hier vom Mörder gekidnappt worden ist, um dann regelrecht hingerichtet zu werden. Die Kollegen von der Spurensicherung stellen schon die Nebengebäude und die Gegend um den Gasthof auf den Kopf.«

Wieder strich dieser Eishauch über meinen Rücken. Hingerichtet? Irre. Auch der Huber war stückchenweise ins Jenseits befördert worden.

»Können wir wieder hineingehen?« Ich versuchte mich an einem überzeugenden Männerschmelzer. »Ist schon etwas frisch, wenn man nur so herumsteht. Und so ein Tatort ist ja auch nicht der erwärmendste Anblick, oder?«

»Im Fernsehen schon!« Karim lachte. »Aber das schaue ich mir erst an, seitdem ich Chrissie kenne.«

Ich wurde überraschenderweise etwas rot, was aber nur Sebi bemerkte, der das seinen erhobenen Augenbrauen nach eventuell etwas peinlich fand.

Schmiedeler sah sich noch einmal nachdenklich um. »Meinetwegen«, murrte er, »gehen wir hinein und überlegen weiter.«

Abrupt blieb ich stehen, Karim rannte auf mich drauf. Wenn der Mörder den Wahl hier gefangen gehalten hatte, dann war die nächste Überlegung, ob der Mörder sogar noch hier war.

Die Vorstellung des warmen Gasthofes, eines zweiten Frühstücks mit Kaffee verlor unvermittelt jeglichen Reiz.

»Was ist?«, moserte Karim, während er sich an mir vorbeischob. »Du wolltest doch unbedingt wieder rein, dann geh halt auch.«

»Kann der Mörder noch hier sein?«

Karim und Schmiedeler schauten mich an, als sei ich innerlich blond.

»Der kann überall sein, Chrissie, aber sicherlich hat er es nicht auf dich abgesehen.« Karim hob gleichgültig eine Hand. »Hast du nicht letztens irgendetwas von einem Gastwirt erzählt, der auch hier oben umgebracht worden ist?«

»Ja, in den letzten Kriegstagen ist der frühere Gastwirt dort erschossen worden, wo jetzt das Kreuz steht und Hermann Wahl umgekommen ist.«

Während ich das sagte, wurde mir mal wieder schlecht. Die Verbindung hatte ich bisher noch nicht gezogen, obwohl sie eigentlich nicht zu übersehen war. Mühsam holte ich Luft, drehte mich zur Seite, um mich mit einem Blick über den winterlichen See von meinen Schreckensvisionen abzulenken. Diese Idylle war zu schön, um echt zu sein.

»Was ist jetzt schon wieder, Chrissie?«

Karim versuchte nett zu sein, obwohl ich kurz davor war, ihn zu nerven.

»Nix!«, giftete ich. »Ich säße nur gern im Zug nach Bonn.«

»Manchmal bist du wirklich komisch. Ich geh jetzt rein.«

Ich hörte, dass er Schmiedeler etwas von »Frauen« vorschwafelte und sich die Schritte der Männer entfernten. Allein sein war aber in Anbetracht der Situation auch nicht ideal. Hastig drehte ich mich um. Ohne Witz, ich fürchtete mich ein bisschen und rannte den beiden hinterher.

Schmiedeler schenkte mir ein versöhnliches Lächeln.

»Bei einem warmen Kakao würde ich gern mehr über den Mord damals wissen. Lasst uns ins Büro gehen.«

Er hielt mir sogar die Tür auf, und ich schlüpfte in den Hausgang. Hier hatte es gefühlte dreißig Grad, ich seufzte wohlig.

Schmiedeler bestellte bei Leni Kakao und irgendetwas Essbares. Bertl hatte sich bis auf Weiteres krankschreiben lassen. Ich sah Leni und mich schon in der Küche stehen.

Dann gingen wir in Hubers altes Büro hinüber, wo ich mich so setzte, dass ich nicht auf die Fotowand mit den Bildern von seinen Jagden starren musste. Der hatte wirklich auf alles geschossen, was Fell oder Flügel hatte. Grässlich.

Wir schwiegen, bis Leni uns eine Kanne Kakao und die Reste der Weihnachtsplätzchen auf den Schreibtisch gestellt hatte und die Tür hinter ihr wieder zu war. Argwöhnisch lauschte ich ihr nach, war mir nicht sicher, ob sich ihre Schritte tatsächlich entfernten. Kurz entschlossen stand ich auf und schlich zur Zimmertür, die ich blitzschnell aufriss, nur um Leni davor in eindeutig lauschender Stellung zu finden.

Sie plinkerte mit den Lidern, peinlich überrascht und doch ansatzweise auf Krawall gebürstet. Nicht mit mir.

»Ist noch irgendetwas, Leni?«

Wenn der Wind draußen schon frostig war, so fror mein Ton sie hier drin schlichtweg ein. Sie öffnete den Mund, schloss ihn gleich wieder. Ihre Wangen wurden noch rosiger, als sie eh schon waren.

»Noi«, konzentriert fummelte sie sich an ihrem Nasenstecker herum, »aber wenn ihr wieder über den Michi lästert, dann bekommt ihr es mit mir zu tun. Jetzt bin ich hier nämlich erst einmal die Chefin.«

Du Früchtchen, dachte ich, halb so alt wie ich, aber ein Mundwerk wie ’ne Große. Und noch einmal: nicht mit mir.

»Einem Kommissar Lästern zu unterstellen gilt vermutlich schon als Beamtenbeleidigung. Das macht sich in deinem polizeilichen Führungszeugnis nicht gut, Leni. Troll dich jetzt einfach. Und du tust gut daran, dich erst auf Anforderung wieder blicken zu lassen. Tschüss.«

Ich nickte nachdrücklich, lächelte böse. Schnaufend schob sie sich rückwärts, um dann leise giftelnd im Schankraum zu verschwinden. Eine Freundin hatte ich mir jetzt nicht gemacht. Ob das klug war, würde sich noch zeigen. Ich schloss leise die Tür, nur um den Männern endlich Gelegenheit zu geben, vor Lachen zusammenzubrechen. Toll.

»An Fasching brauchst du nur noch einen spitzen Hut aufzuziehen, alte Hexe«, lachte Karim und zog mich neben sich auf den Stuhl, »mit dir möchte ich echt niemals richtig Streit haben.«

»Gute Idee.«

Ich griff nach meiner Kakaotasse und schnupperte genüsslich den süßen Dampf ein.

Schmiedeler schob mir den Plätzchenteller hin.

»Hier, Löwenfutter. Und jetzt erzähl die Geschichte von dem Mord damals. Vielleicht besteht da ein Zusammenhang.«

Nachdenklich löffelte ich Kakao aus meiner Tasse.

»Ich hoffe, dass ich es noch richtig zusammenkriege«, erklärte ich, »ansonsten müsste ich mir von Michi noch einmal das Buch ausleihen, in dem ich das gelesen habe. Also, in den letzten Kriegstagen, Ende April '45, war die SS-Kaserne in der Birgsau in völliger Auflösung begriffen, die jungen Rekruten sind mehr oder weniger alle desertiert. Die Franzosen standen mit ihren marokkanischen Einheiten«, Karim zog bei meinen Worten die Augenbrauen hoch, »auf Höhe Immenstadt. Der Wirt vom ›Christlessee‹ hatte wohl in seinen Kellern noch reichlich Lebensmittel gebunkert, und dem Buch nach ist er auf der Straße ins Tal«, ich deutete grob in die Richtung, »von Unbekannten erschossen worden, die wahrscheinlich an sein Vorratslager wollten.«

Schmiedeler kritzelte Stenozeichen in sein Notizbuch, während ich redete. Ich fand das faszinierend.

»Und?« Er blickte nur kurz auf. »Hat man den Mörder damals gefasst?«

Ich schüttelte den Kopf. »Nein, in den letzten Kriegstagen ging alles drunter und drüber. Die Sache verlief dann wohl im Sand. Die Leute hatten andere Probleme. Der Anselm Natterer hat mir noch berichtet, wie die Geschichte weiterging. Die junge Frau des Wirtes war damals hochschwanger. Sie musste den Gasthof verkaufen, weil niemand mehr da war, der ihr helfen konnte, und hat ihn angeblich zu einem Spottpreis an den Severin Huber abgegeben. Laut Anselm hat die Frau versucht, sich nach Augsburg zu Verwandten durchzuschlagen. Keiner weiß aber, ob sie es geschafft hat.«

In die Stille, die meiner Erzählung folgte, schmetterte Sebis Superhandy eine dissonante Gothic-Hymne. Das war mindestens so grässlich wie Karims »Jump« oder die »Titanic«-Melodie, die er für Nina abgespeichert hatte. Ich stöhnte innerlich. Warum konnte ein Telefon nicht einfach nur sympathisch klingeln? Auch Schmiedeler warf Sebi einen halb bösen Blick zu.

Sebi grinste und nahm das Gespräch an. Ein paar Jajas, Okays, Bis-gleichs, und er wischte unübersehbar belustigt über das Display. »Die Spusi kommt demnächst rüber«, verkündete er, »die friert's.«

»Gut.« Schmiedeler bedachte ihn mit einem zufriedenen Blick. »Dann können die hier im Warmen die Fingerabdrücke und DNA-Proben von allen nehmen, die derzeit im Gasthof wohnen, um sie vergleichen zu können. Das organisierst du, Sebi. Danach versuch in Kempten die Akten von dem Mord damals zu finden. Meinetwegen fahr nachher runter und komm erst morgen wieder«, abwägend musterte er seine Tasse, »wobei ich auch mitfahren könnte. Meine Frau hat mich ja schon länger nicht mehr gesehen.«

»Bleib nur, Franz.« Tannheimer lachte. »Die kommt gut ohne dich klar.«

Schmiedeler verzog nur das Gesicht. Offensichtlich kannte er diese Sprüche.

»Doch … doch, Sebi, ich fahre mit. Irgendetwas sagt mir, dass wir ganz genau hinschauen müssen. Da haben wir nämlich wenigstens die Verbindung zum Huber. Der und der Wahl waren als Rekrut in der Birgsau. Vielleicht ist der auch desertiert? Zwei hungrige junge Kerle in einer kalten Nacht, die nicht viel zu verlieren haben. Was macht da ein Mann aus, der ungünstig im Weg steht? Bei Millionen Toten war die Hemmschwelle, auf den Wirt zu schießen, sicher nicht mehr besonders hoch.«

Mein phantasiefreudiges Hirn produzierte zu Schmiedelers Worten kleine, unfriedliche Filmsequenzen. Mich schauderte.

Abwägend trommelten seine Finger gegen die halb volle Kakaotasse, dann nickte er. Sein Blick traf auf Sebi, der gleich stöhnend in sich zusammensank.

»Was liegt an, Herr Kommissar?«

»Sebi, du könntest vorab mal im Archiv in München anrufen und fragen, ob die ein Foto von dem erschossenen Wirt haben. Musst vorher den Namen recherchieren. Wenn ja, dann sollen die uns das hierher faxen, ich will das gleich haben.«

»Was hat der Michi eigentlich am Abend an der Schneebar noch mal erzählt?« Karim stieß mich in die Seite. »Du warst doch noch fast nüchtern, Chrissie, was hat der für Motive genannt? Die waren irgendwie ein bisschen archaisch, oder?«

»Falls du Vergeltung und Gerechtigkeit für archaische Begriffe hältst«, erwiderte ich, genervt von seinem neuerlichem Angriff auf Michi, »dann hat Michi in der Tat so etwas von sich gegeben.«

Sebi griff nach seinem Smartphone. Konzentriert wischte er auf dem Display herum, dann hielt er sich das Ding tatsächlich ans Ohr. Mich wunderte immer wieder, dass die auch zum Telefonieren verwendet wurden.

»Kripo Kempten«, meldete er sich akkurat und sehr ernst, »Sebastian Tannheimer, grüß Gott. Ich brauche eine Auskunft. Es handelt sich um einen unaufgeklärten Mordfall aus dem Jahr 1945, April, in Oberstdorf. Das Opfer war der Wirt des Gasthof ›Christlessee‹. Mehr weiß ich leider nicht.«

Er grinste breit in unsere Runde. Wir hörten ihm reichlich perplex zu. Der Junge konnte tatsächlich richtig rangehen.

»Es dauert? Okay, kein Problem. Rufen S' mich an, wenn S' den Namen haben? Super. Es eilt halt aweng, wie immer.« Lachend wischte er sein Handy aus. »Die Akten sind noch nicht alle digitalisiert«, erklärte er triumphierend, »aber die Kleine vom Archiv rennt jetzt in den Keller und sucht uns den Fall heraus. Sie meint, dass sie sich innerhalb der nächsten Stunde bei mir meldet. Hoffen wir das Beste. Und jetzt?«

»Gut gemacht, Sebi«, lobte Schmiedeler seinen Assistenten. »Tja, was weiter? Wir warten auf die Spusi und richten derweil die Fingerabdrücke her. Dann sehen wir mal. Und ich sollt meine Frau vorwarnen, dass ich komme.«

Verdacht, Indiz, aber auch ein Alibi

Mit rabenschwarzen Fingerkuppen und einem seltsamen Gefühl nach Abgabe der DNA-Probe saßen wir wenig später wieder bei uns im Zimmer. Weder Leni noch Michi Schneider waren uns im Schankraum begegnet, was mich doch ein bisschen irritiert hatte. Der Michi arbeitete mittags sonst immer unten.

»Der hat die Vorzüge eines Schäferstündchens für sich entdeckt, Chrissie, ist doch klar. So verlockend kann eine Diplomarbeit gar nicht sein, dass man dafür so eine Sahneschnitte wie die süße Leni sausen lässt. In dem Zusammenhang«, er räusperte sich anzüglich und grinste mich an, »was machen wir zwei Hübschen jetzt mit diesem bisher so wenig erfreulichen Tag? Ich hätte da eine super Idee.«

»Sex kannste gleich vergessen«, knurrte ich, »so wie du dich teilweise benimmst, ist das total abturnend.«

»Wer redet denn von Sex«, er blickte gespielt fassungslos zur Zimmerdecke und rieb sich fröhlich über seine braun gebrannte Glatze, »ich dachte eher, dass wir noch ein bisschen spekulieren und vielleicht sogar noch eine Nase voll schnüffeln gehen.«

»Ich steh nicht auf Drogen«, konterte ich kalt, »außerdem geh ich mit dir grundsätzlich nicht mehr schnüffeln. Das eine Mal hat gereicht.«

»Uhh … Meine liebste Hilfswillige ist sauer, weil ich mal wieder ihr Psychologie-Frischfleisch angemäkelt habe.«

»Du mäkelst dauernd an Michi herum.« Wider besseres Wissen ließ ich mich von ihm zu einer Antwort provozieren. »Du machst ihn blöd an, stellst ihn bloß. Mich regt das auf, und nicht, weil der Frischfleisch für mich ist. Ich steh nicht auf Jüngere. Es ist nur einfach nicht fair von dir.«

»So? Nicht fair?« Von einer Sekunde auf die andere war er todernst. »Das wird sich noch zeigen. Ich bin mal gespannt, was die Spurensicherung findet, und ob du mich dann immer noch unfair findest.«

»Wie meinst du das jetzt?«

Er hob abweisend die Rechte. »Du hast mir grad gesagt, dass du nicht mit mir schnüffelst, also werde ich dazu auch nichts mehr sagen, bis du es dir anders überlegst. Pech gehabt, Chrissie. Aber was hältst du davon, wenn wir jetzt einen späten Mittagsschlaf halten? Danach rufe ich Nina an, um ihr zu sagen, dass unser Auftrag geplatzt ist, ohne dass ich daran Schuld habe, und danach gehen wir zwei in die Küche und kochen uns etwas Schönes. Wer weiß, wie lang wir es hier noch ohne Koch aushalten müssen.«

Ich für meinen Teil war sicher, dass ich nicht mehr lang in diesem Gasthof logieren würde, aber das sagte ich jetzt nicht.

Ich erwachte von Karims Schritten auf den knarrenden Bodendielen. Im Zimmer war es angenehm schummrig, draußen hätte es eigentlich dämmern müssen, aber Karims Gestalt zeichnete sich im Gegenlicht vom Fenster ab. Das kam mir komisch vor.

»Die Spurensicherung ist noch immer da.« Karim drehte sich halb zu mir um, ich hob nur den Kopf, als Zeichen, dass ich halbwegs wach war. »Die bauen grad überall Scheinwerfer auf. Scheint wie erwartet eine größere Sache zu werden.«

Ich hatte diesbezüglich keine Erwartungshaltung gehabt, und so ging mir das am hinteren Viertel vorbei. Ich hatte Hunger, und da Karim nicht nur gut im Bett war, sondern angeblich auch gut kochen konnte, war ich gewillt, meinen kleinen Groll vom Mittag ein bisschen zu vergessen.

»Ich bin hungrig«, jammerte ich, anstatt auf seine Bemerkung über die Spurensicherung einzugehen, »was kochst du uns Feines?«

»Das, was die Vorratshaltung des Kochs hergibt. Aber mach dir mal keine allzu großen Hoffnungen. Stehst du jetzt auf, oder soll ich dir das Essen ans Bett bringen?«

»Nee, lass mal. Ich mag keine Pommes zwischen den Laken. Ich steh schon auf.«

»Ich koche auch keine Pommes, ich sprach von Essen.«

An der Tür zum Schankraum fing uns Sebi ab.

»Habt's ihr kurz Zeit derweil? Der Chef will noch etwas mit euch besprechen.«

Eigentlich hatte ich persönlich keine Zeit, denn ich hatte Hunger, doch Karim nickte sofort.

»Logisch«, er zog mich am Arm herum, »wir wollten zwar grad

ein Abendessen kochen, aber das kann schon noch warten, was, Chrissie?«

Ich verzog nur die Lippen und grunzte.

Schmiedeler erwartete uns schon an der Tür vom Büro. »Servus, ihr zwei, das passt ja grad gut. Schaut euch das mal an.«

Er deutete auf ein mit einem Schwarz-Weiß-Foto bedrucktes Blatt auf seinem Schreibtisch. Verwirrt traten Karim und ich näher.

»Ich mein, dass ich das Gesicht irgendwie kenne.« Schmiedeler stellte sich auf die andere Seite des Schreibtisches und musterte wie wir die alte Aufnahme. »Aber mir fällt nicht ein, woher. Was sagt ihr?«

»Ist das der alte Wirt?« Karim schaute fragend auf. Die Kommissare nickten.

»Es ist das einzige Foto, das wir kurzfristig auftreiben konnten, leider schlechte Qualität.« Sebi machte eine entschuldigende Geste. »Ist ja auch schon recht alt. Der Mann heißt Joseph Landerer, wurde am 24. April 1945 hier am Christlessee erschossen. Es gab keine Zeugen, das Verfahren wurde 1947 eingestellt.«

Ein bäuerliches Allerweltgesicht mit Filzhut lachte mich an. Blitzende Augen, wie auf so vielen Bildern jener Zeit. Austauschbar, aber trotzdem hatte ich das Gefühl, diese Augen, diesen Blick schon einmal gesehen zu haben.

»Ich weiß nicht«, erklärte ich ausweichend, »der schaut aus wie alle aus dieser Zeit, aber in seinem Blick ist etwas, das mir bekannt vorkommt. Die Augenpartie …« Ich schob das Blatt etwas von uns fort, suchte in dem Gesicht eines, das ich kannte, aber ich fand es nicht. Resigniert zuckte ich die Schultern.

»Sorry, wahrscheinlich kommt es einem bekannt vor, weil man diese Art Fotos halt kennt. Ich weiß nicht …«

Auch Karim rückte etwas vom Schreibtisch ab und richtete sich auf. Sein Gesicht war überraschend ernst. So sah man ihn selten.

»Mir geht's wie Chrissie, keine Ahnung, wo die Ähnlichkeit hingehört. Dabei haben wir zwei«, er zog mich kurz an sich und lachte, »eigentlich keine gemeinsamen Bekannten. Gibt es noch Landerers in Oberstdorf? Oder in Augsburg, wohin die Witwe ja angeblich verzogen war?«

Franz Schmiedeler ließ sich mit einem enttäuschten Seufzer auf den Schreibtischstuhl plumpsen, Sebi hockte sich auf die Kante des Schreibtisches, machte eine hilflose Handbewegung.

»Landerers gibt es sowohl hier als auch in Augsburg massenhaft. Insofern ist die Wahrscheinlichkeit sehr hoch, dass es Nachfahren von Joseph Landerer gibt …«

»Und wozu sollten die hier oben alte Männer ermorden?«

Keine diplomatisch geschickte Frage, aber für dieses Foto war mein Abendessen verschoben worden. Mein Magen knurrte vernehmlich.

»Bei Mord darf man keine gesellschaftlich konformen Fragen stellen, Chrissie«, erklärte Schmiedeler überraschend freundlich, er lächelte sogar. »Aus seiner Sicht hat ein Mörder nämlich die triftigsten Gründe der Welt für sein Handeln, wenn er nicht gerade im Affekt mordet. Bei jedem anderen Menschen scheitern diese Gründe an unserer natürlichen Tötungshemmung. Für uns Ermittler gilt es die Denkweise des Mörders zu verstehen.«

Das war eine psychologische Stufe zu hoch für mich. Ich tat mich grundsätzlich schwer mit diesem sozialen Täterverständnis. Schwere Kindheit und so, Trauma. Täter sind Opfer. Mochte ja alles so sein, doch davon wurde ein Toter nicht mehr lebendig.

»Wenn man die Sache so betrachtet, dann würde das bedeuten, dass die beiden Opfer von heute etwas mit der Tat von damals zu tun hatten?«

Sebi hob den Daumen. »Bingo, Chrissie.«

Angespannt rieb ich mir über das Gesicht, Karims Schweigsamkeit verwirrte mich zunehmend.

»Ihr meint also ganz im Ernst, Huber und Wahl könnten damals den Wirt erschossen haben?«

»Zumindest einer von beiden.« Franz Schmiedeler zog das Bild nachdenklich zu sich heran. »Vermutlich war es dann Hermann Wahl, denn er hatte das ›Mörder‹ um den Hals hängen. Könnte sein, dass der Huber nur ein Mitläufer war und deswegen eigentlich nicht sterben sollte. Vielleicht wollte man ein Geständnis aus ihm herauspressen, wobei er dann fatalerweise vor Angst gestorben ist.«

Diese Vorstellung war krank, genauso unfassbar absurd und brutal wie das, was wir im Sommer erlebt hatten. Forschend blickte ich Franz Schmiedeler an.

»Wie kannst du solche Erlebnisse aushalten?«

»Ich bestelle meinen Garten und schaue den Blumen beim Wachsen zu.«

Sein Lächeln war warm und ehrlich. Der Mann beeindruckte mich. Scheu lächelte ich zurück.

In diesem Moment bollerte es resolut gegen die Tür, die gleichzeitig geöffnet wurde, und drei Männer in weißen Plastikoveralls rumpelten ins Zimmer. Spurensicherung live.

Diskret traten Karim und ich zur Seite. Die drei nickten uns freundlich zu.

»Wir gehen dann«, Karim schob mich Richtung Tür, »wir können ja später weiterreden. Wollt ihr auch etwas zu Essen haben? Ich koche jetzt.«

»Das klingt verlockend«, Schmiedeler winkte, »wir essen nachher gern mit.«

»Wir auch!« Der Vorderste der Weißen grinste breit. »Heißer Tee wäre auch super. Es ist so brutal kalt draußen, und dieser Eiskeller macht's nicht besser.«

Karim stutzte kurz, und auch ich war mir nicht sicher, ob die uns kollektiv verarschten.

»Echt jetzt?« Karims zweifelnder Blick machte die Runde.

»Echt.« Schmiedeler lachte schallend. »Wir essen auch fast alles.«

Ich sah noch, wie die drei sich auf alles Sitzbare fallen ließen, offensichtlich waren sie ziemlich geschafft, dann standen wir auf dem Flur. Karim schloss die Tür, während ich schon auf dem Weg in die Küche war.

»Kommst du?« Ich schaute über die Schulter zurück. Karim kniete halb an die Wand gelehnt, neigte lauschend seinen Kopf an die Tür.

Ich wedelte unmissverständlich mit meinen Händen, doch Karim winkte mich zu sich. Lauschen war theoretisch komplett unter meinem Niveau, aber in diesem Moment überwog die unmoralische Neugier. Auf Zehenspitzen tippelte ich zur Tür zurück, wo ich mich mit knacksenden Knien neben Karim hockte.

»Also, was habt's ihr gefunden?«, hörte ich Schmiedeler erstaunlich deutlich.

»Du hattest den richtigen Riecher, Schmiedeler. Hermann Wahl ist im alten Eiskeller festgehalten worden, da bin ich fast sicher. Wir haben an einem Stuhl dort die gleichen Stricke entdeckt wie die, mit denen er gefesselt war. Wir müssen sie noch auf Wahls DNA untersuchen. Seine Fingerabdrücke sind definitiv an dem alten Stuhl. Außerdem haben wir Fingerabdrücke von Michael Schneider an dem Heizstrahler feststellen können, auch an dem Gasbehälter. Der ist vor Kurzem benutzt worden, denn die Verschlüsse waren vollkommen rostfrei. Fingerabdrücke von Schneider waren ebenfalls an dem Stuhl. Wo du einen Haftbefehl herbekommst, weißt du selbst, oder?«

Kurze Stille folgte diesen Worten.

»Ja, mei, einen Haftbefehl …«, hörten wir Schmiedeler mit unbehaglicher Stimme sagen, »… den werde ich für den Schneider kaum bekommen.«

Mein Hirn hatte die Konsequenzen der Ermittlungen noch nicht ganz verarbeitet, und der Name Michael Schneider passte so gar nicht zu der nebulösen Vorstellung von einem Mörder. Michi? Karim ließ sich fassungslos gegen die Wand sinken. Seine Miene machte einmal mehr deutlich, was damit gemeint war, wenn es hieß, einem seien die Geschichtszüge entgleist. Fast hätte ich gelacht, denn klug sah er so nicht mehr aus und kein bisschen sexy. Mit beiden Händen rieb er sich seine Glatze.

»Wieso solltest du bei den Indizien keinen Haftbefehl bekommen, Franz?«

Der Spurensicherer schien nicht minder verblüfft, wenn auch vermutlich aus anderen Gründen. »Natürlich müssen wir die Verdachtsmomente noch beweisen, aber der Mann muss erst einmal aus dem Verkehr gezogen werden. Wie auch immer.«

»Jungs«, ließ sich Sebi lässig vernehmen. »Jungs, der Mann hat mehrere Alibis, eines davon sogar von uns. Wir haben ihn in den Eiskeller geschickt, um den Heizstrahler zu holen. Die Nacht wiederum hat er mit der Bedienung Leni verbracht. Entweder war der Wahl nicht im Eiskeller, oder er war nicht zu dem Zeitpunkt dort, als Michi den Strahler holte. Aber Michi Schneider war definitiv bei uns an der Schneebar.«

»Schneebar, so, so … Ihr Kommissare habt's schon gut. Das passt nicht zusammen. Irgendjemand lügt.«

»Wir nicht.« Schmiedeler klang freudlos.

Neben mir schnaubte Karim halb genervt. »Der Michi hat sich doch regelrecht aufgedrängt, in den Eiskeller zu gehen«, wisperte er.

Die Stille nach Karims Worten war mir reichlich unangenehm. Angestrengt versuchte ich mich an den Abend zu erinnern, und auch wenn er noch keine vierundzwanzig Stunden her war, so lagen dazwischen doch ein paar zackige Cocktails und ein Mord. Das verwischte einiges. Die Szene an der Schneebar hatte ich nur noch sehr schwammig vor Augen, aber es stimmte schon, Michi hatte sich angeboten, den Strahler zu holen. Leni hatte ihm auch nicht zu erklären brauchen, wo sich dieser ominöse Keller befand.

Meine Hand hätte ich dafür ins Feuer gelegt, dass er das nur getan hatte, um Leni und den Cocktails zu entfliehen. Stattdessen sollte er zu diesem Zeitpunkt den Wahl schon im ehemaligen Eiskeller gefangen gehalten haben? Unser Michi? Ich sortierte kurz meine völlig verknoteten Gedanken.

»Angenommen«, konzentriert starrte ich auf die Muster im Putz der Wand, »also, angenommen, der Michi hätte den Wahl tatsächlich zum Zeitpunkt, als wir an der Schneebar standen, schon im Eiskeller eingekerkert, hätte der alte Mann dann nicht bis zur Ermordung schon an Unterkühlung sterben müssen? Ich meine, das Ding wird nicht umsonst Eiskeller heißen, oder?«

»Er wird für ihn den Wärmestrahler angeschaltet haben, den er dann aber zur Schneebar bringen musste.« Karim zuckte nachlässig die Schultern und stand leise auf. »Wäre interessant, ob er den Strahler nachher wieder in den Eiskeller zurückgebracht hat. Wir waren bis circa zweiundzwanzig Uhr draußen. Erschossen worden ist der Mann aber erst fast zwei Stunden später.«

Mich gruselte. Und der Huber zappelte auch schon wieder in meinem Innenleben herum. Beide Männer mussten entsetzliche Ängste ausgestanden haben, Todesängste. Vielleicht war der Tod letztendlich wie eine Erlösung für sie gewesen? Der eine mit der Schlinge um den Hals, der andere in einem finsteren, eisigen Keller eingesperrt. Wahrscheinlich konnte jeder zum Mörder werden, aber dem Michi Schneider fehlte meiner Meinung nach die nötige Brutalität für zwei solche Taten, wie sie hier passiert waren.

Drinnen rumpelten die Stühle über den Dielenboden, auch ich erhob mich hastig. Beim Lauschen wollte ich unter keinen Umständen ertappt werden.

»Dann werden wir den Herrn Schneider halt noch einmal befragen«, hörte ich Schmiedeler sagen. »Und seine Alibispenderin gleich mit. Und danach muss ich heim, meine Frau wartet auf mich.«

Eilig verschwanden Karim und ich in der Küche, wo ich mir erst einmal einen Schluck Rotwein einschenkte, in der Gewissheit, dass Sebi eben unterwegs zu Michi war, um ihn zu einer erneuten Vernehmung zu holen.

»Karim?«

Ich spülte den Wein im Mund herum, ich hatte schon Besseres gekostet.

Er schaute nur flüchtig aus der Tür zum Kühlraum, in dem er gerade herumsuchte. »Was?«

»Du, der Michi wäre doch nicht so dumm, eine DNA-Probe abzugeben, wenn er tatsächlich etwas mit der Sache zu tun hätte, oder? Da hätte er sich doch gleich selbst anzeigen können.«

»Nö, warum? Weiß doch jeder, dass er im Eiskeller war. Logisch, dass er da Spuren hinterlassen hat.«

Triumphierend schwenkte er zwei größere Tüten mit einer undefinierbaren gefrorenen Masse vor mir herum. Ich rümpfte die Nase in meinem Weinglas.

»Allein trinken schadet der Leber, Chrissie. Wo ist mein Glas?«

»Der Wein ist eh kaum trinkbar. Ich such uns anderen. Was hast du da?«

»Paella!«

Er warf die Tüten auf die große Arbeitsplatte aus Edelstahl, die wie frisch gescheuert blinkte und auf der die tauenden Wassertropfen der Tüten sofort Flecken machten. Bedauerlich.

»Ist die schon fertig, oder was?«

»Yep, die ist nicht so frisch wie der Fisch im ›Seeblick‹ damals.« Er lachte übermütig und kramte nach einer Pfanne.

»Hör mir bloß auf.« Noch mehr so unschöne Erinnerungen, und er konnte seine Paella allein essen. »Können wir mal von was anderem als Mord und Totschlag reden, Karim?«

»Immer doch, meine süße Hilfswillige. Reich mir mal das Öl da drüben.«

Er zeigte auf eine Literflasche Olivenöl, die ich mit spitzen Fingern, weil total schmierig, zu ihm hinüberschob.

»Danke! Möchtest du lieber mit mir über unsere Beziehung reden?«

»Nee, lass mal«, erwiderte ich deswegen, »da wir keine Partnerschaft führen, brauchen wir auch nicht darüber zu reden. Mir reicht das so.«

»Schade, Chrissie. Ich hätte ja schon im Sommer gern einen Versuch mit dir gestartet. Das wäre dann jetzt unser erstes Weihnachten. Klingt doch verlockend, oder?«

»Das kommt auf die Perspektive an.«

Der war ja wieder schräg drauf. Mir schwirrte der Kopf wegen zweier Morde und der Vorstellung, dass wir womöglich mit einem Mörder unter einem Dach weilten, und er wollte unsere nicht existierende Beziehung thematisieren.

»Karim, du bist irre. Nach so einem Tag frage ich mich alles Mögliche, aber sicher nicht, wie ich dieses Jahr Weihnachten feiern könnte.«

Grinsend gab er mir einen Kuss. »Komm einfach mit mir nach Füssen, und du wirst es nicht bereuen, Chrissie. Füssen hat mehr Flair als Oberstdorf.«

Ich stöhnte. »Vergiss es, Karim, bei mir hat sich seit dem Sommer nichts geändert, ich steh nicht auf Dreiergeschichten. Da bleibe ich an Weihnachten lieber allein. Es gibt wahrlich Schlimmeres.«

»Aber auch Schöneres.«

Gekonnt schob er die Reismasse in der riesigen Pfanne herum, es duftete köstlich, und es war unsagbar erleichternd, einfach hier in dieser Küche zu stehen und mit Karim zu reden, während er kochte.

Ich schenkte ihm von dem Rotwein ein, den ich in der Speisekammer nebenan gefunden hatte. Er war zwar zu kalt, erzeugte aber trotzdem einen Hauch von Romantik.

Schweigend deckte ich den Tisch im Schankraum, an dem wir immer saßen, sowie für die Kommissare und seine Kollegen von der Spurensicherung, und stellte pro forma für Michi und Leni ebenfalls Teller hin, auch wenn ich mir nicht vorstellen konnte, dass sie nach dem neuerlichen Verhör besonders scharf auf unsere Gesellschaft sein würden.

Gerade als Karim die Pfanne auf den Tisch wuchtete und ich die Kerzen angezündet hatte, tauchten die beiden Kommissare auf.

»Beide bleiben bei ihrer Aussage«, erklärte Schmiedeler knapp, während er sich mit einem dankenden Nicken setzte. »Punkt. Und jetzt habe ich Hunger. Die Jungs von der Spusi sind schon gefahren, es schneit wie Hölle draußen.«

Direkt nach dem Essen brachen die beiden ebenfalls nach Kempten auf. Draußen fiel der Schnee wieder dicht wie ein Vorhang. Wir winkten von der Tür aus. Die Männer von der KTU hatten das Flatterband einfach abgerissen, es wehte im auffrischenden Wind. Die Kommissare fuhren achtlos durch den Tatort und den Berg hinab. Das ließ mich hoffen, diesen Ort genauso verlassen zu können. Vielleicht schon morgen.

Ich mochte Karim. Sogar mehr, als vernünftig gewesen wäre, er war klug und gebildet, sexy mit einem Hauch Romantik. Ich fand ihn rasend attraktiv, doch nach allem, was in unserer gemeinsamen Zeit geschehen war, sah ich keine Chance für eine halbwegs normale Beziehung, selbst wenn es seine Nina nicht gäbe. Die kam noch erschwerend hinzu. Karim würde nicht verstehen, dass ich unbedingt abreisen wollte. Aber das durfte nicht mein Problem sein. Ich sehnte mich nach meiner Wohnung, nasskaltem rheinischem Winter und einem Hauch von Normalität, die mir vielleicht helfen würde zu vergessen, was ich gesehen hatte.

»Karim?«

»Hmm?« Er legte seinen Arm um meine Schultern, es fühlte sich unangebracht gut an. »Was?«

»Kannst du dir vorstellen, dass Michi ein Mörder sein könnte? Ich meine, der ist so weltfremd, so verplant. So einer ist doch zu brutalen Morden gar nicht fähig, oder?«

Karim schwieg, schob mich zurück ins Haus und schloss die Tür. Automatisch warfen wir einen Blick die Treppe hinauf, wohin die beiden nach der Vernehmung verschwunden waren, und traten zurück in den Schankraum. Unser Geschirr stand noch auf dem Tisch.

»Meine Vorstellungskraft reicht sicherlich nicht für die Dinge, zu denen Menschen fähig sind, die mir harmlos auf der Straße begegnen.« In seinem Blick war etwas Bedrücktes. »Besser, wir reden nicht hier darüber. Ich muss auch Nina noch anrufen.«

Beides war nicht das, was ich hören wollte. Hätte er nicht einfach sagen können: Hey, der Michi ist ein Würstchen, dem werden die Fliegen gefährlich, aber nicht umgekehrt?

Und Nina? Ich seufzte leise, während ich die Teller zusammenstellte und in die Küche zur Spülmaschine brachte. Was ich über die hören wollte, hätte ich in diesem Moment nicht einmal erklären können.

Zwei einsame leere Teller und die zugedeckte Paella blieben auf dem Tisch stehen, als wir ebenfalls ins Obergeschoss hinaufstiegen.

Jetzt waren nur noch wir vier im Haus. Das ließ die Paella in meinem Magen etwas klumpig werden. Michis Zimmer lag im hinteren Teil des Hauses, Lenis eine Treppe höher, darüber die versiegelte Wohnung von Severin Huber. Ich schluckte angestrengt. Die Kommissare hätten uns wohl kaum mit Michi allein gelassen, wenn sie ihn ernsthaft für den Mörder hielten. Hoffte ich wenigstens.

Karim steckte die Codekarte in den Schlitz und schob mich ins Zimmer, wo ich zielstrebig die Heizung ansteuerte. Unser Bett war zerwühlt vom Mittagsschlaf, das Badezimmer nicht aufgeräumt. Aber an der Heizung lehnend konnte ich mich zu nichts aufraffen.

Karim blinzelte mir kurz zu, dann verschwand er mit seinem Handy im Bad, um mit Nina zu telefonieren. Nein, dachte ich, das tat mir nicht gut, auch wenn ich mir einbildete, mein Pelz sei dick genug für so etwas, und ich hatte immerhin einen Haufen Spaß mit Karim. Seine Stimme drang gedämpft an mein Ohr, sie klang nicht freundlich, eher zunehmend gereizt. Nüchtern betrachtet führten die beiden, wie es schien, auch nicht die ideale Partnerschaft, und es war mit Sicherheit nicht Karim, der darunter litt. Ich legte mir leicht die Hände auf die Ohren, die Stille tat gut, durchbrochen nur vom konstanten Rauschen und Klopfen meines Herzens.

»So!« Karim trat mit rot angelaufener Glatze, sein Handy in der geballten Faust, wieder zu mir ans Fenster. »Mylady meint allen Ernstes, ich solle den Erben von Huber und Wahl das Angebot machen, die Vermessung jetzt zu Ende zu führen, falls sie sich dazu entscheiden, das Resort doch noch zu bauen. Aber mir reicht das hier. Ich möchte nicht mehr für dieses Projekt arbeiten. Wenn der Anselm mich bräuchte, würde ich dagegen nicht Nein sagen.«

Ein schales Grinsen stahl sich in seine Mundwinkel, das seine Worte nicht entschärfte.

Unentschlossen kaute ich an meiner Unterlippe, dann gab ich mir einen Ruck.

»Na ja«, erklärte ich etwas tonlos, »Ninas Idee ist eigentlich richtig gut, wenn man es genau nimmt.«

»›Eigentlich‹ ist eine verschnörkelte Einschränkung, und ich mag es in dieser Sache nicht mehr genau nehmen. Möchtest du noch eine Antwort auf deine Frage von vorhin?«

Ob ich die Antwort wollte, war sicherlich nicht relevant, denn er würde sie mir geben. Also hob ich nur die Schultern.

»Spuck's aus.«

»Ja, ich halte Michi für den Mörder von Severin Huber und Hermann Wahl.«

Diese Stille, die seinen Worten folgte, hatte nichts gemein mit der Ruhe, die meine Ohren eben noch gehabt hatten. Diese Stille donnerte, rollte, die war gewaltig, die hob alles aus den Angeln.

»Komm, Chrissie«, Karim nahm mich an der Hand und zog mich zum Bett hinüber, »setz dich, du bist käseweiß. Sorry, ich dachte, du siehst das genauso.«

»Hätte ich dann gefragt?«

»Na ja, weiß nicht.« Verwirrt drückte Karim meine klammen Finger. »Warte, ich habe noch einen Flachmann in meiner Tasche, den hol ich dir.«

Ehe ich ihn aufhalten konnte, hechtete er zu seinem Rucksack, in dem er hektisch herumwühlte. Nur Sekunden später saß er mit einem silbernen Flachmann wieder neben mir. Der Stöpsel machte ein lustiges Geräusch.

»Hier, nimm einen Schluck, Chrissie.«

Wider Willen und besseres Wissen setzte ich an. Der Geruch kam mir unangenehm vertraut vor, aber es war schon zu spät.

Brennend rann mir Williams Christ die Kehle hinunter. Ich würgte, hustete.

»Bist du wahnsinnig, Karim?«

Meine Stimme war ganz heiser. Dieses Zeug hatte ich seit unserem Absturz mit der alten Magda im Sommer nicht mehr angerührt. Allein der Geruch ließ mich schaudern. Das war der Kater meines Lebens gewesen.

»Den habe ich mir extra im ›Seeblick‹ gekauft, auf dem Weg hierher.« Karim lachte. »In Erinnerung an dich und unseren Kater.«

Ich machte ein würgendes Geräusch. »Dieses Mal kannst du ihn alleine trinken. Ist das dein Ernst mit Michi?«

»Bitter und todbringend. Ja.«

Wieder dröhnten meine Ohren unter der Wucht der Botschaft, auch wenn er versuchte, sie etwas spaßiger zu verpacken. Das machte es eher noch schlimmer.

Eine Gänsehaut krabbelte langsam meine Arme hoch. Wir hockten eventuell mit einem Mörder unter einem Dach.

»Wir sollten sofort den Schmiedeler anrufen.«

Karim verzog das Gesicht. »Quark, der ist doch froh, endlich mal wieder daheim zu sein. Wir reden mit ihm, wenn er morgen wiederkommt.«

»Es handelt sich um Mord, falls dir das nicht klar ist.«

»Doch, das ist mir schon klar, aber wem soll der Michi denn noch etwas tun? Es ging ihm wahrscheinlich nur um Huber und Wahl.«

»Du hast Nerven, Karim.«

»Ich bin ja auch ein halber Wilder.« Er lachte und blinzelte mir zu. »Wie wäre es, süße Hilfswillige, wenn du morgen Vormittag mal versuchen würdest, den Michi zu bezirzen und noch einmal einen Blick in seine Diplomarbeit zu werfen. Vielleicht erhellt uns das noch ein paar Dinge. Ich will mir meiner Sache ganz sicher sein.«

»Irre oder was?« Abwehrend hob ich beide Hände. »Dem werde ich mich sicher nicht mehr auf Schussweite nähern. Wir bleiben hübsch hier im Zimmer, bis der Schmiedeler morgen mit seinen Kollegen in Grün auftaucht. Schließ die Tür ab.«

Ich deutete auf unsere Zimmertür. Es war mir ernst.

»Quark. Das würde dem doch sofort auffallen, und er könnte

flüchten. Wir müssen so tun, als sei alles wie immer. Kein Verdacht. Also rede morgen mit ihm. Sei ein bisschen nett und quetsch ihn unbemerkt aus.«

Gestresst rieb ich mir übers Gesicht. »Nee, Karim, echt.«

»Doch, doch, du bist die geborene Agentin, süße Chrissie. Magst du noch 'nen Schluck Williams, damit du besser schlafen kannst?«

Mit geschlossenen Augen streckte ich meine Hand aus.

»Gib her, vielleicht bringt mich das Zeug ja vorher um.«

Und wieder würde der IC Allgäu ohne mich gen Heimat fahren …

»Und wir sind allein mit ihm im Haus!«

Dies war so ein Morgen, an dem man eigentlich keinen triftigen Grund hatte, aufzustehen. Nichts in der Welt jenseits der Wärme und Geborgenheit des Bettes konnte mich dazu motivieren, im Gegenteil sogar. Mir fiel ein Haufen Gründe ein, warum ich mir die Daunendecke bis zur Nasenspitze hinaufziehen sollte.

Doch Karim war gnadenlos. Wie ein Terrier, der seine Spur verfolgt. Ein letztes Mal versuchte ich ihn dazu zu bewegen, lieber sofort den Schmiedeler kommen zu lassen, doch er lachte nur. Er tat den Michi ab wie einen Playmobil-Gangster.

Noch im Verlassen des Zimmers, das mir persönlich ausgesprochen schwerfiel, versuchte ich ihm klarzumachen, dass diese Playmobil-Figur es immerhin geschafft hatte, zwei Männer erst zu kidnappen und dann knallhart umzubringen. Das klang nicht so richtig nach Spielzeug.

»Aber er hat doch seinen Auftrag jetzt erledigt, Chrissie.« Karim hatte einen Ton drauf, als spräche er mit einem trotzigen Kleinkind. »Es gibt keinen Grund mehr, zu morden. Die Einzigen, die jetzt noch Stress mit ihm bekommen könnten, wären der Sohn vom Huber, und falls der Wahl Familie hat, wäre ich an deren Stelle auch etwas vorsichtig. Wenigstens so lang, bis Michi ins grüne Auto eingestiegen ist.«

»Superwitzig«, giftelte ich mit gesenkter Stimme, denn wir kamen am Fuß der Treppe an. Aus dem Schankraum dudelte leise Antenne Bayern, Geschirr klapperte.

»Nach dir, Karim.« Eisig deutete ich mit der Hand auf die Tür. »Falls er schießt, haut's dich als Ersten weg.«

Mich stumm nachäffend wedelte er mit der Hand vor seinem Gesicht herum. Ich zuckte nur die Schultern. Mal sehen, wer zuletzt lachen würde.

Es wäre Blödsinn, es zu leugnen: Ich rechnete mit allem. Vor allem mit wenig Gutem. Doch als wir hintereinander recht verhalten in den Schankraum traten, strahlten uns Michi und Leni wie die Honigkuchenpferdchen entgegen. Konsterniert wechselten wir einen Blick, der hoffentlich unbemerkt blieb. Karim bewegte unschlüssig die Schultern.

»Servus, ihr beiden.« Er verzog die Lippen, es sah recht angestrengt aus, ich nickte hektisch dazu. »Gibt's ein Frühstück, Leni?«

Leni sprang behände von der Eckbank auf.

»Ja, mei sicher, Karim. Ich bring's euch gleich an euren Tisch, oder wollt's ihr euch zu uns setzen?«

Ersteres wäre mir entschieden lieber gewesen, doch Karim witterte sofort seine Chance. »Wir hocken uns gern zu euch, danke.«

Innerlich stöhnend zwängte ich mich Michi gegenüber auf die Eckbank. Er strahlte noch immer, klappte sogar sein Notebook zu und schob Bücher und Kaubonbons zur Seite. Er hatte ein Gesicht, das kaum die ersten Ansätze vom Jungen zum Mann zeigte. Intellektuell, etwas vergeistigt. Jedenfalls nicht unbedingt in dieser Welt. Aber auch so offen wie die Bücher, die neben ihm lagen. Ich jedenfalls konnte keine Spur von Gewalt oder gar Mordlust in seinem Gesicht und in seinen Augen entdecken. Und doch hatte ich bereits im Sommer erleben müssen, dass es nicht immer die offensichtlich Gewalttätigen sind, die morden.

»Ihr seid echt total nett.« Michi toppte an diesem Morgen gleich alles, was zu toppen war. Völlig perplex starrten wir ihn an, während Leni eine Kanne Kaffee auf den Tisch stellte.

»Bitte?«

»Ja, hey«, er blinzelte Leni an, »nach dem Stress gestern hatten wir echt keinen Bock mehr zu kochen, und da haben uns die Heinzelmännchen von Zimmer 34 eine sauleckere Paella auf den Tisch gezaubert. Danke.«

Michis Witz war weit davon entfernt, gekonnt zu sein, doch er bemühte sich redlich. Wir lächelten pflichtbewusst. Ein bisschen freute ich mich sogar wirklich, dass die beiden noch ein Abendessen bekommen hatten.

»Ihr wart noch einmal bei den Kommissaren, oder?«

Ich griff mir den Kaffee, Karims Heuchelei konnte ich nicht tatenlos zuhören.

Die beiden nickten einträchtig, dann tänzelte Leni wieder in die Küche, während ich so tat, als müsse ich mir unbedingt den Kaffeesatz in meiner Tasse anschauen.

»Nun ja, jeder macht halt seine Arbeit. Man hat natürlich meine Fingerabdrücke im alten Eiskeller gefunden«, Michi hob bezeichnend seinen noch immer schwärzlichen Daumen, »ich war ja dort, um den Heizstrahler zu holen. Dabei musste ich auch den Stuhl herumrücken. Wer konnte schon ahnen, dass der Herr Wahl da später gefangen gehalten würde. Unvorstellbar, wirklich. Ich hätte den Herrn Wahl gern noch so viel gefragt. Wieder ein Zeitzeuge weniger. Natürlich kann ich die Herren Kommissare verstehen, dass sie dem nachgehen mussten.«

Wir nickten leicht blöde. Auch Karim schien ernstlich verunsichert. Für mich war jetzt definitiv klar, dass da kein Mörder vor uns saß, egal aus welchen Gründen Karim anderer Meinung war.

Leni stellte uns frische Semmeln auf den Tisch, dazu alle möglichen Gläser mit selbst gemachter Marmelade.

»Ich habe mal die Küche geplündert.« Sie lachte glockenhell. »Die Marmeladen rückt der Koch nämlich sonst nicht raus. Lasst's euch schmecken.«

Tatsächlich knurrte mir beim Duft der warmen Semmeln der Magen. Bisher war die Aussicht auf Frühstück nicht so prall gewesen. Aber jetzt?

Leni und Michi plapperten von dem Verhör und dass sie vielleicht Weihnachten zusammen feiern wollten. Dann würde Leni nach Hannover fliegen. Leni war noch nie geflogen, geschweige denn so weit von Oberstdorf fort gewesen.

Wir futterten derweil die Semmeln in uns hinein. Ich für meinen Teil genoss die Entwarnung, während Karim neben mir zappelig wurde. Als ich mir den letzten Bissen in den Mund schob, stupste er mich unterm Tisch leicht mit dem Fuß an. Wie beiläufig schaute ich zur Seite. Er nickte minimal zur Tür hinüber. Zögernd hob ich eine Schulter. Wollte er allen Ernstes noch immer, dass ich Michi aushorchte?

Noch überzeugender konnte er seine Unschuld doch kaum darstellen. Aber ich hätte Karim nicht stoppen können, ohne eine peinliche Situation zu provozieren, und das wollte ich keinesfalls.

Als hätte er meine Gedanken gelesen, stellte er seine leere Tasse auf den krümeligen Teller und nickte den beiden gegenüber zu.

»Danke fürs Frühstück, Leni. Ich lass euch jetzt allein, muss noch die letzten Daten der Vermessung fertig machen, damit ich den Auftrag abgeben kann. Bis nachher vielleicht. Bleib du nur, Chrissie.«

Das war einer dieser Momente, in denen ich ihm gern ein Chrissie sonst wohin gegeben hätte. Ein Blick auf meine Uhr sagte mir zudem, dass mein Zug just in diesem Moment den Oberstdorfer Bahnhof verließ. Pech.

Und der, der daran schuld war, verließ eben den Schankraum. Entschuldigend lächelnd sprang ich auf und hastete Karim hinterher. Ich hatte keine Lust darauf, jemanden auszuhorchen, der das unübersehbar nicht verdiente.

Am Fuß der Treppe fing ich Karim ab.

»Wie kommst du darauf, dass er der Mörder sein könnte? Hey …«, ich rang die Hände, »… ich meine, der Michi ist noch fast ein Kind, der ist doch schon mit dem normalen Alltag überfordert. Und der soll deiner Meinung nach so kalkuliert und brutal morden? Und warum? Wo ist das Motiv? Ich mag den nicht aushorchen, wenn ich deine Gründe nicht kenne.«

Karim schaute mich nur schweigend an, etwas, was ich überhaupt nicht leiden konnte. Und auch wenn ich wusste, dass es genau der falsche Weg war, musste ich doch in solchen Situationen zwanghaft weiterreden.

»Karim«, ich rückte näher zu ihm heran, um möglichst leise reden zu können, »Huber und Wahl waren wahrscheinlich grob im Alter von seinem Urgroßvater. Warum sollte er die ermorden?«

»Eben genau deswegen.«

Er zog mich eng an sich. Seine Arme waren warm und tröstlich.

»Deswegen?«

»Sein Urgroßvater war der ermordete Wirt. Ich finde, das Foto von damals schaut ihm total ähnlich. Und er hat selbst gesagt, dass Vergeltung und Gerechtigkeit sehr starke Motive sind. Immerhin hätte er diesen Gasthof geerbt, wenn seine Urgroßmutter nicht aus der Not heraus hätte verkaufen müssen.«

Ich lehnte mich an ihn und schüttelte den Kopf.

»Das ist ganz schön weit hergeholt. Aber vielleicht hast du sogar recht. Der Wahl hat den Michi an jenem Nachmittag vor seinem Tod angeschaut, als sähe er ein Gespenst. War wirklich seltsam. Wieso hast du Franz und Sebi nichts von deiner Vermutung gesagt?«

Ausweichend wedelte er mit den Händen, grunzte verlegen.

»Ich habe mich nicht wirklich getraut, wollte mich nicht lächerlich machen. Jeder hier weiß, dass ich den Michi vom ersten Moment an total bescheuert fand. Außerdem hat es mich tierisch genervt, dass der sich bei dir immer so wichtig gemacht hat. Der Seicher. Und da ist noch etwas …« Er fummelte umständlich an seiner Gesäßtasche herum, zog seine Brieftasche heraus.

»Was denn?« Misstrauisch blickte ich auf die Mappe in Karims Hand. Er drehte uns von der Tür weg.

»An dem Morgen, als wir den Huber am Hochstand fanden«, ein scheuer Blick huschte an mir vorbei, »da musste ich kurz zur Seite treten, weil mir so schlecht wurde und ich Angst hatte, dem Schmiedeler vor die Füße zu kotzen, und das wäre ja total peinlich gewesen. Erinnerst du dich?«

Ich neigte leicht den Kopf. »Klar, ich war ja leider dabei. Du bist unter der Fichte verschwunden. Und, was hat das mit Michi zu tun?«

Seine Wangen bekamen einen flüchtigen Hauch Farbe.

»Das klemmte damals an einem Ast, und der Schnee war am Stamm ziemlich zertreten.«

Ungelenk fummelte er ein gelbes Streifchen Papier aus einem schmalen Fach, das er mir vor die Nase hielt. Ich roch noch einen Rest Chemiesüße. Geschmacksrichtung Zitrone. Meine Nackenhaare stellten sich auf, als mich die Erkenntnis ereilte. Diese Falttechnik kannte ich gut. Mit großen Augen starrte ich erst Michis Lesezeichen an, dann Karim.

»Das hing an dem Baum? Bist du sicher?«

Er verdrehte ein wenig die Augen. »Ja«, dehnte er, »meinst du, ich erzähle dir Gruselgeschichten?«

»Nein, aber du neigst manchmal dazu, mich verarschen zu wollen. Warum hast du das nicht sofort dem Schmiedeler gegeben? Da waren doch sicher Michis Fingerabdrücke drauf.«

»Weil ich unter Schock stand!«, blaffte er zurück. Reichlich angefiest steckte er das Papier wieder weg. »Nicht nur dich hat das an dem Morgen mitgenommen. Ich hab's zuerst nicht überrissen. Da kannte ich den Michi und seine blöden Kaubonbon-Lesezeichen ja noch nicht. Wirklich verstanden habe ich es erst an dem Nachmittag, als er mit dir am Tisch saß. Genau so ein ekliges gelbes Ding hat er mir angeboten. Ich riech's noch immer. Da erst fing mein Hirn an zu arbeiten.«

»An welcher Position deines Körpers befand sich zu diesem Zeitpunkt dein Gehirn?«

Die Frage konnte ich mir trotz des Ernstes der Situation nicht verkneifen, denn Karim war definitiv übelst eifersüchtig gewesen. Blödsinnig und ohne Grund.

Er grinste. »Da, wo du deines auch manchmal lagerst.« Er tippte sich bezeichnend an die Schläfe. »Hier nämlich.«

»Okay.« Ich lachte, was ansatzweise befreiend war. »Und nachdem du das Bild gesehen hast, meinst du jetzt, dass es nur Michi gewesen sein kann?«

»Definitiv, Chris, für mich besteht kein Zweifel, deswegen wollte ich ja, dass du ihn heute Morgen noch ein bisschen aushorchst. Geh wieder rein, ich erwarte dich in unserem Zimmer, dann rufen wir den Schmiedeler.«

Unbehaglich zog ich die Schultern hoch, machte mich von ihm los. Seine warmen Arme fehlten mir sofort.

»Okay, aber wirklich sinnvoll finde ich das nicht. Wir sollten gleich den Schmiedeler anrufen.«

»Nachher, Chrissie, wir brauchen noch ein paar Informationen.«

Mit einem letzten ergebenen Blick zu ihm trat ich wieder in den Schankraum zurück. Michi saß wie zu erwarten an seinem Tisch, blätterte in einem Stapel Papiere herum. Er strahlte mich offen an, als ich mich ihm gegenüber an den Tisch setzte.

»Kommst du eigentlich voran mit deiner Diplomarbeit?«

Ich war mir nicht sicher, wie ich mit Michis Antworten umgehen sollte. Karims Beweise waren durchschlagend, trotzdem passte alles nicht mit dem zusammen, was ich vor mir sah. Vielleicht konnte Karim einfach nur die Spielerei nicht lassen und erst recht nicht verlieren?

Leni räumte derweil den Tisch ab.

»Ich bin fertig«, erklärte Michi nicht ohne Stolz. »Ich werde wohl morgen abreisen und eventuell wieder herkommen, wenn ich alles hinter mir habe. Oder, wie gesagt, Leni kommt zu mir nach Hannover.«

»Darf ich vielleicht noch einmal einen Blick in deine Arbeit werfen? Ich finde das Thema nämlich sehr spannend.«

Er zögerte kurz, dann nickte er und kramte einen Packen Papier aus seinem Rucksack, der über der Stuhllehne hing.

»Ist aber nicht korrigiert«, er presste die Lippen entschuldigend aufeinander, »muss ich noch machen.«

Den Kopf abwehrend schüttelnd schenkte ich mir den Rest Kaffee ein und fing an, in der Diplomarbeit herumzustöbern. Sie schien echt. Die Gliederung war vorgegeben, der Professor, der die Arbeit betreute, war namentlich genannt. Uni Hannover.

»Wie bist du eigentlich auf Oberstdorf gekommen, Michi?«, fragte ich wie beiläufig unterm Lesen. »Gibt es nicht auch in den Alpen geschichtlich bedeutendere Orte als das hinterste Kaff im Oberallgäu?«

»Sicher, aber andererseits war die Situation im Ort schon besonders für die Zeit. Darüber habe ich dir ja schon mal erzählt.«

»Na ja, hätte ja sein können, dass vielleicht irgendeine Urgroßtante den Krieg hier verbracht hat und du deswegen zurück zu den Wurzeln wolltest, oder so.«

Ich war so grottenschlecht im Geschichtenerfinden. Warum hatte ich mich von Karim nur wieder zu etwas breitschlagen lassen, was ich eigentlich weder wollte noch besonders gut konnte?

Verdutzt starrte er mich an. »Nee, alles alte Preußen bei mir. Ich glaube nicht, dass es einen von meinen Vorfahren hierher verschlagen hat. Der Kommissar Schmiedeler hat mich etwas Ähnliches gefragt, komisch.«

Shit! Ich trat mir innerlich in den Hintern. War ja logisch. Nur um den Moment irgendwie zu überbrücken, starrte ich wieder in meine Tasse.

»Leer … schade.«

»Ich hol dir Neuen, Christiane.« Michi lächelte mich an. »Leni hat mir erklärt, wie die Kaffeemaschine funktioniert. Ich bin gleich wieder da. Kannst ja derweil die Arbeit lesen.«

Ehe ich dankend absagen konnte, war er schon durch die Küchentür verschwunden. Es war plötzlich sehr still im Haus. Dann klapperte die Kaffeemaschine, und eine Tür schlug irgendwo ins Schloss. Wo war eigentlich Leni abgeblieben? Und was trieb Karim?

Ziemlich gestresst blätterte ich in der Diplomarbeit herum, fing eher aus Nervosität an zu lesen. Michi hatte eine flüssige Schreibe, durchaus mit Witz und sehr strukturiert. Wer hätte gedacht, dass so ein Text tatsächlich lesbar sein könnte. Unbemerkt las ich mich fest, versank in einer Zeit, die mir fremd war, obwohl nur etwas mehr als eine Generation zwischen uns lag.

Ich erschrak heftig, als Leni mit einer Kanne Kaffee vor mir stand. Sie lächelte fröhlich.

»Michi hat dir Kaffee gemacht, aber vergessen, ihn auch zu bringen.«

Verwirrt blinzelte ich sie an. »Danke. Wo ist er denn abgeblieben? Er wollte eigentlich gleich wiederkommen.«

»Ach, der …«, sie hob die Hände, lachte wieder, »wahrscheinlich ist ihm zwischendrin irgendetwas total Wichtiges zur Arbeit eingefallen und er hat dich einfach vergessen. Der hockt sicher oben in seinem Zimmer und recherchiert. Das passiert dem dauernd.«

Ausweichend hob ich die Schultern. »Macht ja nichts. Wirklich eine tolle Diplomarbeit, die er da schreibt.«

Ich schenkte mir Kaffee ein. In diesem Moment röhrte draußen ein Automotor auf. Das konnte nur Karims Monster sein.

»Wollte Karim noch fort heute Morgen?«

Gute Frage, Leni, dachte ich mit einem ganz und gar unguten Gefühl im Bauch. Ich hob wieder die Schultern und griff betont gelassen nach meiner Tasse.

»Vielleicht bringt er die Vermessungsunterlagen gleich zum Wahl, oder vielmehr zu seiner Sekretärin. Er will den Job so schnell wie möglich los sein.«

»Mei, das kann ich gut verstehen. Wenn du noch etwas brauchst, Chrissie, ich bin jetzt wieder in der Küche.«

Ich blieb allein mit dem Papierstapel und Michis Büchern zurück. Die Lesezeichen stachen unangenehm aus den Seiten hervor. So klein und doch so bedeutsam. Warum war Karim fortgefahren, ohne sich von mir zu verabschieden? Das sah ihm gar nicht ähnlich. Der war eher einer, der einem sogar zwingend berichten musste, wenn er zur Toilette gehen wollte.

Unsicher schaute ich auf meine Uhr. Es war gerade kurz nach zehn. Wenn er wirklich in den Ort zum Haus vom Wahl fahren wollte, dann wäre er nur wenige Minuten unterwegs.

Aber Karim kam nicht zurück. Genauso wenig wie Michi wieder auftauchte. Mit jeder Minute wurde ich zappeliger.

Dann klingelte mein Handy.

In Erwartung, dass Karim anrief, schaute ich nicht aufs Display.

»Das kann ich ja gut haben«, schnauzte ich ungehalten ins Telefon, »gestern die Mördergeschichten erzählen und mich jetzt hier allein und schutzlos sitzen lassen. Super, Karim. Wo bist du eigentlich?«

Die Stille am anderen Ende passte nicht zu meiner Erwartungshaltung.

»Karim?«

»Hier ist Hauptkommissar Franz Schmiedeler. Chrissie, bist du allein im Gasthof?«

Völlig verdattert starrte ich kurz auf das Display: unbekannte Nummer. Wieso rief der Schmiedeler mich an, wenn ich mit Karim telefonieren wollte?

»Ja … schon …«, stotterte ich, »die Leni ist in der Küche, Michi oben in seinem Zimmer und Karim ist schon vor einer Stunde ohne ein Wort weggefahren, wohin, weiß ich nicht. Gibt's was Neues? Karim hat da ein paar sachlich interessante, aber, wie ich glaube, völlig unsinnige Verdachtsmomente.«

Wieder war kurz Stille, ich hörte nur die Geräusche eines fahrenden Autos.

»Wenn Karims Verdacht auf Michi Schneider fällt, dann liegt er leider richtig. Hör mir zu, Chrissie …«

Mein Hirn verabschiedete sich gerade zum Denken. Sollte Karim doch recht haben? Wie passte das zusammen mit dem, was ich heute erlebt hatte?

»Chrissie!«, dröhnte Schmiedelers Stimme eindringlich an mein Ohr. »Hör mir zu! Du gehst sofort mit Leni auf dein Zimmer und schließt hinter dir die Tür ab. Wir sind jetzt in Sonthofen, also in etwa fünfundzwanzig Minuten bei euch. Geht weg von der Tür, macht niemandem auf, außer Karim oder uns. Hast du mich verstanden?«

Ich nickte, schluckte und presste ein panisches »Ja« ins Telefon.

»Gut, Chrissie.« Schmiedeler klang, als spräche er mit einem verstörten Welpen. Irgendwie fühlte ich mich auch so.

»Ihr geht hoch, während wir telefonieren, damit ich euch höre. Schick di, Chrissie.«

Mit fiepsiger Stimme rief ich nach Leni in der Küche, die mich völlig entsetzt anstarrte. Vermutlich sah ich nicht besonders gut aus.

»Die Polizei ist unterwegs«, stammelte ich, »wir sollen hoch in unser Zimmer gehen und abschließen, komm.«

Panik überflutete mich, Leni griff wie ein kleines Kind nach meiner Hand, meine andere umkrampfte das Handy. Mit unsicheren Schritten, auf jedes Geräusch lauernd, tappten wir die Treppe hinauf zu unserem Zimmer, wo ich die Codekarte in den Schlitz schob. Direkt hinter uns knallte ich die Tür wieder zu, atemlos keuchend, als sei ich einen Spurt auf Leben und Tod gelaufen, und drehte ungelenk den Hebel herum. Zu.

»Wir sind drin«, hechelte ich ins Telefon. »Bitte, Franz, ruf Karim an, damit der nicht vor euch hier auftaucht.«

»Passt scho, Chrissie. Und bleibt von der Tür weg. Macht erst auf, wenn wir davorstehen.«

Solche Worte hatte ich in dieser Eindringlichkeit zuletzt in meiner Kindheit gehört, wenn meine Eltern abends ohne mich das Haus verlassen hatten. Und schon damals hatten sie mir extreme Furcht eingeflößt.

»Was ist passiert?«

Leni schaute mich mit großen Augen an. Ich zuckte die Schultern und zog sie ins Bad, wo wir am weitesten von der Zimmertür entfernt waren.

»Keine Ahnung, was genau, aber es scheint so, als wäre Michi der Mörder vom Huber und vom Wahl. Und wir sind allein mit ihm im Haus.«

»Was bezweckt er?«

Verwirrenderweise war Leni nach meiner Erklärung vollkommen verstummt. Keine Fragen, keine Zweifel, kein Geheule. Nichts. Nur entsetzte Augen, die in Erwartung der Apokalypse die Badezimmertür anstarrten, ihre Finger, die meine Hand umklammerten.

Ich wiederum hätte ausnahmsweise nichts gegen ein paar entspannende Worte gehabt. Ich fürchtete mich so wie noch nie zuvor in meinem Leben, sorgte mich um Karim. Wo war er hingefahren? Wann kamen endlich die Kommissare?

Zähe Minuten standen wir wie gelähmt im Badezimmer. Mein panischer Herzschlag dröhnte mir in den Ohren. Im Haus schien sich nichts zu rühren. Hatte Michi unser Verschwinden schon bemerkt? Hatte er seine Schlüsse daraus gezogen? Sich irgendwo im Haus verschanzt? Oder war er schon geflohen? Aber wohin sollte er sich wenden? Hinter und neben uns waren Berge, und es gab nur eine Straße aus Oberstdorf hinaus. Auf der kam ihm allerdings die Polizei entgegen. Vielleicht saß er aber noch immer in seine Arbeit versunken in seinem Zimmer. Wie konnte das alles sein?

Als Schmiedeler endlich an die Zimmertür hämmerte, da machte ich mir fast in die Hosen vor Schreck und Erleichterung.

»Franz?« Ich pirschte mich in den kleinen Flur. »Bist du das wirklich?«

»Herrgottsakra, natürlich, Chrissie. Nun mach schon auf. Es ist niemand im Haus.«

Niemand im Haus? Meine Finger zitterten, als ich den Riegel herumdrehte. Leni hing noch immer an meiner anderen Hand, deren Innenfläche schon glitschig feucht war.

Vor mir stand Franz Schmiedeler mit schussfester Weste, dahinter Sebi, ebenfalls gepanzert, beide ihre Pistolen in den Händen. Dahinter Polizisten in Schwarz mit Maschinengewehren und Helmen. »Tatort« live. Es war ziemlich furchterregend.

»Hast du Karim erreicht?«

Mühsam löste ich meine verkrampften Finger aus Lenis Umklammerung. Leni bekam dafür urplötzlich einen hysterischen Weinkrampf. Hilfesuchend schaute ich von Schmiedeler zu Leni und zu den Polizisten des Sondereinsatzkommandos. Aber es war Sebi, der sich um die aufgelöste Bedienung kümmerte. Ich schenkte ihm einen dankbaren Blick.

»Nein«, Schmiedeler zog mich zur Seite, »ich habe Karim telefonisch nicht erreicht. Setz dich.«

Er schob mich auf eine bemalte Holzbank im Flur. Seine Finger drückten sacht meine Schulter. Leise schrillten die ersten Alarmglocken in meinem Kopf.

»Was ist?«

»Michi ist geflohen. In seinem Zimmer muss ein Kampf stattgefunden haben. Das haben wir dort gefunden.« Er hielt mir Karims Handy unter die Nase. »Ich fürchte, er hat Karim entführt. Was hat der Idiot in Michis Zimmer gemacht?«

Wieso Idiot? Und wieso entführt? Michi war fort? Also hatten wir uns ganz umsonst gefürchtet und hier verbarrikadiert? Aber sein Auto stand doch im Hof, nur Karims hatte mit seinem Röhren den Morgen gestört. Mein Kopf arbeitete Informationen ab, ohne sie miteinander in Einklang bringen zu können.

Aufgewühlt rang ich nach Luft, aber meine Lungen klemmten, während ich Karims Handy anstarrte.

»Karim …«, ich hechelte vergeblich nach Atem, »… ich weiß nicht, was er bei Michi wollte.« Krampfhaft ballte ich meine Finger zu Fäusten, aber die Anspannung ließ nicht nach. »Ich sollte Michi unten ausfragen. Ich dachte, Karim sei in unserem Zimmer. Wir haben geredet, er kann es nicht gewesen sein. Der ist so harmlos.«

Die Kommissare grunzten verächtlich.

»Der ist alles«, knurrte Schmiedeler, während er weiterhin meine Schulter massierte, »aber sicher nicht harmlos. Was ist dann passiert?«

Wieder fing Leni herzzerreißend an zu schluchzen. Sebi drückte sie an sich. Die schien den Michi wirklich gernzuhaben. Verstört huschte mein Blick in unser Zimmer. Karims Schneeanzug hing mir gegenüber an der Garderobe.

»Nicht viel.« Bewusst öffnete ich meine geballten Fäuste. »Michi wollte mir frischen Kaffee machen, kam aber nicht wieder in den Schankraum zurück. Kurz darauf ist Karim mit seinem Auto weggefahren, dachte ich jedenfalls. Leni meinte, dass Michi wahrscheinlich etwas Wichtiges zu seiner Arbeit eingefallen sei und er mich darüber vergessen habe. Und ihr meint allen Ernstes, dass er Karim überwältigt und entführt haben könnte? Dieser schmächtige Hänfling? Niemals.«

Das konnte nicht sein, weil es nicht sein durfte. Das war schizophren. So schizo wie die Vorstellung, dass Michi ein Doppelmörder sein könnte.

»Der schmächtige Hänfling«, erwiderte Sebi, »war mit sechzehn Jahren Deutscher Jugendmeister im Judo. Der hat Karim flach gelegt, bevor der das überhaupt gemerkt hat.«

War Judo nicht zur Selbstverteidigung gedacht? Langsam fing sich alles um mich herum zu drehen an. Schwer atmend presste ich mir die Handballen gegen die Schläfen und schloss die Augen. Der Druck tat gut.

»Das ist alles irre«, hauchte ich, »total irre. Falls es aber wahr ist, glaube ich trotzdem nicht, dass er Karim entführt hat. Ein Doppelmörder fackelt nicht lang. Warum sollte er Karim entführen, wenn er zwei andere Menschen kaltblütig ermordet hat? Das passt nicht. Karim kann nicht bei ihm sein!«

Schmiedeler packte meine Hände und zog mich auf die Füße.

»Wir gehen ins Büro hinunter, Chris, da reden wir weiter. Komm.«

Er zerrte mich hinter sich her an den wartenden Männern vom SEK vorbei. Peinlich. Sebi schleppte die aufgelöste Leni mit sich.

Schwere Stiefel polterten die Treppe hinab. Im Hausgang war es bitterkalt, denn die Tür stand offen. Flüchtig sah ich Schmiedelers schwarze Limousine und Polizeibusse mit rotierenden Blaulichtern vor dem Haus stehen.

Auch im Büro war es bitterkalt, oder es kam mir nur so vor, jedenfalls fing ich spontan an vor Kälte und Stress zu zittern. Auch das erschien mir grenzwertig peinlich, zumal es leider nicht unbemerkt blieb. Fürsorglich legte mir Schmiedeler seine Daunenjacke um die Schultern, ich lispelte ein verschämtes »Danke«. Irgendjemand brüllte nach heißem Tee. Immerhin. Fragte sich nur, wer den bereiten sollte, denn Leni war dazu offensichtlich nicht mehr in der

Lage. Das sah drastisch nach einem beginnenden Nervenzusammenbruch aus.

»Franz«, flüsterte ich, »Leni braucht einen Arzt, die dreht sonst durch.«

»Sebi kümmert sich darum«, er klopfte mir väterlich auf den Rücken, »wir haben jetzt andere Probleme.«

Wie wahr, dachte ich, während ich mich gleichzeitig fragte, warum ich noch so ruhig auf meinem Hintern saß. Karim war womöglich in tödlicher Gefahr. Womöglich. Ich konnte das nicht glauben.

Mit halbem Ohr hörte ich, wie Schmiedeler am Handy die Fahndung nach Michi und Karim herausgab. Schwarzer Nissan Navara mit Ostallgäuer Kennzeichen, seit gut anderthalb Stunden flüchtig. Er beschrieb Karim detailliert, besser hätte ich das kaum gekonnt, und auch Michi zeichnete er mit wenigen Worten. Vermutlich bewaffnet. Diese Worte ließen meinen Herzschlag aus dem Takt geraten.

»Ist Michi wirklich der Urenkel dieses ermordeten Wirtes von damals?«, fragte ich, als sich der Kommissar auf einen Stuhl mir gegenüber setzte. Er nickte leicht zerstreut.

»Ja, die KTU hat einen Physiognomie-Abgleich mit dem alten Foto und einem von Michi gemacht, und das Ergebnis war eindeutig. Die Exhumierung des Wirtes ist bereits beantragt, dann haben wir hundertprozentige Sicherheit.«

Schleichend drang die Realität zu mir durch, aber noch hatte ich alles im Griff. Exhumierung klang so schon nicht besonders magenschonend, aber die Tatsache, dass die Reste des Wirtes seit gut siebenundsechzig Jahren in direkter Nachbarschaft von Würmern und zahllosen Fäulnisbakterien unter Tage lagen, ließ meine Magensäure bis zur Kehle hochsteigen. Ich hustete, um mein Würgen zu unterdrücken, schmeckte das bittere Zeug auf der Zunge.

Linkisch blinzelte ich Schmiedeler an.

»Sorry«, ich räusperte mich noch einmal, »ich kann das alles einfach nicht fassen … Aber es ist wirklich ernst, oder?«

Er nickte nur und schickte Sebi, der eben erst ohne Leni wieder ins Büro getreten war, wieder weg, um Leni zu holen. »Wir brauchen das Mädel«, erklärte er hart, »die muss da jetzt durch. Wir müssen herausfinden, wohin Michi mit Karim gefahren sein könnte. Vielleicht kann sie sich an irgendetwas erinnern, was der Schneider mal gesagt hat. Beeil dich, Sebi.«

In meinem Nacken war ein klammes Gefühl, das sich unaufhaltsam über meinen Rücken und die Arme zog. Gleichzeitig wummerte mein Herz taktlos in meiner Brust herum. Verwirrt stellte ich fest, dass es sich wie Angst anfühlte. Angst.

Schlagartig wurden meine Hände feucht, vor meinen Augen prasselten flackernde Schatten herab und mir wurde schlecht. Ich sprang hektisch zum Fenster, riss es auf und atmete hysterisch. Einen Kollaps konnte ich jetzt nicht gebrauchen, und die Wahrscheinlichkeit, dass hier jemand Kreislauftropfen zur Hand hatte, ging gegen null. Es waren Schmiedelers warme Hände, die meine Schultern hielten, mir irrationalen Trost spendeten. Es tat so gut. Wider Willen schluchzte ich kurz auf.

»Es ist wichtig, dass wir alle zusammen überlegen, Chrissie, wir haben nicht viel Zeit. Geht's wieder?«

Ich nickte verkrampft und verzog den Mund. Mit einem halben Lächeln schloss Schmiedeler das Fenster wieder und zog mich zum Schreibtisch zurück.

Eben kamen auch Sebi und Leni wieder, ebenso einige Leute des SEK, von denen einer sogar ein Tablett mit Tassen und Kaffee hereintrug. Meine Rettung in dieser Krisensitzung. Leni war weiß wie eine Wand, schien aber ihre Fassung so weit wiedergefunden zu haben.

Die plötzliche Stille im Zimmer kam mir dafür umso bedrohlicher vor. Vorsorglich steckte ich meine Nase in die Kaffeetasse. Dieser Geruch beruhigte immer.

»Kurze Zusammenfassung, Sebi«, ordnete Schmiedeler an, während er sein Notizbuch zückte. Sebi schnippte lasch über sein Smartphone, dann fing er an, die wenigen Fakten vorzutragen.

»Severin Huber und Hermann Wahl starben beide innerhalb einer Woche unter erheblicher Todesangst. Der eine an Herzversagen, der andere wurde aus nächster Nähe frontal erschossen. Michael Schneider bezieht einen Tag vor Hubers Tod ein Zimmer im Gasthof ›Christlessee‹, um hier seine Diplomarbeit zu beenden. Er ist in Hannover gemeldet, studiert an der dortigen Uni Psychologie, zweiundzwanzig Jahre alt, ledig. Bisher nicht aktenkundig geworden. Er ist der Urenkel des 1945 ermordeten Gastwirtes Joseph Landerer, was physiognomisch abgeglichen ist, DNA-Abgleich steht noch aus, müsste aber heute noch eintreffen. Seine per Schnelltest gefundene DNA befand sich im Eiskeller, wo Hermann Wahl gefangen gehalten wurde. Spuren an Severin Huber werden im Moment neu überprüft. In Schneiders Zimmer wurde die Zeitung gefunden, aus der vermutlich die Buchstaben für das Schild ausgeschnitten wurden. Als Motiv bleibt nur Rache. Hermann Wahls BMW ist noch nicht aufgetaucht, der Verdächtige ist auf der Flucht. Sehr wahrscheinlich hat er Karim Miller als Geisel bei sich. Die Fahndung nach beiden Personen und Karims schwarzem Nissan Navara ist raus.«

Er schaute kurz auf, griff nach seiner Tasse. Das war alles recht dürftig, aber logisch. Was wollte Michi mit Karim? Mein Herz ruckte verstört. Geisel?

»An dem Morgen, als wir Severin Huber im Wald gefunden haben …«, meine Stimme klang piepsig, ich schluckte hastig etwas Kaffee. Alle schauten mich überrascht an, »… an dem Morgen musste Karim kurz durchschnaufen und ist etwas abseits gegangen. Dabei hat er unter einer Fichte in der Rinde eines Astes das zusammengefaltete Papier eines Kaubonbons gefunden. Genauso eines, wie Michi sie immer gegessen hat. Michi hat die als Lesezeichen verwendet. Seine Bücher sind voll davon, doch Karim ist der Zusammenhang nicht sofort klar geworden. Erst gestern Abend hat er mir davon erzählt. Der Schnee unter dem Baum war wohl auch total zertreten, als hätte dort jemand gewartet.«

Das Schweigen der Kripomänner war nicht angenehm, ich räusperte mich.

»Ach ja«, ich hob wieder meine Tasse an die Lippen, »er meinte auch, dass er die Ähnlichkeit mit dem alten Wirt und Michi sofort gesehen hat.«

»Und wieso erfahren wir das erst jetzt?«, schnappte Schmiedeler scharf. Ich zuckte zusammen, und Kaffee schwappte mir über die Hose. Hektisch wischte ich mit meinem Ärmel darüber.

»Ich fass es nicht, Chrissie!« Schmiedeler nahm mir die Tasse aus der Hand und stellte sie auf den Schreibtisch. »Warum habt's ihr nicht sofort angerufen? Das hätte uns wirklich viel erspart. Ihr wisst doch, dass diese private Herumschnüffelei nichts bringt außer unnötiger Gefahr!«

Wohl wahr, dachte ich nüchtern, meine Worte, aber die waren an Karim abgeprallt. Entsprechend zuckte ich nur ausweichend die Schultern.

»Wir wollten euch deswegen nicht stören, sondern abwarten, bis ihr heute wiederkommt. Karim wollte sich auch nicht lächerlich machen mit seiner Vermutung, weil ja jeder hier wusste, dass er ein bisschen eifersüchtig auf Michi ist.«

»Ha, ha«, giftete Sebi, »super Idee. Was tun wir jetzt, Chef?«

Schmiedeler schwieg, starrte gedankenverloren aus dem Fenster.

»Alles weist auf Schneider als Täter«, erklärte er dann, ohne uns anzuschauen, »aber damit wissen wir noch nicht, wo er sich jetzt aufhält.« Sein Blick strich mitfühlend über mich hinweg. »Die Fahndung noch einmal an die Autobahnpolizei durchgeben, die sollen verstärkt die A7 kontrollieren und die Kollegen in Hannover informieren. Kann ja sein, dass er nach Hause fährt. Und wenn nicht, wo könnte er dann sein? Irgendetwas sagt mir, dass der Schneider noch ganz in der Nähe ist.«

»Na ja«, grummelte der SEKler in seiner schusssicheren Weste, an der die Aufschrift »Hauptkommissar« prangte. Das musste der Chef sein. »Aus dem Tal heraus gibt es nur eine Straße, aber diverse, die recht weit in die Berge hineinführen, und ich würde mal behaupten, dass es dem Schneider egal ist, ob er die Mautstraßen befahren darf oder nicht.«

»Aber alles endet irgendwo am Berg«, widersprach Sebi. »Auf die Lechseite hinüber gibt es bestenfalls Wanderwege. Kaum glaublich, dass er mit einer Geisel bei der Witterung zur Bergwanderung aufbricht. Selbst wenn er ins Walsertal hinübergefahren wäre. Nee, ich glaube der Franz hat recht und Schneider ist noch im näheren Umkreis. Nur hier macht eine Geisel auch Sinn.«

Ob Geiselnahmen überhaupt jemals Sinn machten, wagte ich ehrlich zu bezweifeln. Viel zu oft gingen sie nicht gut aus.

»Leni, Chrissie«, Schmiedeler fixierte uns bohrend, »ihr seid dem Schneider am nächsten gekommen, Sie noch näher als alle anderen, Fräulein Leni.«

Wir nickten unsicher.

»Hat er irgendwann in den vergangenen Tagen einen Ort in der Gegend erwähnt, von einer Erinnerung erzählt, etwas von Freunden im Allgäu gesagt?«

Unsicher schüttelte ich den Kopf.

»Im Gegenteil«, murmelte ich, »er behauptete, dass er hier niemanden kenne, seine Familie samt und sonders aus waschechten Preußen bestände, keine Wurzeln im Allgäu existierten.«

Leni blinzelte hektisch und steckte sich ihren Daumennagel in den Mund, an dem sie unkontrolliert zu nagen anfing. Sekundenlang starrten wir alle sie an, dann fasste ich sanft nach ihrer Hand und zog den Daumen heraus. Er blutete.

Sie atmete keuchend, schüttelte dann den Kopf. »Nein, Michi hat nix erzählt, gar nix. Das war total doof an ihm, aber auch echt süß, weil er so schüchtern war.«

Schüchtern, putzig, idealistisch. Ja, das waren die Attribute, die mir zu Michi auch eingefallen waren. So konnte man sich irren. Jetzt bedrohte er womöglich Karims Leben. Wieder rotierte mein Puls. Was hatte Michi vor? Was wollte er von Karim?

Klar, wenn er ihn beim Herumschnüffeln in seinem Zimmer überrascht hatte, dann war ihm aus seiner Sicht nichts anderes übrig geblieben, als mit Karim zu flüchten. Langsam dämmerte mir, warum Schmiedeler meinte, dass man nicht rational hinterfragen durfte, sondern den Blickwinkel ändern musste, um zu verstehen, was passierte.

»Das habe ich befürchtet«, hörte ich Schmiedeler mit halbem Ohr seufzen, »der Junge hat uns alle gelinkt mit seinem Studentengehabe. Gehen wir also systematisch vor. Er handelt konsequent aus seiner Familiengeschichte heraus.«

Alle Augen wendeten sich mit neuer Aufmerksamkeit dem Kommissar zu. Er verzog die Lippen.

»Alles, was er macht, hat Bezug zu den Dingen, die damals geschehen sind. Aber er versucht nicht, damit öffentliche Anerkennung zu bekommen. Im Gegenteil, er gibt sich betont zurückhaltend, setzt nur mit der Schlinge und dem Schild ein symbolisches Zeichen, das aber niemand versteht, der von dem Mord damals nichts weiß.«

»Und das tun die wenigsten«, ergänzte Sebi leise. »Was bezweckt er?«

Schmiedeler wiegte den Kopf hin und her.

»Er will unbedingt von den damaligen Tätern verstanden werden, alles andere ist ihm egal. Deswegen tötet er nicht sofort. Er ist Psychologe, dementsprechend hat er trotz allem etwas wie einen moralischen Anspruch an sein Handeln.«

»Wieso sollten seine Opfer ihn verstehen«, warf ich ein, »wenn er sie quält?«

Sebi und Leni nickten zustimmend, während die Männer vom SEK eher gelangweilt unserer Diskussion lauschten. Das waren Männer der Tat.

»Sie müssen es fühlen.« In Schmiedelers Augen trat ein erregtes Glitzern, das mich ansatzweise verschreckte. »Deswegen versetzt er sie in Todesangst. Sie sollen genau spüren, was der Wirt damals gespürt hat und welches Unrecht sie begangen haben. Vermutlich hatten Huber und Wahl ihr Leben erst verwirkt, als sie Verständnis vortäuschten, um den Michi damit zu besänftigen. Das war genau ihr Fehler. Jetzt konnte Michi ruhigen Gewissens töten. Seine Opfer hatten erkannt, was sie seinem Urgroßvater angetan hatten, und er durfte richten.«

Das war vollkommen irre. Fassungslos starrte ich Schmiedeler an. Auch alle anderen schienen sprachlos. Wie entwickelte ein biederer Beamter, der in seiner Freizeit einen Reihenhausgarten bestellte, solche monströsen Gedanken? Genau das war der Grund, warum ich um Psychothriller immer einen Bogen machte. Nicht meins. Für derartigen menschlichen Horror war meine Phantasie nicht gemacht.

Mehr noch, würde Michi auch von Karim seine Absolution erpressen, um ihn hernach kaltblütig umzubringen? Angestrengt sammelte ich Speichel im Mund, der unvermittelt staubtrocken geworden war.

Wie würde es sich anfühlen, wenn Karim etwas zustoßen würde? Und wer würde Nina darüber informieren? Mein Kopf arbeitete verstörend abstrakt, vermied nach wie vor alles, was die ganze Tragweite der Situation deutlich machen würde. Zögernd horchte ich in mich hinein, aber da war nur diese Absurdität. Nichts war, wie es sein sollte. Vielleicht war das ein Zeichen dafür, dass es Karim noch ganz gut ging?

»Und, Herr Kommissar, wo ist er nun, der Psychologe?«

Sebi schien von den Ausführungen seines Chefs wenig beeindruckt. Aus den Augenwinkeln sah ich einen der SEK-Männer grinsen. Ich fand seine Frage berechtigt. War ja echt interessant, was Schmiedeler erzählte, aber es brachte uns keinen Schritt näher zu Karim.

Schmiedeler stellte energisch seine Tasse auf den Tisch.

»Klar, dass du nicht weiterdenkst, Sebi.«

Harte Worte, ich zog die Augenbrauen hoch, doch Sebi grinste nur.

»Komm auf den Punkt, Franz, das ist alles, was ich will.«

»Unser Mörder steht auf inszenierte Dramatik. Ein Selbstmitleider im Gerechtigkeitswahn. Und er will mit seinen Opfern ungestört sein. Nenn mir mal ein paar Orte hier in der Gegend, die dramatisch, aber nicht überlaufen sind.«

Der Mann schien von allen guten Geistern verlassen. Völlig verdutzt schaute ich von einem zum anderen.

»Das Nebelhorn.« Sebi grinste. »Soll ich mal das Internet bemühen?«

»Schmarrn.« Der Kommissar trommelte leise mit den Nägeln auf der Tischplatte. »Das Nebelhorn ist zwar gigantisch, aber um diese Jahreszeit wird man dort oben totgetrampelt.«

»Eher unschön mit dem Snowboard umgenietet«, warf einer der Jungs vom SEK ein.

»Das ist ja auch kein Sport. Snowboard. Meinetwegen sollen die surfen gehen, aber im Schnee wird Ski gefahren.« Schmiedeler rümpfte die Nase und griff nach der Kaffeekanne, um sich neu einzuschenken. Polizisten waren irgendwie verrückt.

»Spießer«, kam es von weiter hinten, was Franz Schmiedeler aber entweder nicht hörte oder ignorierte.

»Fellhorn?«

Der Einwurf erntete nur Kopfschütteln. Sebi wischte derweil auf seinem Smartphone herum.

»Der Faltenbachtobel«, er schaute nur flüchtig auf, »sehr eindrucksvoll und um diese Jahreszeit kaum besucht. Allerdings fehlt ein Parkplatz in der Nähe, wo sie Karims Gelände-Boliden abstellen könnten.«

Nachdenklich nuckelte der ältere Kommissar an seiner Tasse, dann nickte er. »Das ist nicht dumm, Sebi. Aber wirklich sehr schwierig zu erreichen. Schneider wird kaum mit Karim durch den Schnee marschieren. Ruf trotzdem die Kollegen an, die sollen da eine Streife hinschicken.«

Sebi nickte, offensichtlich kaum überzeugt. Im gleichen Moment schmetterte sein Handy los. Ich zuckte zusammen. Langsam wurde mir das alles hier zu viel. Zu skurril, zu absurd und viel zu uneffektiv. Ich merkte ganz genau, dass meine Selbstbeherrschung langsam, aber stetig bröckelte. Es war nur eine Frage der Zeit, bis die Hysterie in mir durchbrechen würde.

Wieder übte ich mich in bewusstem Atmen. Angeblich sollte das entspannend wirken.

Sebis Augen wurden groß vor Überraschung, aber mehr als ein paar Bejahungen, gekrauste Stirn und ein abschließendes: »Wir sind so gut wie unterwegs, und ihr geht sofort in Deckung.«

Alle starrten wir ihn an.

»Wir haben sie!«

Ein triumphierendes Lächeln huschte über sein Gesicht.

»Hast mal wieder recht gehabt, Herr Kommissar. Karims Auto parkt ordnungsgemäß auf dem oberen Parkplatz der Breitachklamm. Sehr dramatischer Ort und bei der Kälte keiner, der gern besucht wird. Eine Streife hat den Wagen bei ihrer Routinerunde entdeckt.«

Schmiedeler klatschte in die Hände. »Pack mer's. Auf geht's, Jungs. Ich will an Weihnachten daheim sein und diese Mordfälle vom Tisch haben.«

In der Breitachklamm

Karim war in der Breitachklamm?

Und was bitte war das genau? Eine enge Schlucht, wie mir einer der SEKler freundlicherweise erklärte, während ich, auf meinen aufbrausenden Herzschlag lauschend, zur Tür eierte.

Eine enge Schlucht? Bruchstückhaft erinnerte ich mich an Bilder, die ich mir vor meiner Abreise im Internet über Oberstdorf angeschaut hatte. Monströse Eiszapfen, zu Eis erstarrte Wasserfälle und erdrückende Felsformationen. Was tat Karim dort? Oder vielmehr, warum hatte ihn Michi dorthin geschleppt, sofern Michi bei ihm war, was ich immer noch nicht hundertprozentig glauben wollte?

»Wo willst du hin, Chrissie?«, rief Sebi hinter mir her.

Verwirrt drehte ich mich um.

»Na, meine Jacke holen und dann so schnell wie möglich los.«

»Nix da, du und die Leni, ihr fahrt nicht mit. Ich rufe euch jetzt eine Streife, die euch in ein Hotel im Ort bringt.«

Ungläubig hob ich die Hände. »Was?

Der Junge redete irre. Was sollte ich in einem Hotel in Oberstdorf? Ich musste jetzt und sofort zu Karim. Daran würde er mich nicht hindern, und wenn ich mir ein Taxi rufen musste.

»Viel zu gefährlich für euch.«

Sebi wollte mich am Arm fassen, doch ich schubste seine Hand ruppig von mir.

»Und ob ich mitfahre«, bestimmte ich rigoros, »ich könnte euch sogar nützlich sein. Der Michi mag mich.«

»Die Leni mag er sogar noch mehr.« Sebi grinste böse, während Leni entsetzt die Augen aufriss und beide Hände zur Abwehr hob.

»Ich will da fei it mit! Ich geh ins Hotel.«

Das war damit geklärt, Sebi und ich maßen uns mit unnachgiebigen Blicken. Fast war ich versucht, mit dem Fuß aufzustampfen, verkniff es mir aber, denn ich war älter als er und wollte nicht zickig erscheinen.

»Hey«, versuchte ich einzulenken, »ich komme euch nicht in

die Quere, versprochen.« Ich hob die Finger zum bekannten V-Zeichen. »Aber ich will in Karims Nähe sein, das könnt ihr doch verstehen, oder?«

Schmiedeler war neben uns stehen geblieben, musterte mich abwägend.

»Ja, mei …«, unsicher schielte er zu Sebi, der die Augen verdrehte und sich abwendete, »verstehen kann ich dich schon. Aber wir haften für deine Sicherheit. Wir nehmen dich mit, aber nur unter der Bedingung, dass du im Auto wartest. Wehe, du streckst auch nur die Nasenspitze aus dem Fenster!«

»Alles klar, Herr Kommissar!« Ich strahlte ihn an und hastete die Treppe zu unserem Zimmer hinauf, wo ich meine Daunenjacke überwarf und in die warmen Stiefel sprang. An Leni vorbei, die mich mit übergroßen Augen vom Fuß der Treppe aus anstarrte, jagte ich zu Schmiedelers BMW, der schon mit laufendem Motor halb in der Einfahrt stand. Die schwarzen Polizeibusse des SEK hinter sich.

Halb stolpernd landete ich auf der Rücksitzbank, gleichzeitig raste Sebi los. Mich schmiss es im Fond herum, bis ich mühsam in Sitzposition kam und mich anschnallen konnte. Mit einer lässigen Bewegung klemmte Schmiedeler derweil das Blaulicht auf das Dach. Der Luftzug vom Fenster her war eisig. Eine Ahnung dessen, was mich erwarten würde.

Über Funk informierte Schmiedeler die Zentrale in Kempten, bat um Verstärkung aufgrund der Örtlichkeit. Ein Hubschrauber würde kommen. Mein Herz flatterte, das Blut rauschte mir in den Ohren. Was wollte Michi in dieser Klamm? Paradoxerweise erinnerte ich mich jetzt daran, dass sie einer der Besuchermagneten der Region war. Ein Naturdenkmal, wie es schaurig-schöner nicht sein konnte.

»Ist es weit von hier?«, brüllte ich über Sirene und Funkrauschen hinweg.

Schmiedeler schaute nur flüchtig über die Schulter.

»Geht so, aber blöd zu fahren.«

Was er damit meinte, wurde mir klar, als die Kolonne über die alte Walserstraße bergab auf die B 19 zubretterte. Ich kniff die Augen zu. Kamikazeauto war nicht mein Ding. Im Kreisel vor Oberstdorf riss ich sie dann wieder auf, denn die Fliehkräfte drehten mir den Magen auf links. An der großen Kreuzung beim neu gebauten McDonald's schlitterte Sebi scharf um die Kurve und raste entlang eines romantisch verschneiten Flüsschens Richtung Tiefenbach.

»Das ist die Breitach«, knurrte Schmiedeler, »hier ist sie dann netter als da oben.«

Unter »da oben« konnte ich mir nicht viel vorstellen. Wir rasten durch Tiefenbach hindurch, immer am Fluss entlang, bis Schmiedeler aufbrüllte, weil Sebi sonst offensichtlich an einem kaum erkennbaren Abzweig vorbeigedonnert wäre. Er bremste zu hart, der Wagen schleuderte kurz, wieder schloss ich die Augen. Im Fernsehen sah so etwas cooler aus, als wenn man samt Mageninhalt live dabei war. Außerdem fürchtete ich, dass wir nur knapp einem Auffahrunfall entgangen waren. Scheu spinkste ich zur Heckscheibe hinaus. Das ganze Autorudel schleuderte munter vor sich hin, während Sebi den BMW eine kaum mehr als einspurige Straße durch den Wald hinaufjagte. Flüchtig las ich den Hinweis auf die »Alpe Dornach«, ganzjährig geöffnet.

Na super, dachte ich. Sofern wir alle das hier überlebten, bekamen wir dort vielleicht noch eine zünftige Brotzeit zum Abschluss des Tages.

Vermutlich saß ich in einem Allrad, denn anders war hier kein Durchkommen mehr. Die Straße war nur mäßig geräumt, teilweise aus dem Schnee herausgefräst, und wand sich immer schmaler werdend um den Berg herum.

Als Sebi über eine kleine Brücke fuhr, hörte ich mein letztes Stündlein schlagen. Mir war schlecht, denn unter uns tobte irgendein wildes Berggewässer. Rechts ragte eine schroffe Wand senkrecht auf, links ging es nicht minder lotrecht hinab. Die Bäume würden unseren Sturz nur mäßig abbremsen. Atmen. Immerhin musste ich überleben, damit ich Karim wiedersehen konnte. Karim. Entspannt war es mit ihm nie, aber ohne ihn kam mir just in diesem Moment mein Leben auch nicht so berauschend vor.

Dann raste Sebi aus dem Wald heraus auf eine halbwegs offene Fläche, die uns einen grandiosen Ausblick über das Oberstdorfer Tal bot. Besser als Postkarte. Die Sonne strahlte vom unendlich blauen Himmel, Schnee glitzerte. Weißblaue Pracht, umrahmt von dunklen Fichten. Für einen hechelnden Atemzug lang vergaß ich, warum ich in diesem viel zu schnell dahinbrausenden Auto saß.

Nur wenige Minuten später bretterten wir dafür in einen umso dunkleren Wald, und Sebi riss auf einem verschneiten Parkplatz den Wagen abermals herum. Wir standen.

Tief Luft holend schaute ich auf. »Breitachklamm, Nebeneingang«, las ich auf dem Hinweisschild mit Pfeil, und dass man festes Schuhwerk brauchte. Schwerlich zu übersehen stand dort nahe dem Zugang zum Wanderweg Karims Monster, sowie drei oder vier andere Autos und der Streifenwagen.

Die beiden Kommissare atmeten ebenfalls durch. Schmiedeler holte zwei Pistolen aus dem Handschuhfach, von denen Sebi eine nahm. Sein Gesichtsausdruck war dabei nicht wirklich glücklich, was ich gut verstehen konnte.

»Du bleibst hier im Auto, Chrissie. Meine Pension ist zum Teufel, wenn dir etwas passiert, also benimm dich.«

Ich nickte mechanisch, war mir gleichzeitig aber nicht mehr sicher, ob ich es tatsächlich aushalten würde, im Auto zu warten.

Schmiedeler stieg aus dem Wagen, Sebi folgte. Auch die Herren in Schwarz quollen aus ihren Kombis, jeder eine Maschinenpistole im Arm. Ein beängstigend martialischer Anblick. Ich hoffte inständig, dass so eine Horde niemals vor meiner Wohnungstür stehen würde. Sie scharten sich um die beiden Streifenpolizisten, die wild gestikulierend in verschiedene Richtungen zeigten und dann vehement zum Wegweiser der Breitachklamm. Der Trupp setzte sich in Bewegung, verschwand wenige Augenblicke später im Wald. Die Streifenpolizisten fuhren davon. Ich war allein.

Kein gutes Gefühl. Mein Herzschlag haspelte verwirrt vor sich hin, und je hektischer ich atmete, desto mehr beschlugen die Scheiben. Ich saß in einer erdrückenden Nebelwelt, gefühlte Lichtjahre von Karim entfernt. Ohne mir die Chance zum Veto zu geben, stieß ich die Autotür auf und rannte los.

Halb im Laufschritt hastete ich den ausgetretenen, teils stufigen Weg durch den Wald hinunter. Ohne das Holzgeländer wäre ich mehr als einmal mit den Füßen voran den Weg hinabgeschlittert. Völlig überraschend befand ich mich dann plötzlich in der Klamm. Ein Steg wand sich entlang der Felswand, der unter meinen Schritten bebte und dröhnte. Immer näher rückten die Felsen zusammen, immer kleiner wurde der Ausschnitt des blauen Himmels über uns. Auch die Temperatur sank empfindlich.

Wie an den Felsen gehängt tauchte nach wenigen Minuten ein kleines, mit Holzschindeln verkleidetes Häuschen vor mir auf, das den Weg zu versperren schien.

Ein älterer, wild gestikulierender Mann in bäuerlicher Arbeitstracht rannte mir entgegen.

»Hier können 'S it nei. Heute geschlossen!«, rief der Mann schon auf einige Schritte Entfernung. »Auf dem Zwingsteg steht ein Selbstmörder, die Polizei ist schon da.«

»Ich gehöre dazu«, konterte ich in blinder Schlagfertigkeit. »Psychologischer Dienst, Sie verstehen?«

»Psychologischer Dienst?« Der Mann schien unvermittelt überfordert.

Er fuchtelte mit dem Arm in Richtung des Häuschens, das sich eng an den grauen Fels schmiegte.

»Da steht einer, der springen will. Des hat's fei scho lang nimmer geben.«

Insgesamt schien der mir ziemlich verwirrt, aber auch ich wusste nicht genau, was von dem Selbstmörder zu halten war. Wieso sollte Michi Selbstmord begehen? Eine sinnvolle Flucht wäre meiner Meinung nach die bessere Alternative, als von irgendetwas Hohem hinabzuspringen. Aber, ich schluckte angestrengt, ein deutlicheres Schuldeingeständnis konnte er kaum mehr abgeben. Und wo war Karim abgeblieben? Kaum wahrscheinlich, dass der ohne Jacke freiwillig in der kalten Schlucht bei Michi stand. Allerdings konnte ich mir vorstellen, dass er versuchte, Michi von dem Sprung abzuhalten.

»Nur einer ist in der Klamm?«, hakte ich nach, bevor ich mich in Vorstellungen von Karim als therapeutischem Held des Tages versenken konnte. Der Mann zögerte kurz, dachte nach, dann schüttelte er den Kopf und sein Blick wanderte die beginnende Klamm entlang.

»Noi, hier waren's drei Familien, die aber schon längst wieder draußen sein dürften. Die in dem schwarzen Auto waren komisch. Der eine hatte keine Jacke an, bei der Affenkälte, der andere aber schon. Der hat auch gezahlt. 's könnt sein, dass einer von denen springen will.«

Wahnsinnserkenntnis. Aber immerhin hatte Karim noch gelebt, als sie hier angekommen waren, und mehr noch, sie waren wirklich in der Klamm und nicht irgendwo in den tief verschneiten Bergen unterwegs.

»Wo ist dieser Zwingsteg?«

»Na, in der Klamm natürlich.«

Ich verdrehte die Augen.

»Wo in der Klamm?«

»Rechts den Weg steil 'nauf.« Der Alte deutete hinter dem Haus in den Berg.

Über mir donnerte ein Hubschrauber im Tiefflug heran. Ein Polizeihubschrauber. Das musste die Verstärkung sein.

Ohne Zögern rannte ich los. Laut trampelnd durchquerte ich das Häuschen und hastete dahinter die rutschigen Betonstufen am Rand der Schlucht hinauf. Meine Tritte hallten in der Stille des frühen Winternachmittages. Ich kam mir vor wie in einem Actionfilm. Wieso immer ich?

Keuchend schaute ich mich um. Eben tauchte ich in die Tiefen der Schlucht ein. Ohne diese Angst in mir hätte sie faszinierend sein können. Karim musste irgendwo hier sein. War er vielleicht längst geflohen, da Michi doch auf dieser Brücke stand? Aber wo war er dann? Im Sommer hätte es sicherlich genug Schlupfwinkel in dieser Klamm gegeben, aber jetzt im Winter war alles vereist. Selbst die Luft schien aus Eis zu bestehen, gefühlte Arktis. Überall hingen Eiszapfen von den Felsen, ganze Wasserfälle waren im Frost erstarrt. Jeder Schritt war eine Rutschpartie. Vielleicht war Karim längst erfroren?

Der Gedanke stach mir in die Brust, ein Dolch aus Angst, der mich schier von den Beinen riss. Ich stolperte, glitt aus, fing mich mit einer Hand an dem eisernen Geländer ab, wobei ich einen unfreiwilligen Blick in die Tiefe der Klamm werfen musste. Zig Meter unter mir brodelte Wasser über pures Eis und Gestein. Ein Sturz musste unweigerlich tödlich sein. Tödlich.

Würde ich es fühlen, wenn Karim dort unten läge? Zerschmettert im Eis. Wahrscheinlich war eine Bergung um diese Jahreszeit unmöglich. Bruchteile von Sekunden sah ich ihn dort unten liegen. Eine Vorstellung, die mich mit grenzenlosem Entsetzen erfüllte. Ein Leben mit ihm hatte ich mehrfach ausgeschlagen, aber eines ohne ihn zu führen schien mir in diesem Moment unmöglich. Ich würgte kurz. Über meinen schwachen Magen hatte sich Karim mehr als einmal amüsiert.

Aber noch war alles offen. Alles konnte auch gut sein. Rutschend hastete ich weiter. An manchen Stellen waren Gitter über meinem Kopf, die den Steinschlag abhalten sollten, dann lief ich wie durch einen Käfig, glitt auf blanken Eisschichten aus. Und überall hingen diese monströsen Eiszapfen. Ich schwitzte, was die Kälte noch schlimmer machte.

Von einer Sekunde auf die andere wäre ich fast auf Schmiedeler und seine Kollegen geprallt, die geduckt hinter einer Felsnase hockten und aufgeregt in ihre Funkgeräte sprachen, immer wieder über die Schlucht hinweg in den Himmel schauten.

Über den Felsen spähend sah ich es dann auch. Den Zwingsteg. Schrecklicher Name. Unser Atem dampfte. Am linken Ende der Brücke, die über die Klamm führte, stand ein Mensch im Gegenlicht. Freiwillig hätte ich auf dieses Ding, das sich aus schwarzen, vereisten Felsen schälte, keinen Fuß gesetzt. Ich war nicht wirklich schwindelfrei, und gefühlte Kilometer tief unter der Brücke brauste der Fluss.

Die Männer vom SEK robbten langsam von Felsnase zu Felsnase vor. Nur ihr aufgeregt keuchender Atem und das halblaute Schnarren ihrer Funkgeräte war in der winterlichen Stille zu hören. Sie hatten mich zum Glück nicht bemerkt.

»Das ist nicht Karim«, hörte ich Schmiedeler sagen, »das ist Michi, klein und dünn. Aber, Kruzifix, wo ist Karim?«

Blinzelnd versuchte ich zu erkennen, ob der Kommissar recht hatte, obwohl Sebi schon zustimmend brummte und ein Fernglas aus einer Tasche an seinem Gürtel fummelte. »Alles klar, Herr Kommissar, es ist Michi! Adleraugen hat er wie ein Junger.«

Witze fand ich in diesem Moment komplett unangebracht.

»Gib her!«

Schmiedeler war offensichtlich auch nicht für Späße zu haben. Angestrengt schaute er durch das Fernglas.

»Ich weiß nicht«, er setzte es zum wiederholten Mal ab, »aber es könnte sein, dass da unten links auf dem Felsen unterhalb der Brücke einer steht.«

»So verrückt wird niemand sein.« Sebi griff nach seinem Funkgerät. Alles am Mann, ich staunte. »Einer der Jungs vorn soll vorrücken, oder?«

»Vorrücken und den Mann auf der Brücke mit Megafon ansprechen. Vielleicht ist er so klug und gibt auf. Wunder sollen ja angeblich immer mal wieder passieren.«

Innerlich stöhnend presste ich meine schweißige Stirn gegen den Eisfelsen. Er war wie mit durchsichtigem Guss überzogen. Karim war nicht der Einzige, der einen Hang zu Sparwitzen hatte.

Sebi gab seine Anweisungen durch, und nur wenige Minuten später dröhnte die metallische Stimme eines Megafons durch die enge Schlucht.

»Achtung, Achtung, hier spricht die Polizei!«

Wäre es nicht so grässlich gewesen, hätte ich es extrem peinlich gefunden.

Nur einer konnte unter der Brücke stehen, sofern dort tatsächlich jemand stand. Der, den wir suchten. Der, den ich nicht verlieren wollte. Der, der das Schnüffeln nicht sein lassen konnte. Karim.

Ob Michi auf der Brücke antwortete, war bei mir nicht mehr zu hören, doch was ich zu sehen bekam, reichte mir vollkommen.

Der Strahl einer Taschenlampe richtete sich auf den Felsen unterhalb der Brücke. Dort stand ein Mann.

»Das ist Karim«, röchelte Sebi vor mir. »Krass, was macht der da? Ist der lebensmüde?«

Man konnte Karim vieles nachsagen, aber lebensmüde war bei ihm nicht einprogrammiert. Mein Herzschlag verlangsamte sich mit jedem Atemzug, alles in mir wurde still. Michi wollte ihn umbringen. Michi spielte mit seinen Opfern, folterte sie mit ihrer Angst.

Aber was hatte Karim ihm getan, dass er ihn dort auf den vereisten Felsen stellte, wo er über kurz oder lang abstürzen musste? Hatte er ihn gesichert? Ich atmete tief ein, mein Blutdruck rauschte mit dem Wasser unten in der Schlucht um die Wette. Weiter atmen. Mit kalten Fingern wischte ich mir über mein schmieriges Gesicht. Das half. Mein Kopf wurde wieder etwas klarer.

»Nein«, hörte ich Schmiedeler knurren, »nicht lebensmüde. Es gibt nur zwei Möglichkeiten. Entweder will der Schneider mit Karim seine Flucht erzwingen, oder er opfert ihn aus irgendwelchen Gründen.«

Mein mühsam gepäppelter Blutdruck sackte bei diesen Worten auf den Grund der Klamm. Dort, wo Karim vielleicht auch bald liegen würde, überlegte ich verstört. Karim taugte auch als Opfer nicht.

»Der Mann ist wahnsinnig«, schnarrte eine Stimme aus Sebis Funkgerät.

Ich schob mich eng an den eisigen Felsen und versuchte mich zu sammeln. Wer war wahnsinnig? Karim, der nur im Pullover seit bald drei Stunden bei arktischen Temperaturen hier draußen herumturnte? Oder sprach er von Michi auf der Brücke?

Auch die Kommissare schauten fragend.

»Na, der Knaller auf der Brücke. Total wahnsinnig. Schizo. Der hat den Türken …«

»Halbmarokkaner!«, korrigierte Schmiedeler und ich stellte fest, dass er überraschend giftig klang.

»Meinetwegen auch das«, kam es seltsam amüsiert. »Jedenfalls hat der diesem Karim ein Seil in die Hand gedrückt und wartet nun darauf, dass er irgendwann vor Erschöpfung oder Kälte loslässt und in die Klamm stürzt. Der Felsen ist völlig vereist und abschüssig. Ein Wunder, dass er noch da steht. Karim habe diesen Schneider betrogen und hintergangen und damit sein Leben verwirkt, Originalton Schneider. Ich sag's ja: wahnsinnig.«

Nur das Rauschen des Flusses in der Klamm war zu hören. Mein Blutdruck eierte wieder so vor sich hin. Ein Himmelreich für ein Stück Traubenzucker, meinetwegen hätte es auch ein Williams Christ sein dürfen, gern aus Karims Flachmann und dazu ein bisschen Karim.

Ja, Michi war wahnsinnig, auch wenn man ihm das so auf Anhieb nicht anmerkte.

»Können wir ihn dazu bewegen, Karim freizulassen, wenn wir ihn laufen lassen?«

Sebi schaute fragend zu Schmiedeler, erntete aber nur Kopfschütteln.

»Der springt lieber hinterher«, erwiderte Schmiedeler, »als seinen Gerechtigkeitswahn nicht auszuleben. Nein, wir müssen uns etwas anderes einfallen lassen, und zwar schnell.«

Etwas einfallen lassen war eine gute Idee.

Ich japste nach Luft. Die Polizei würde ihn nicht retten können, dachte ich mit erschreckender Nüchternheit, vorher schickte Michi ihn in den Abgrund. Aber ich konnte mit ihm reden. Ich musste nur ein paar Schritte rückwärts kriechen und rechts den Pfad hinauf zur Brücke erreichen, bevor mich die Kommissare bemerkten und einholten. Es war Karims einzige Chance, auch wenn sie verschwindend gering war, aber Michi hatte mich gemocht, oder wenigstens so getan als ob. Und tatenlos zuschauen, wie Karim irgendwann abstürzte, war keine Lösung.

Fahrig kramte ich in meiner Jackentasche herum, dort musste irgendwo mein Handy sein. Ich stopfte es in den Bund meines Handschuhs, ein mickriger Hauch Sicherheit, und schob mich leise rückwärts von den Polizisten weg, bis ich, durch einen weiteren Felsvorsprung gedeckt, den Weg zum Zwingsteg hinaufeilen konnte. Michi hatte zwei Menschen umgebracht und Karim in seiner Gewalt. Das durfte ich um keinen Preis vergessen.

Klug war anders, aber daran konnte ich jetzt nichts mehr ändern.

Als ich den Steg erreichte, hob ich instinktiv die Hände und stakste auf Michi zu. Millionen Gedanken und Gefühle wirbelten durch meinen Kopf, keine ließen sich greifen. Wie Wetterleuchten im Hirn. Sehr hübsch, aber ohne Wirkung.

Michi schaute mir erstaunt, aber offen und durchaus freundlich entgegen, fast heiter.

»Christiane!«, rief er und hob grüßend eine Hand, »schön, dich zu sehen. Toll hier, oder? Grandiose Klamm. Wirklich verständlich, dass man noch vor gut hundert Jahren dachte, sie sei Teufelswerk.«

Mehr als ein fettes Fragezeichen leuchtete über meinem Kopf, aber für Verwirrung war jetzt keine Zeit. Mit äußerster Konzentration hob ich meine Mundwinkel an, in der Hoffnung, dass das wenigstens etwas freundlich ausschaute. Ich musste Michi ablenken, egal wie, und wenn ich trotz der Kälte einen Strip abziehen musste. Es ging um Karims Leben.

»Ja, echt gigantisch hier«, erwiderte ich so unbefangen wie möglich, während ich versuchte, nicht auf das Seil zu starren, das mit einer losen Schlinge um das Geländer geknotet war. Sein Ende verschwand irgendwo unter uns.

»Ich dachte allerdings, dass du mir im Gasthof nur kurz einen Kaffee holen wolltest. Stattdessen stehen wir jetzt hier, und ich frage mich, was das mit Karim da unten«, ich wedelte beiläufig mit meiner Hand über das Geländer der Brücke hinweg, »wohl soll. Es ist scheußlich kalt heute.«

Er wackelte kokett mit dem Kopf und blinzelte mir zu.

»Schade, und ich dachte, du wärst wegen mir hier. Tut mir leid mit dem Kaffee. Karim ist schuld.«

Er nickte seinerseits in den Abgrund, wendete sich dann aber sofort wieder mir zu. Aus den Augenwinkeln vermeinte ich schemenhafte Gestalten zwischen den dunklen Felsen herumhuschen zu sehen. Konnten das die Männer vom SEK sein? Schmiedeler und seine Kollegen hatten sicher sofort gesehen, wer da bei Michi auf der Brücke stand und vielleicht verschaffte ich ihnen mit dieser Ablenkung die Möglichkeit, Karim von dem Felsen zu retten. Tief Luft holend lächelte ich Michi wieder an. Der Typ drehte total durch.

»Weißt du, Michi«, ich berührte ihn mit langem Arm an der Schulter, damit er mir noch mehr Aufmerksamkeit entgegenbrachte, »ich kann dich irgendwie verstehen. Aber was hast du mit Karim vor? Der hat mit allem doch nichts zu tun.«

Er brummte etwas Undefinierbares, wiegte sich ausweichend.

»Doch, doch, hat er. Vom ersten Moment an habe ich mich gefragt, was du an dem findest.« Fast angewidert schüttelte er den Kopf. »Aber das geht mich nichts an.«

Ich schluckte schwer, fühlte meine Mundwinkel unkontrolliert zucken. »Aha?«

»Ich glaube übrigens nicht, dass du mich verstehst.«

Er musterte mich verstörend ernst. Fast hätte ich ihn wieder für normal gehalten. In diesem Moment fragte ich mich das erste Mal in meinem Leben ehrlich, was tatsächlich normal war. Dabei war ich immer so stolz darauf gewesen, nicht normal zu sein. Zögernd suchte ich seinen Blick.

»Vergiss es einfach.« Er lächelte erschreckend verständnisvoll. »Die Menschheit ist einfach noch nicht so weit. Das ist mein Fazit aus dem Studium. Einerseits gruselt es dich vor mir und meinen Taten … Ach, es tut mir übrigens leid, dass du den Huber gefunden hast. Hätte ich geahnt, dass ihr die Waldwiese vermessen sollt, hätte ich ihn woanders beim Wildern abgefangen. Mein Urgroßvater legte dort oben immer seine Schlingen aus. Die für den Huber habe ich im Eiskeller gefunden, wie so vieles, was einstmals meiner Familie gehörte.«

Er starrte an mir vorbei. Sein plötzliches Schweigen hing in der kalten Luft zwischen uns.

Ich roch die Feuchtigkeit vom Fluss, der tief unten in der Klamm dröhnend rauschte. Angestrengt vermied ich jeden Blick um mich herum, ich war nicht schwindelfrei, und unter normalen Umständen hätte ich keinen Schritt auf diese Brücke gewagt. Überhaupt hätte mich kein geballter Hubraum der Welt in diese Klamm gebracht, auch wenn sie wirklich beeindruckend war.

Ich schwitzte trotz der Kälte, fühlte mein Handy an meinem Handgelenk herumrutschen. Michi musterte mich wissend, ich erwiderte seinen Blick mit starren Lidern. Wie, verdammt, sollte ich erkennen, ob Karim in Sicherheit war oder die gesamte Mannschaft zerschlagen in der Klamm lag? Instinktiv zog ich die Schultern hoch, schielte zum Seil, dessen Ende gespannt im Nichts verschwand. Es würde wohl kaum zu überhören sein, wenn jemand vom Felsen abrutschte. Ein weiterer Schauder raste mir über den Rücken.

»Ja, den Anblick vom Huber am Hochstand werde ich wohl den Rest meines Lebens in Erinnerung behalten«, nahm ich das Gespräch wieder auf. »Hätte ich mir gern gespart, wie so vieles in den letzten Tagen.«

Er grunzte leise. »Echt, es tut mir leid«, wiederholte er. »Wie gesagt, ich weiß, dass es dich gruselt, aber andererseits bist du garantiert auch der Meinung, dass es die beiden alten Säcke nicht unverdient getroffen hat, oder?«

Dazu gab es nicht wirklich etwas zu sagen, dachte ich verärgert. Einmal mehr stellte ich mich wie ein Neandertaler an. Die waren meiner Meinung nach nur ausgestorben, weil sie nichts aus ihren

Fehlern gelernt hatten. Wie war ich nur wieder in so eine absurde Geschichte geraten? Gefährlich dazu.

»Mein Verständnis für Mord hält sich in hauchdünnen Grenzen«, knurrte ich und schaute ihn scharf an. »Ob und was Huber und Wahl verdient haben, wäre Angelegenheit der Gerichte gewesen. Lynchjustiz ist, wie du sicherlich weißt, auch aus psychologischer Sicht keine Lösung. Wobei ich für nichts garantieren kann, wenn Karim da unten etwas passiert.«

Michi lachte, dass es in der Schlucht dröhnte.

»Karim wird Selbstmord begehen«, kicherte er. »Karim da unten wird sich sehr bald entscheiden, dass es besser ist, in die Klamm zu springen, als weiter an den Füßen gefesselt auf einem vereisten Felsen zu erfrieren.«

Überrascht machte ich einen Schritt zurück, hob die Hände in instinktivem Flehen, und mein Handy polterte auf die Holzbohlen der Brücke. Direkt vor Michis Füßen blieb es liegen.

Die Stille gefror, während wir beide das Handy angafften. Dann ruckte das Seil am Geländer mit einem reibenden Geräusch. Panisch wirbelte ich herum, in der Erwartung von Karims alles durchdringendem Todesschrei. Bloß weg. Doch Michi packte mich blitzschnell am Arm, ich stolperte. Bittere Enttäuschung lag in seinen Augen.

»Du passt doch zu Karim. Bist genauso verlogen wie er. Schade, Christiane.«

Grob stieß er mich von sich weg, ich trudelte rückwärts, stürzte. Hart am Geländer schlug ich zu Boden, unter mir die Schlucht. Bruchteile von Sekunden sah ich die Gischt unten sprühen, bestaunte die unglaubliche Schönheit der ungezügelten Wasserkraft, dann traf mich sein Tritt. Meine Beine schlitterten unter dem Geländer durch. Mein Schrei gellte, nicht Karims. Meine kalten Finger krallten sich um einen Pfosten des Geländers. Nur wenige Meter neben mir baumelte das Seil. Karim war fort. Mit aller Kraft strampelte ich mich vom Abgrund weg, während Michi auf mich eintrat. Ich spürte keinen Schmerz. Es galt zu überleben, denn Karim hatte auch überlebt.

Dann rannten von beiden Seiten Männer mit Maschinengewehren auf den Zwingsteg. Sie brüllten Worte, die ich nicht verstand, doch Michi ließ tatsächlich von mir ab. Keuchend krallte ich mich an den Pfosten. Meine Ohren rauschten, vor meinen Augen verschwammen die Gestalten. Michi krachte nur wenige Schritte von mir entfernt auf die Planken.

Es war Schmiedeler, der mich am Arm hochzog. Er schien mir überraschend blass um die Nase.

»Du solltest kein Risiko eingehen, Chrissie!«, brüllte er. »Hast du ja bestens hingekriegt! Herrgottsakra, ihr Weiber macht mich noch fuchsteufelswild! Wieso bist du nicht im Auto?«

»Wo ist Karim?« Meine Zunge lallte, verwirrt bewegte ich meine Kiefer. Sie waren komisch steif.

»Auf dem Weg ins Krankenhaus. So weit alles okay, beruhig dich. Er ist stark unterkühlt und hat ein paar Prellungen. Kannst du stehen?«

Wieso sollte ich das nicht können? In meinem Kopf schwirrte alles durcheinander, aber meine Beine funktionierten. Ich schüttelte mich leicht, was einen bösen Schwindel verursachte. Ohne Schmiedelers festen Griff wäre ich wahrscheinlich doch wieder umgekippt.

»Alles prima«, stammelte ich, »super. Nur ein bisschen schwindelig. Ich will zu Karim.«

Narziss oder rosa Pillen

Spät am Abend saß ich auf dem Rand meines Bettes in einem Hotel in Oberstdorf, das Sebi für mich gebucht hatte, und rollte eine große, zartrosafarbene Tablette zwischen meinen Fingern. Irgendein Beruhigungsmittel. Vermutlich keines von der sanften Sorte. Ich solle es vor dem Schlafengehen nehmen, hatte der junge Assistenzarzt gesagt, und dabei aufgesetzt verständnisvoll geschaut.

Nun, schlafen wäre super gewesen, ich war müder als der Tod, doch noch scheute ich mich davor, mich selbst ins Off zu kicken. Stattdessen schwirrten meine Gedanken zu Karim, der zur Sicherheit die Nacht im Medizinischen Versorgungszentrum von Oberstdorf verbringen musste.

Tatsächlich war unser beider Zusammentreffen mit Michi Schneider rein äußerlich sehr glimpflich verlaufen. Die Erfrierungen, die Karim im Gesicht, an Händen und Füßen erlitten hatte, waren mit Sicherheit das Schmerzhafteste, würden aber weitestgehend abheilen.

Die Löcher im Seelenfell dagegen würden bei uns beiden mehr Zeit zur Regeneration beanspruchen. Kommissar Schmiedeler wollte sich dafür einsetzen, dass ich in Bonn Unterstützung von einem Polizeipsychologen bekam. Die war bei mir unumgänglich, das musste ich mir eingestehen. Nach diesem Tag mehr denn je. Allein ein flüchtiger Gedanke an die Szene auf dem Zwingsteg ließ mir den kalten Schweiß auf die Stirn treten und brachte meine Atmung durcheinander.

Ich sollte die Pille schlucken. Hatte es da nicht irgendwann in den Siebzigern mal eine schräge Serie gegeben mit einem Typen, der immer eine Pille schluckte und sich danach wie Superman gebärdete? Ich kicherte verstört vor mich hin.

Trotzdem wäre mir ein gemütlicher Schluck Rotwein wesentlich lieber gewesen. Ein Glas, an dem ich mich festhalten konnte, das ich betrachten konnte, Weinkringel drehen. Abschalten.

Stöhnend stand ich auf, um in der Minibar nach einer Alternative zur Pille zu suchen. Alles an mir tat weh, mit jeder Stunde mehr.

Getreten zu werden war nicht schön. Leider fand ich nur einen Piccolo-Prosecco im Kühlschrank. Prosecco war nicht meins. Also griff ich mir eine Flasche mit Mineralwasser, in dem ich die rosige Pille ertränken würde, und schlurfte zurück zum Bett. Am besten, ich legte mich gleich hin.

Doch noch bevor ich meinen geschundenen Körper in die Waagerechte bringen konnte, klopfte es laut an meiner Zimmertür. Die Wasserflasche schepperte zu Boden, die Pille rollte unters Bett. Sekundenlang hörte ich nur meinen Puls hämmern, bis mir wieder einfiel, wofür ich meine Lungen brauchte. Keuchend holte ich Luft.

»Wer …«, Röcheln, »… wer ist da?«

»Ja wer wohl? Ich bin's, Chrissie, mach auf.«

Hektisch leckte ich mir über die Lippen. Die Stimme klang irgendwie nach Karim, aber der lag im Klinikum und schlief hoffentlich längst mit seiner rosa Pille.

»Wer?«

Ein wenig Volumen hätte meiner Stimme sicher gutgetan.

»Ey, Chrissie, blöde Frage.« Wieder bollerte es ungeduldig gegen die Tür. »Mach halt auf, ich bin's, Karim. Die Mädels im Krankenhaus haben überhaupt keine Zeit, sich um mich zu kümmern, und ich kann nicht schlafen. Ich mag nicht allein sein.«

Unverwechselbar. Wider Willen musste ich schmunzeln. Wider Willen freute ich mich auch, trotz der narzisstischen Aussage, und schloss die Zimmertür auf.

»Komm rein, du bedauernswertes Wesen«, knurrte ich belustigt, »deine Worte waren bezeichnender, als hättest du mir deinen Perso unter der Tür durchgeschoben.«

»Das hätte ja auch jeder tun können und dich lustig belügen.« Er tappte ins Zimmer. Ehrlich, er sah erbärmlich aus. Sein Gesicht und der blanke Schädel waren mit Mullkompressen zugepflastert, genau wie seine Hände. Die arktischen Temperaturen hatten für böse Erfrierungen gesorgt. Dazu wirkte er ganz grau vor Erschöpfung, hatte dunkle Ränder unter den Augen.

»Hübsch hast du's hier.«

»Dein Egozentrum ist wirklich gigantisch. Übrigens bist du nicht der Einzige, der nach diesem Tag etwas unter Schock steht.«

Ein schelmischer Seitenblick streifte mich, bevor er seinen Arm um meine Hüften legte. »Logisch, dem Michi geht's sicher mies. Du dagegen hast bestimmt etwas für dein polizeilich behütetes Seelenleben bekommen, oder?«

»Haben Sie dir etwa nicht so eine hübsche rosafarbene Pille gegeben, Narziss?«

»Doch, doch, klaro.« Zielstrebig schob er mich zum Bett hinüber. »Aber ich hab sie nicht genommen, weil ich mir dachte, dass ich ja dich habe. Meine beste Medizin.«

Stöhnend vor Schmerzen ließen wir uns auf das Bett fallen, wo wir minutenlang schweigend liegen blieben.

»So mit dir könnte es gerne bis zum Ende meiner Tage sein, Chrissie«, seufzte Karim irgendwann, als ich schon halb eingeschlafen war. »Hier geht's mir gleich besser. Du hast mir gefehlt.«

»*Deiner* Tage?«

Es war hoffnungslos. Narziss war tatsächlich ein Dilettant gegen Karim.

»Ich muss dich enttäuschen, Karim«, säuselte ich an seine verpflasterte Glatze, »aber das Zimmer ist nur bis morgen gebucht, dann reise ich ab. IC Allgäu … Du weißt schon.«

Nur sein Atmen war zu hören, dann schob er mich ein wenig von sich fort und starrte mich an.

»Das ist nicht dein Ernst, Chrissie!« Er schien ehrlich überrascht. »Nach allem, was jetzt war, dachte ich, dass wir Weihnachten bei mir in Füssen feiern würden. Du und ich.«

Unmöglich konnte ich seinem Blick standhalten. Blinzelnd musterte ich die Wand hinter ihm.

»Den Zahn mit Weihnachten habe ich dir doch schon letztens gezogen«, erwiderte ich hart. Es fiel mir schwer.

»Aber …«, angespannt suchte er meine Augen, »du kannst doch jetzt nicht gehen?! Ich habe da auf dem Felsen gestanden und hatte Panik, dass ich dich nie wiedersehen würde, und du bist für mich zu Michi auf die Brücke gegangen.«

Er und immer nur er. Jetzt erst recht, dachte ich kategorischer, als mir zumute war. Nix wie weg hier. Ich hatte heute schon genug problematische Gefühle wegen ihm gehabt.

»Nein, Karim, ich reise ab, sobald wir in Kempten beim Schmiedeler unsere Aussagen unterschrieben haben. Ich will nach Hause.«

Halb gelogen, aber das brauchte er nicht zu wissen.

»Warten wir's ab.« Er zog die Decke über uns und mich an sich. »Oder willst du für den Rest unseres Lebens mit mir im Hotel schlafen?«

Es hätte richtig schön sein können …

Mit einem strahlenden Sonnenaufgang am nächsten Morgen packten wir unsere Reisetaschen in Karims schwarzes Monster, um nach Kempten zur Polizeiinspektion zu fahren. Danach wollte ich von dort aus mit dem Zug nach Hause rumpeln.

Karims Wagen war mir noch unsympathischer, seitdem Michi Schneider Karim darin entführt hatte, und die Aussicht, dass ich das Geschoss nach Kempten steuern musste, war meiner ohnehin schon grottigen Laune nicht besonders zuträglich. Karim wollte ich mit seinen verbundenen Händen nicht fahren lassen, wenigstens nicht, solange ich dabei war.

Seufzend hangelte ich mich am Türrahmen auf den Fahrersitz. Karim saß schon, ein scheues Lächeln auf den Lippen. Das stand ihm richtig gut.

Seine Worte vom vergangenen Abend klangen mir noch in den Ohren. Keinesfalls durfte ich im Moment genauer über sie nachdenken, sonst würde der IC Allgäu heute Vormittag vielleicht ohne mich Richtung Bonn brausen.

Unsicher drehte ich den Schlüssel im Zündschloss. Automatik war ich seit Ewigkeiten nicht mehr gefahren.

»Stell deinen linken Fuß einfach weg, Chrissie«, riet Karim neben mir, »lass ihn zucken, wenn er will, aber stell ihn weg. Du brauchst ihn nicht.«

Sehr witzig. Doch als ich mechanisch nach dem vermeintlichen Schaltknüppel greifen wollte, da zuckte mein linker Fuß tatsächlich Richtung Kupplung, die es natürlich nicht gab. Stattdessen landete ich auf der Bremse.

»Versuch's noch einmal und bleib ruhig.« Verständnisvolle Männer waren mir schon immer ein Gräuel gewesen. »Wenn's nicht geht, dann fahre halt doch ich.«

»Schnauze! Du bringst uns nicht um.«

»Kein Thema«, erwiderte er entspannt. »Das überlasse ich dir gern. Obwohl ich froh bin, dass wir die letzten Tage überlebt haben.«

Irgendwie brachte ich das Auto rückwärts vom Parkplatz, rollerte dann im Schleichtempo auf die schmale Straße. Karim schleuste mich schnellstmöglich erst aus Oberstdorf heraus und dann um Oberstdorf herum auf die alte Walserstraße, die wir erst am Tag zuvor mit Blaulicht entlanggerast waren.

Ich warf einen letzten Blick auf das Nebelhorn, dessen Seilbahn-Mittelstation im Licht der Morgensonne glitzerte, sah die Kabinen hinaufschweben, die verschneiten Dächer der Häuser, den Kirchturm, und etwas wie Wehmut zappelte mir durchs Herz. Es hätte richtig schön sein können, wenn diese Idylle hier nicht so trügerisch wäre.

Vielleicht war alles, was ich mit Karim erlebte, die gerechte Strafe dafür, dass ich in seiner Beziehung wilderte. Ein Mann war beim Wildern gestorben, der wiederum in einer Familie rücksichtslos gewildert hatte, ein anderer, weil er vor Jahrzehnten aus Hunger gewildert hatte. Alles kam irgendwie zu einem zurück. Ein Grund mehr, dass die Geschichte mit Karim unbedingt aufhören musste. Es war nicht richtig, was wir da machten. Die Zeiten, als ich rücksichtslos meinen Spaß mit Männern gehabt hatte, waren definitiv vorbei. Sogar ich lernte irgendwann meine Lektionen. Eine Chance für den Neandertaler in mir. Vielleicht sollte ich daheim eine Kontaktanzeige schalten, frei nach dem Song von Ina Deter aus den Achtzigern: »Neue Männer braucht das Land« …

Noch immer schweigend, aber meinerseits etwas entspannter, fuhren wir die B 19 Richtung Kempten. Es war wenig Verkehr, sodass ich mit dem Monster weiter keinen Stress hatte. In Kempten, so hatte mir Karim versprochen, würden wir eine Umgehungsstraße zur Polizeiinspektion nehmen. Ich hoffte für ihn, das dies stimmte, denn durch eine Innenstadt würde ich das Teil nicht bringen.

Als wir am Niedersonthofener See vorbeifuhren, küsste mich Karim auf die Wange.

»Die Radtour damals mit dir war schön«, erklärte er schmunzelnd.

Ich rümpfte die Nase. »Für wen?«

»Du bist mies drauf, Chrissie.« Sacht legte er seine Hand auf meine Schulter. »Überleg dir halt noch mal, ob du wirklich abreisen willst. Mein Angebot steht.«

»Da gibt es nichts zu überlegen«, knurrte ich, während ich mich fragte, mit welchem Fuß ich bremsen musste, weil der Dödel vor mir über die Bundesstraße schlich und ich zu feige zum Überholen war. »Ich steige um kurz vor elf in den IC. Es wäre also schön, wenn wir nicht ewig beim Schmiedeler herumhängen würden.«

Darauf sagte er nichts. Auch gut, dachte ich und nahm allen Mut zusammen, setzte den Blinker und drückte das Gaspedal durch, um endlich zu überholen.

Über den Adenauerring erreichten wir keine halbe Stunde später das Polizeipräsidium von Kempten. Alles andere als eine architektonische Schönheit.

Ich parkte etwas schief, Karim verzog das Gesicht, hielt aber wohlweislich den Mund.

Mit ziemlich gemischten Gefühlen betraten wir das Gebäude, suchten auf dem Wegweiser nach Schmiedelers Büro im zweiten Stock und stapften die Treppen hinauf.

Er erwartete uns schon mit seiner Sekretärin und frischem Kaffee. Karim strahlte sofort, das Mädel war sehr hübsch, während mich der Kaffee erleichtert lächeln ließ. Das Frühstück im Hotel war doch recht bedrückt verlaufen.

»Servus, ihr zwei«, Schmiedeler schüttelte uns herzlich die Hände, »ich soll euch von Sebi grüßen, der ist in der JVA. Michi Schneider hat noch heute Nacht gestanden. Der Fall ist gelöst, nicht zuletzt dank eurer Hilfe. Setzt euch doch.«

»Seltsamer Junge.« Kopfschüttelnd zog sich Karim den Stuhl heran, der der Sekretärin am nächsten stand, ich verdrehte die Augen, hockte mich aber kommentarlos daneben. Schmiedeler schenkte uns unaufgefordert Kaffee ein.

»Ja, sehr seltsam.« Mit dem Ärmel wischte er einen Tropfen Kaffee von der Tischplatte. »Bis zuletzt gab es Momente, in denen ich mir nicht sicher war, dass er wirklich der Mörder ist. Sein Geständnis hat mich verblüfft, aber eigentlich passt es auch ins Bild.«

Für mich fiel das alles in die Kategorie »normaler Wahnsinn«. Ein Typ, der ausschaute, als bräche ihm das Herz, wenn er eine Semmel aufschnitt, und doch aus vermeintlich gerechter Vergeltung heraus brutal mordete. Hervorragend gebildet, aber emotional total in Schieflage. Trotzdem hatte ich ihn zuerst sehr gemocht und bis zuletzt an seiner Schuld gezweifelt.

Während ich so vor mich hingrübelte, schäkerte Karim völlig unverfroren mit der süßen Tippse. Eine Neigung zur Eifersucht konnte man mir eigentlich nicht nachsagen, aber wenn ich ehrlich zu mir selbst war, dann erleichterte mir diese Flirterei meinen Abschied ungemein.

Ergeben schlürfte ich an meinem Kaffee, der mich grässlich an den zu Hause im Büro erinnerte. Ich sollte unbedingt die Woche vor Weihnachten wieder arbeiten gehen, das würde mich sicher auf andere Gedanken bringen.

»Mir war der Typ vom ersten Augenblick an total suspekt«, nahm Karim das Gespräch wieder auf, während die Tippse ihren PC für unsere Aussagen fertig machte. Mich drängte die Zeit, ich musste zum Zug.

»Und das nicht, weil ich angeblich eifersüchtig gewesen wäre«, Karim blinzelte mir zu, was ich ignorierte, »der hatte einfach etwas, was sich nicht so gut anfühlte. Wie hat er seine Taten dargestellt?«

»Ja mei«, Schmiedeler setzte sich gemütlich in seinen Bürostuhl, den er mit den Füßen sacht hin und her drehte, »er war sehr nüchtern, hat nichts beschönigt. Jahre hat er damit verbracht, in den alten Akten über den Mord an seinem Urgroßvater zu forschen, war wohl auch immer wieder in Oberstdorf, immer unter anderen Namen, bis er eine Liste der vermutlich desertierten Rekruten in die Hände bekam, die er systematisch überprüfte. Man war ja immer davon ausgegangen, dass es Deserteure aus der Birgsau gewesen waren. Aber niemand hätte die Tat dem geachteten Herrn Architekten Wahl zugetraut, der mit seinem Marschbefehl in der Tasche weggelaufen war. Sollte nach Polen an die Front. Er hat geschossen, weil der alte Wirt ihm den Schlüssel zum Eiskeller nicht geben wollte, wo er seine Lebensmittel lagerte. Deswegen hatte er das Schild mit der Aufschrift ›Mörder‹ um den Hals und musste seine letzten Stunden im Eiskeller verbringen.« Energisch griff er nach seiner Tasse. »Hast's denn endlich, Jessi? Die Chrissie muss zum Zug.«

Die Sekretärin wackelte kokett mit ihrem braunen Köpfchen,

ein Augenaufschlag traf Karim, der selbstverständlich schmachtend zurückschaute. Blödmann.

»Und war Hubers Tod nun ein Versehen oder auch Mord?« Ich zeigte Karim die kalte Schulter.

»Beides.« Schmiedelers Blick huschte skeptisch zwischen Karim und seiner Jessi hin und her. »Vermutlich hätte Schneider ihn auf jeden Fall umgebracht, wollte aber ursprünglich von ihm das Geständnis, dass Wahl geschossen hat und er sich wissentlich an der trauernden Witwe bereicherte. Leider ist der Huber vorher vor Angst gestorben. Insofern kann der Staatsanwalt ihn beim Huber nicht wegen Mordes anklagen, sondern nur wegen fahrlässiger Tötung. Immerhin. Was ist jetzt, Jessi? Hör auf, mit dem Herrn Miller herumzupoussieren, der ist mit Frau Berg liiert.«

»Ist er nicht«, konterte Karim trocken, »denn die Frau Berg will nicht liiert sein. Die Frau Berg reist gleich ab.«

Innerlich seufzend zuckte ich die Schultern.

»Fangen wir halt an, mein Zug fährt in anderthalb Stunden.«

Trotz seiner verbundenen Hände fuhr Karim mich zum Bahnhof. Er musste dann ja auch weiter nach Füssen. Schmiedelers Angebot, dass ein Polizist den Wagen nach Füssen bringen könnte, hatte er männlich markant abgelehnt. Typisch.

Der Zug stand schon, als wir die Treppe zum Bahnsteig hinaufhasteten. Ich wuchtete meine Reisetasche in den Gang und drehte mich um.

»Letzte Chance, Chrissie.« Karims Blick hatte etwas Bettelndes, was mich sehr verwirrte. »Warum willst du unbedingt fahren?«

»Weil es eh schon wieder eine bescheuerte Idee war, mich mit dir zu treffen, noch dazu mit den zwei Morden. Ich will jetzt heim, Karim.«

Sekundenlang starrten wir uns an, aber keiner gab nach. Tief Luft holend schob ich meine Tasche weiter in den Gang.

»Mag sein«, erwiderte Karim dann, »das ändert aber nichts daran, dass ich sehr gern mit dir zusammen bin.«

Ich kaute auf diversen Worten herum, die allesamt nicht wirklich liebevoll oder wenigstens verbindlich waren. Es war keine halbe Stunde her, dass er unverfroren mit einer anderen geflirtet hatte. Was brachte mir da so ein Spruch? Noch dazu, wo Nina sicherlich Weihnachten mit ihm unterm Tannenbaum verbringen wollte. Nein, mein Entschluss stand, ich musste nach Hause.

Der Schaffner pfiff, ich trat von der Tür weg.

»Chrissie«, die Türen schlossen sich langsam, »Chrissie, falls dir das nicht klar ist: Nina und ich sind zwar Partner, aber kein Paar mehr.«

Epilog

Es dämmerte bereits, als ich mit meiner Reisetasche über der Schulter meine Wohnung verließ, ordentlich abschloss und energischen Schrittes die Treppe hinabstapfte. An der Haustür kramte ich mein Handy aus der Jackentasche, lief konzentriert tippend zu meinem Auto.

Es war Freitagabend, 23. Dezember, eine knappe Woche nachdem ich in Kempten den Zug nach Bonn bestiegen und Karim ein paar bedenkenswerte Worte gesprochen hatte. Partner, aber kein Paar mehr.

Eine knappe Woche, in der mein Hirn rotiert und mein Herz permanent aus dem Takt geraten war. Nur widerwillig hatte ich mir nach und nach eingestanden, dass Karims Worte die Situation vollkommen veränderten. Das so inflationär verwendete Wort mit fünf Buchstaben hatte ich persönlich seit Jahren weder ausgesprochen noch die dazugehörigen Gefühle für irgendjemanden gehegt. Bis jetzt. Oder schon seit dem Sommer?

Der Rufton drang an mein Ohr, ich stellte die Reisetasche vor dem Kofferraum ab.

»Karim Miller?«, nuschelte es endlich. Das klang nicht nach heller Freude über meinen Anruf. Ich schluckte angespannt.

»Ich bin's, Christiane«, erklärte ich, bemüht, mir die Aufregung nicht anmerken zu lassen. »Störe ich?«

Einen Atemzug lang war Stille am anderen Ende.

»Schmarrn.« Das klang dann mal um einiges wacher. »Ich bin im Büro und habe nicht auf das Display geschaut, sorry, Chrissie. Wie geht es dir?«

»Mäßig beschissen«, erklärte ich wahrheitsgemäß. »Ich fahre jetzt los und könnte in etwa sechs bis sieben Stunden bei dir sein, so um …«, ich schaute auf meine Armbanduhr, »… zweiundzwanzig Uhr herum.«

Wieder war Stille am anderen Ende, ich rechnete mit allem, hauptsächlich damit, dass er mir einen Korb geben würde. Immerhin hatte er von mir schon diverse erhalten. Aber ich hatte es wenigstens versucht. Wenn er jetzt Nein sagte, dann musste ich mir Plan B für Weihnachten überlegen.

»Ich gebe ja zu, dass die Stunden mit Michi in der Klamm nicht so ganz spurlos an mir vorübergegangen sind«, entgegnete Karim, »aber unter Halluzinationen habe ich bisher noch nicht gelitten. Wiederholst du bitte, was du grad gesagt hast, Chrissie? Nur damit ich sicher sein kann, dass ich mich nicht verhört habe.«

Leise schmunzelte ich vor mich hin. »Ich könnte so gegen zehn bei dir sein, wenn du möchtest.«

»Und ob ich möchte! Mein Reden von Anfang an, aber du wolltest ja Weihnachten nicht mit mir verbringen. Fahr vorsichtig, ich geh jetzt einkaufen, mein Kühlschrank ist leer. Nicht dass du mir verhungerst. Ich freu mich auf dich, Christiane.«

Weg war er, während ich mit leicht debilem Blick mein Handy anstarrte. Meinen vollen Namen hatte ich aus seinem Mund seit dem Abend unseres Kennenlernens nicht mehr gehört. Ich fand, das war ein gutes Zeichen für die Zukunft. Entschlossen verstaute ich die Reisetasche im Kofferraum und fuhr los, um mit Karim Weihnachten im Allgäu zu feiern.

Susanne Wiegleb
TOD IM ALPSEE
Broschur, 176 Seiten
ISBN 978-3-89705-821-7

»Gekonnt kontrastiert Wiegleb die Lebenswelten der beiden Urlauber mit der der Alteingesessenen und entwickelt einen spannungsreichen Fall. Die Region ist überaus plastisch, reizvoll und authentisch in Szene gesetzt.«
Willkommen im Allgäu

»Alte Familienfehden, mysteriöse Sagen und zwei Fremde, die sich einmischen und an der Dorfidylle kratzen. Ein leicht zu lesender Sommerspaß, der oft zum Schmunzeln anregt.«
Das schöne Allgäu